16	3	2	13
5	10	11	8
9	6	7	12
4	15	14	1

Platão

FEDRO

Edição bilíngue

Tradução e apresentação de José Cavalcante de Souza

Posfácio e notas de José Trindade Santos

editora 34

EDITORA 34

Editora 34 Ltda.
Rua Hungria, 592 Jardim Europa CEP 01455-000
São Paulo - SP Brasil Tel/Fax (11) 3811-6777 www.editora34.com.br

A Editora 34 agradece a participação atenta e generosa
de Jaa Torrano na edição deste livro.

Título original:
Φαῖδρος

Capa, projeto gráfico e editoração eletrônica:
Bracher & Malta Produção Gráfica

Revisão:
Camila A. Zanon

1ª Edição - 2016 (2ª Reimpressão - 2023)

CIP - Brasil. Catalogação-na-Fonte
(Sindicato Nacional dos Editores de Livros, RJ, Brasil)

Platão, 428-347 a.C.
P664f Fedro / Platão; edição bilíngue; tradução
e apresentação de José Cavalcante de Souza;
posfácio e notas de José Trindade Santos —
São Paulo: Editora 34, 2016 (1ª Edição).
256 p.

ISBN 978-85-7326-648-1

Texto bilíngue, português e grego

1. Filosofia grega. 2. Platonismo.
I. Cavalcante de Souza, José, 1925-2020.
II. Santos, José Trindade. III. Título.

CDD - 184

FEDRO

Apresentação

José Cavalcante de Souza

O *Fedro* é um dos mais belos diálogos platônicos, de uma simplicidade entretanto meticulosamente construída em soberba articulação textual, que entretece um harmonioso conjunto de cenas e episódios em animada trajetória temática. Desde seu início lemos o texto de um começo de conversa entre dois caminhantes, que no final de uma manhã se encontram quando estão para sair pela muralha que cercava a antiga Atenas, um dos quais, saudando o amigo Fedro, pergunta-lhe comodamente "aonde e de onde?", economizando o "vais" e o "vens" que o interpelado está efetuando em sua marcha e dando ênfase ao "aonde" inicial. Ao que este, atendendo logo ao "de onde" final, invertendo assim a ordem das perguntas conforme a direção do seu andar, e chamando "ó Sócrates", também naturalmente responde que (vem) de Lísias e está indo a um passeio fora da cidade.

E o flagrante desse encontro casual prossegue e acentua-se numa longa conversa que constitui o diálogo. Conversa a dois e, logo mais, num recanto idílico às margens de um pequeno rio, o Ilisso, organicamente articulada a partir de um medíocre discurso escrito por Lísias, então um famoso escritor de discursos. O jovem Fedro, como logo se verá, tem uma cópia desse texto escondida sob o manto em sua mão esquerda, e com ela continua um já prolongado exercício de sua decoração; ele já está encantado com seu tema, que estranhamente lhe parecia ser sobre o amor, pois defendia a te-

se de que um jovem devia atender às solicitações de um não amante e não às de um amante, segundo as conveniências de uma prática social ambígua e pervertida.

Decoração é, estritamente, "de coração". Uma leitura repetida por gosto, com amor, em vista de ter consigo, memorizado, o lido. Sócrates reage com sua afável ironia ao encantamento do jovem pelo discurso, prometendo não largá-lo no exercício em marcha de sua decoração. Chegados às margens do Ilisso, os dois comentam detalhes do sítio encantado e em particular Sócrates sublinha o efeito inebriante do canto das cigarras, propício a um bom sono mas, sobretudo, a uma conversa condigna.

E logo ele acha ocasião de pedir a Fedro que, em vez de exercitar-se em recitá-lo, primeiro ele mostre e leia o discurso, cordialmente explicando-lhe que embora muito o estime, desde que Lísias está presente (no texto escrito), ele prefere ouvi-lo diretamente lido e não decorado. Lamentando a ideia e o pedido, Fedro então passa a ler o texto do discurso escrito, devidamente marcado pelas aspas.

Feita a leitura e reiniciada a conversa, segue um concerto de perguntas que musicalmente preludiam sua estruturação temática — uma função que é sensivelmente sublinhada pela homofonia dos termos gregos *erotan* ("perguntar") e *érota* ("amor"), que em dois planos se entrecruzam no contexto deste reinício, o da fonética e o da evocação. À extasiada pergunta de Fedro, se Sócrates não achava que o discurso era de uma soberba eloquência, ele responde acentuando o adjetivo ("Divina mesmo...") e logo explicando que assim achava à vista do seu jovem rosto que se iluminara enquanto estava lendo, o que justamente o fizera delirar com ele. Uma resposta precisa e exata, não obstante a desconfiança de Fedro e do leitor, defrontados com a desconcertante ironia socrática, em geral aquém do que ambos desconfiam. Aqui ela está, como de costume, na literalidade do que Sócrates disse, isto é, na efetividade do seu delírio com a leitura do discurso

pelo jovem; pois só um delírio assim motivado explica sua próxima decisão de improvisar, em tal lugar e circunstância, um discurso mais preciso que o de Lísias e ainda um terceiro, de retratação pelo segundo.

A caminho dessa decisão, interrogado agora por Fedro se era assim que decidia brincar, Sócrates também pergunta se era assim que parecia a Fedro e não que estivesse sendo sério. Ao que o jovem, tranquilizado, insiste e pergunta, pelo Zeus amigo, se ele achava que algum outro pudesse fazer um segundo discurso "mais grandioso que este, sobre o mesmo assunto". E com essa pergunta Fedro se torna, segundo Sócrates, o pai de um discurso que "maternalmente" este começa a conceber, formulando três perguntas sobre os dois critérios de apreciação de um discurso, o de sua veracidade e de sua retórica, e explicando que só por este último apreciara o discurso lido, o qual, aliás, achara medíocre e repetitivo. Ao que o pai do nascituro, liminarmente descartando o comentário de Sócrates ("Nada estás dizendo..."), proclama a perfeição do discurso lido e acrescenta que nenhum outro poderia "outro tanto dizer com maior riqueza e valor"; o que Sócrates diz não poder aceitar, ponderando que muitos falaram e escreveram sobre o assunto, os quais o confundiriam se, complacente com Fedro, ele aceitasse. E à curiosidade deste, querendo saber quem eram estes muitos, ele alega que não sabe responder com precisão, cita vagamente dois poetas que versaram sobre o amor e, súbito, pressupondo uma pergunta de Fedro indagando-lhe em que indício se apoiava para ter feito tal afirmação, gravemente ele responde — interpelando o jovem com um solene "ó divino" — que se sentia obrigado a falar sobre o mesmo tema outro tanto e não inferior, mas obviamente não dele mesmo e sim de outras fontes, das quais se enchera como uma jarra, embora de seus nomes por descuido tivesse esquecido.

A prosaica ironia desse final de frase é inundada por um "ó generosíssimo" da parte de Fedro, encantado com a ideia

de Sócrates proferir um discurso competitivo. E embora este tente desencantá-lo, procurando fazer-lhe ver que o discurso de Lísias, censurando a imprudência do amante e louvando a prudência do não amante, mediocremente fechava-se no confuso pressuposto de que amor é imprudência e desamor, prudência, Fedro atropela a advertência e canhestramente propõe que Sócrates discurse sobre o tema, apenas substituindo o adjetivo "imprudente" por outro análogo ("que o amante é mais doente que o não amante").

Mais duas questões de Sócrates ("Levaste a sério, Fedro, porque buli com teu amante...? E então imaginas que tentarei, paralelamente à sabedoria desse homem, dizer outro tanto...?") reiniciam o dueto de perguntas que culmina com outras duas, das quais a primeira ("Sabes então como farei?"), de Sócrates, suscita nova pergunta de Fedro ("De que estás falando?"), cuja resposta anuncia como ele vai falar: encoberto, para não se embaraçar de vergonha. E à impaciente observação do jovem ("Contanto que fales, o mais faz como quiseres"), habilmente ele invoca às Musas que tomem com ele o mito, isto é, o tema que Fedro o está forçando a pôr em discurso, "de um rapazote que tinha muitos amantes, um dos quais, muito ladino, tinha-o persuadido no entanto de que não o amava e um dia se pôs a persuadi-lo justamente disso mesmo, de que ao não amante e não ao amante ele devia atender, e eis como ele falava: ...".

Segue então, conforme invocado, o texto do fictício amante socrático (o mesmo amante do discurso de Lísias, mas com a ladinice assumida), texto que em nossa leitura, em geral distraidamente, sobrepomos a essa prévia invocação, que no entanto é mesmo o (aliás, belo) capuz que ele logo antes dissera que ia pôr na cabeça envergonhada. Com o capuz do amante ladino dissimulado em não amante, Sócrates então articula, bem melhor que Lísias, uma série de argumentos contra o amor, que entretanto logo o levam a um breve alerta em que ele pergunta a Fedro se este não está sentin-

do o mesmo que ele, uma divina emoção que o invade. E à confirmação do jovem, ele pede silêncio, chamando sua atenção para as divindades do local, que poderiam interferir em seu discurso. O qual de fato é daí a pouco bruscamente interrompido, logo após ele ter desferido este comentário: "como lobos amam cordeiros, assim amantes amam meninos". Uma imagem, segundo ele, chocante, e pela qual ele, mesmo inibido, interpela Fedro e anuncia-lhe que não pode mais continuar e assim tenha por já terminado o discurso. E ao protesto do interpelado, alegando que ainda estava no meio o discurso, sem o correspondente elogio ao não amante, e de novo perguntando por que ele não continuava, Sócrates, com mais quatro perguntas, lhe faz ver que está interditado por um temor religioso que o está compelindo a ir embora. Ao que Fedro lhe opõe um urgente "ainda não", apoiado na justificativa "não antes que a canícula tenha passado" e, sobretudo, na pergunta seguinte, tão simples, mas de um grande relevo contextual: "Ou não estás vendo que já é quase meio-dia, o que justamente se diz que está parado?".

Pois este pequeno "quase", tão corriqueiro em sua função sedutora, aqui vai cobrir um intervalo de conversa de umas três páginas, que justamente introduz ao meio-dia devidamente encantado pelo adjetivo "parado", para que Sócrates nele profira um belíssimo discurso propiciatório de elogio ao Amor em sua essência mítica, o qual nas páginas do livro está mais ou menos ocupando o meio do texto. Em função desse meio-dia no diálogo, começando a responder com irônico galanteio ("És divino com discursos, Fedro, e simplesmente maravilhoso..."), Sócrates anuncia que o jovem tornou-se com sua pergunta o responsável por um discurso de retratação que ele se sente agora compelido a proferir. E a uma outra pergunta alvoroçada do mesmo ("Não é guerra que anuncias?"), ele explica que acabara de pensar em ir embora, quando ocorreu-lhe o demônico sinal que costumava ocorrer-lhe e que agora o impedia de sair. A uma nova per-

gunta do jovem, agora intrigado ("Mas que estás dizendo?"), ele dá uma intrigante resposta ("Terrível, Fedro, terrível discurso tu mesmo trouxeste e me forçaste a proferir"), a qual, identificando o discurso que acabara de improvisar ao que Fedro tinha lido de Lísias, suscita nova pergunta do jovem ("Como assim?"), cuja resposta, apoiada em mais outra pergunta, dá a razão do "terrível": "Ingênuo e, sob certo aspecto, ímpio; que outro seria mais terrível?". E como Fedro responde conforme a intenção da pergunta, mas com uma ressalva ("Nenhum, se é verdade o que dizes"), de novo ele o interpela com suas interrogações, a última das quais tem o grande peso de uma verdade religiosa ("Pois então? O Amor, não o julgas filho de Afrodite e de um deus?"). E à resposta banal de Fedro ("É bem o que se diz"), ele retruca com uma longa contrarresposta que detona como uma joia de advertência e esclarecimento ("Não em todo caso Lísias, nem o teu discurso, o que em minha boca enfeitiçada por ti foi proferido"), que o leva à decisão de retratar-se com um novo discurso, agora de elogio ao Amor com maiúscula, isto é, em sua mítica essência; decisão que ele considera urgente e mais prudente que uma emblemática palinódia (novo canto) do poeta lírico Estesícoro, pela qual este salvou-se da cegueira que castigou o grande Homero por alguma indevida falha em seu divino canto.

Esta alusão literária tem o relevo próprio do seu contexto helênico. Os poemas homéricos eram a bíblia dos antigos gregos, uma bíblia escutada e não lida. Recuperado de uma cegueira análoga à do legendário Homero (homônimo único do nome comum *hómeros*, "refém"), cuja poesia era originalmente recitada e não escrita, o poeta Estesícoro, salvo com seu novo canto lírico, prefigura o Sócrates de um novo discurso, urgente e de retratação, com o qual este espera prevenir-se da cegueira que assustou o poeta lírico. O tom ameno de anedota climatiza uma aura de solenidade, pela qual se anuncia com discrição a radical diferença do novo discurso

socrático, que será dialeticamente articulado e, portanto, a cavaleiro dos habituais padrões retóricos.

Nesse clima, Sócrates faz ainda uma última observação: os discursos anteriores foram terríveis, por que ingênuos e ímpios, e uma pessoa nobre que os ouvisse imaginaria estar ouvindo conversa de quem não tem educação. Para gente como esta pessoa é que ele, "envergonhado e temendo o próprio Amor" em sua essência mítica, deseja "com saudável discurso lavar a salmoura do que se ouviu". E como, a Lísias ausente, ele também aconselha que o quanto antes escreva sobre o dever de atender ao amante mais que ao não amante, Fedro ainda reage como se Sócrates estivesse falando de competição retórica, pois garante a este que obterá de Lísias um novo discurso de elogio ao amor. Sócrates ironiza ("Nisso sim eu confio, enquanto fores o que és") sem que este o perceba ("Fala então, em confiança") e então só lhe resta perguntar, cauteloso, "Onde é que está o jovem a quem eu me dirigia?", e com gravidade acrescentar: "Que também isto ele ouça, para que se não ouvir não se adiante ele em aquiescer ao que não ama".

O aviso parece deslizar em uma resposta infantil e no limite do grotesco ("Ele está contigo, bem perto, sempre ao teu lado, como quiseres"), que entretanto dá assim o devido acesso à coloquial passagem ao início do segundo discurso de Sócrates: "Eis na verdade, bela criança, o que deves pôr em mente, que o precedente discurso era de Fedro, filho de Pítocles do demo de Mirrinunte; mas o que vou dizer é de Estesícoro, filho de Eufemo, natural de Hímera". Uma paternidade bem alusiva: Pítocles é a glória de Pito, a serpente do santuário de Apolo, famoso por suas prescrições ambíguas, e Eufemo é o contrário de "blasfemo", isto é, o de benigna fala, enquanto Hímera, a cidade pátria de Eufemo, era famosa pelo mel de suas abelhas. E consequente a esse bem-humorado prelúdio, o discurso começa explicitamente anunciando-se: "E eis como deve ele discorrer, que 'não é verídico

um discurso' que, presente um amante, afirme que mais se deve aquiescer ao não amante, e isso porque o primeiro delira enquanto o segundo está em seu bom senso". Pois o traduzido por "discorrer" é uma forma verbal adjetiva (*lektéos*) do verbo *légein*, "dizer", a que corresponde o nome *lógos* ("ato de dizer" e, portanto, "fala", "discurso"). Este adjetivo verbal diz melhor que a tradução "discorrer", pois enquanto adjetivo ele está, ao mesmo tempo, qualificando e assumindo o não expresso *lógos* ("discurso") que justamente por ele começa a constituir-se como se autônomo, sem um explícito sujeito a condicioná-lo. Assim constituindo-se, este *lektéos* começa negando a veracidade de um *lógos* que afirme o dever de um jovem atender a um não amante e não a um amante, como se o delírio deste fosse uma coisa feia que se deve evitar.

E é assim da negação desta hipótese, enunciada como um apêndice ("como se..."), que se articula, como em um belo vestíbulo, um amplo arrazoado sobre as principais formas cultuais e culturais do delírio, responsáveis pelos maiores benefícios aos homens: a divinatória de Apolo, a mística de Dioniso, a poética das Musas e a amorosa de Eros, filho de Afrodite. E para provar essa responsabilidade é preciso sair do vestíbulo, mas para fora, isto é, para a demonstração da imortalidade da alma. Pois a natureza desta é inseparável da natureza do todo, que tem uma bela ordem, é um *kósmos*.

FEDRO

Φαῖδρος*

ΣΩΚΡΑΤΗΣ [227a]

ὦ φίλε Φαῖδρε, ποῖ δὴ καὶ πόθεν;

ΦΑΙΔΡΟΣ

παρὰ Λυσίου, ὦ Σώκρατες, τοῦ Κεφάλου, πορεύομαι δὲ πρὸς περίπατον ἔξω τείχους· συχνὸν γὰρ ἐκεῖ διέτριψα χρόνον καθήμενος ἐξ ἑωθινοῦ. τῷ δὲ σῷ καὶ ἐμῷ ἑταίρῳ πειθόμενος Ἀκουμενῷ κατὰ τὰς ὁδοὺς ποιοῦμαι τοὺς περιπάτους· φησὶ γὰρ ἀκοπωτέρους εἶναι τῶν ἐν τοῖς [227b] δρόμοις.

ΣΩΚΡΑΤΗΣ

καλῶς γάρ, ὦ ἑταῖρε, λέγει. ἀτὰρ Λυσίας ἦν, ὡς ἔοικεν, ἐν ἄστει.

ΦΑΙΔΡΟΣ

ναί, παρ' Ἐπικράτει, ἐν τῇδε τῇ πλησίον τοῦ Ὀλυμπίου οἰκίᾳ τῇ Μορυχίᾳ.

---

* Texto grego estabelecido a partir de *Platonis Opera*, t. II, John Burnet (org.), Oxford, Clarendon Press, 1901 (Bibliotheca Oxoniensis).

Fedro

SÓCRATES [227a]

Ó caro Fedro, aonde e de onde?

FEDRO

De Lísias, o filho de Céfalo,[1] ó Sócrates; e estou indo a passeio fora da muralha; pois longo tempo fiquei sentado lá desde a madrugada. E aconselhado por teu e meu companheiro Acúmeno,[2] pelos caminhos estou fazendo os passeios; pois diz ele que são menos fatigantes que nas [227b] pistas.

SÓCRATES

E diz bem, companheiro. Mas então Lísias estava, como parece, na cidade!

FEDRO

Sim, em casa de Epícrates,[3] aquela vizinha ao templo de Zeus Olímpico, a Moriquia.[4]

---

[1] Rico meteco, pai do orador Lísias e de Polemarco. O primeiro e o último são personagens proeminentes no Livro I da *República* de Platão.

[2] Médico ateniense, pai de Erixímaco, um dos oradores do *Banquete* de Platão.

[3] Orador ateniense, apoiador do partido democrático.

[4] Casa que pertenceu a Mórico, poeta trágico, famoso pela gula e

ΣΩΚΡΑΤΗΣ

τίς οὖν δὴ ἦν ἡ διατριβή; ἢ δῆλον ὅτι τῶν λόγων ὑμᾶς Λυσίας εἱστία;

ΦΑΙΔΡΟΣ

πεύσῃ, εἴ σοι σχολὴ προϊόντι ἀκούειν.

ΣΩΚΡΑΤΗΣ

τί δέ; οὐκ ἂν οἴει με κατὰ Πίνδαρον 'καὶ ἀσχολίας ὑπέρτερον πρᾶγμα' ποιήσασθαι τὸ τεήν τε καὶ Λυσίου διατριβὴν ἀκοῦσαι; [227c]

ΦΑΙΔΡΟΣ

πρόαγε δή.

ΣΩΚΡΑΤΗΣ

λέγοις ἄν.

ΦΑΙΔΡΟΣ

καὶ μήν, ὦ Σώκρατες, προσήκουσα γέ σοι ἡ ἀκοή· ὁ γάρ τοι λόγος ἦν, περὶ ὃν διετρίβομεν, οὐκ οἶδ' ὅντινα τρόπον ἐρωτικός. γέγραφε γὰρ δὴ ὁ Λυσίας πειρώμενόν τινα τῶν καλῶν, οὐχ ὑπ' ἐραστοῦ δέ, ἀλλ' αὐτὸ δὴ τοῦτο καὶ κεκόμψευται· λέγει γὰρ ὡς χαριστέον μὴ ἐρῶντι μᾶλλον ἢ ἐρῶντι.

ΣΩΚΡΑΤΗΣ

ὢ γενναῖος. εἴθε γράψειεν ὡς χρὴ πένητι μᾶλλον ἢ πλουσίῳ, καὶ πρεσβυτέρῳ ἢ νεωτέρῳ, καὶ ὅσα ἄλλα [227d]

SÓCRATES

Com que então se entretinham? Sem dúvida com seus discursos Lísias vos banqueteava?

FEDRO

Saberás, se tens folga para ouvir.

SÓCRATES

O quê? Não achas que eu poria, como diz Píndaro,[5] "mesmo acima de negócio"[6] o empenho de ouvir uma conversa tua e de Lísias? [227c]

FEDRO

Avança então.

SÓCRATES

Podes falar.

FEDRO

Realmente, Sócrates, bem te compete ouvi-la; pois o discurso de que nos entretínhamos era, não sei de que modo, erótico. E o que Lísias escreveu foi a sedução de um belo, mas não por um amante, e nisso mesmo é que justamente está o fino; pois ele discorre que se deve favorecer ao não amante, mais que ao amante.

SÓCRATES

Bravo! Ah se ele escrevesse que ao pobre mais que ao rico, ao velho mais que ao moço, e quanto mais [227d] a mim

---

pelo caráter afeminado, referido por Aristófanes nas comédias *Acarnenses*, 887; *Vespas*, 504, 1137; e *Paz*, 1008.

[5] Um dos maiores poetas líricos gregos, nascido na Beócia em 518 a.C. e morto em Argos em 438 a.C.

[6] Referência ao segundo verso da primeira ode *Ístmica*, de Píndaro.

ἐμοί τε πρόσεστι καὶ τοῖς πολλοῖς ἡμῶν· ἦ γὰρ ἂν ἀστεῖοι καὶ δημωφελεῖς εἶεν οἱ λόγοι. ἔγωγ᾽ οὖν οὕτως ἐπιτεθύμηκα ἀκοῦσαι, ὥστ᾽ ἐὰν βαδίζων ποιῇ τὸν περίπατον Μέγαράδε καὶ κατὰ Ἡρόδικον προσβὰς τῷ τείχει πάλιν ἀπίῃς, οὐ μή σου ἀπολειφθῶ.

ΦΑΙΔΡΟΣ

πῶς λέγεις, ὦ βέλτιστε Σώκρατες; οἴει με, ἃ [228a] Λυσίας ἐν πολλῷ χρόνῳ κατὰ σχολὴν συνέθηκε, δεινότατος ὢν τῶν νῦν γράφειν, ταῦτα ἰδιώτην ὄντα ἀπομνημονεύσειν ἀξίως ἐκείνου; πολλοῦ γε δέω· καίτοι ἐβουλόμην γ᾽ ἂν μᾶλλον ἤ μοι πολὺ χρυσίον γενέσθαι.

ΣΩΚΡΑΤΗΣ

ὦ Φαῖδρε, εἰ ἐγὼ Φαῖδρον ἀγνοῶ, καὶ ἐμαυτοῦ ἐπιλέλησμαι. ἀλλὰ γὰρ οὐδέτερά ἐστι τούτων· εὖ οἶδα ὅτι Λυσίου λόγον ἀκούων ἐκεῖνος οὐ μόνον ἅπαξ ἤκουσεν, ἀλλὰ πολλάκις ἐπαναλαμβάνων ἐκέλευέν οἱ λέγειν, ὁ δὲ ἐπείθετο [228b] προθύμως. τῷ δὲ οὐδὲ ταῦτα ἦν ἱκανά, ἀλλὰ τελευτῶν παραλαβὼν τὸ βιβλίον ἃ μάλιστα ἐπεθύμει ἐπεσκόπει, καὶ τοῦτο δρῶν ἐξ ἑωθινοῦ καθήμενος ἀπειπὼν εἰς περίπατον ᾔει, ὡς μὲν ἐγὼ οἶμαι, νὴ τὸν κύνα, ἐξεπιστάμενος τὸν λόγον, εἰ μὴ πάνυ τι ἦν μακρός. ἐπορεύετο δ᾽ ἐκτὸς

se aplica bem como à maioria de nós! Pois elegantes, ainda seriam de público interesse os seus discursos. Eu por mim tal é o desejo que sinto de ouvir que, se em teu passeio caminhares até Mégara e, segundo o método de Heródico,[7] chegares até ao muro e de novo partires, por nada te largarei.

FEDRO

Que estás dizendo, excelente Sócrates? Pensas que eu, o que [228a] Lísias em longo tempo e com folga compôs, embora sendo o mais hábil dos que atualmente escrevem, eu, um leigo, poderia repeti-lo à altura dele? Longe disso estou! E no entanto bem o queria, mais do que ter muito ouro.

SÓCRATES

Ó Fedro, se eu desconheço Fedro, também de mim mesmo estou esquecido. Mas não é nenhum destes dois casos; bem sei que, ouvindo um discurso de Lísias, ele o ouviu não só uma vez mas muitas outras o retomou e mandou repetir, ao que o outro prontamente [228b] obedecia. Ele porém nem com isto se contentava, mas por fim tomou do outro o folheto e se deteve a examinar o que mais lhe apetecia, e como isto fazia desde cedo, cansado de estar sentado, ei-lo que vai a passeio — sim, pelo cão[8] — sabendo de cor todo o discurso, se não era muito longo.[9] E caminhava fora da muralha, para exercitar-se nele. Mas eis que se deparou com quem é doente

---

[7] Médico, natural de Mégara, famoso por prescrever longas caminhadas.

[8] Jura que Sócrates frequentemente faz quando quer acentuar a veemência da ideia defendida.

[9] Em tom irônico, Sócrates ilustra o método usado pelos aprendizes de Oratória. A partir da declamação de um discurso pelo mestre, o aluno memoriza e apreende os tropos da composição da qual reteve uma cópia escrita, e indiretamente assimila os valores e princípios de comportamento transmitidos no texto. No final do diálogo, Sócrates desfere violentas críticas a este método de aprendizagem.

τείχους ἵνα μελετῴη. ἀπαντήσας δὲ τῷ νοσοῦντι περὶ λόγων ἀκοήν, ἰδὼν μέν, ἰδών, ἥσθη ὅτι ἕξοι τὸν συγκορυβαντιῶντα, [228c] καὶ προάγειν ἐκέλευε. δεομένου δὲ λέγειν τοῦ τῶν λόγων ἐραστοῦ, ἐθρύπτετο ὡς δὴ οὐκ ἐπιθυμῶν λέγειν· τελευτῶν δὲ ἔμελλε καὶ εἰ μή τις ἑκὼν ἀκούοι βίᾳ ἐρεῖν. σὺ οὖν, ὦ Φαῖδρε, αὐτοῦ δεήθητι ὅπερ τάχα πάντως ποιήσει νῦν ἤδη ποιεῖν.

ΦΑΙΔΡΟΣ

ἐμοὶ ὡς ἀληθῶς πολὺ κράτιστόν ἐστιν οὕτως ὅπως δύναμαι λέγειν, ὥς μοι δοκεῖς σὺ οὐδαμῶς με ἀφήσειν πρὶν ἂν εἴπω ἁμῶς γέ πως.

ΣΩΚΡΑΤΗΣ

πάνυ γάρ σοι ἀληθῆ δοκῶ. [228d]

ΦΑΙΔΡΟΣ

οὑτωσὶ τοίνυν ποιήσω. τῷ ὄντι γάρ, ὦ Σώκρατες, παντὸς μᾶλλον τά γε ῥήματα οὐκ ἐξέμαθον· τὴν μέντοι διάνοιαν σχεδὸν ἁπάντων, οἷς ἔφη διαφέρειν τὰ τοῦ ἐρῶντος ἢ τὰ τοῦ μή, ἐν κεφαλαίοις ἕκαστον ἐφεξῆς δίειμι, ἀρξάμενος ἀπὸ τοῦ πρώτου.

ΣΩΚΡΑΤΗΣ

δείξας γε πρῶτον, ὦ φιλότης, τί ἄρα ἐν τῇ ἀριστερᾷ ἔχεις ὑπὸ τῷ ἱματίῳ· τοπάζω γάρ σε ἔχειν τὸν λόγον αὐτόν. εἰ δὲ τοῦτό ἐστιν, οὑτωσὶ διανοοῦ περὶ ἐμοῦ, ὡς [228e] ἐγώ σε πάνυ μὲν

para ouvir discursos, e ao vê-lo, sim, ao vê-lo, sentiu o prazer de ter nele o cúmplice de um delírio coribântico,[10] [228c] e o convidou a prosseguir. E pedindo-lhe que o recitasse o amante dos discursos, ele se encarecia como se não desejasse falar; mas por fim se dispunha, ainda que um não consentisse em ouvi-lo, a por força falar. Tu portanto, ó Fedro, é o meu urgente pedido, faz agora o que certamente farias de qualquer modo.

FEDRO

Para mim na verdade o melhor é falar tal como posso, pois me parece que de jeito algum me largarás antes que eu fale de qualquer modo.

SÓCRATES

Pois é bem verdade o que a meu respeito te parece. [228d]

FEDRO

Assim portanto é que farei. Pois de fato, Sócrates, literalmente as expressões não decorei; mas o pensamento de quase todas, nas quais Lísias explicou em que diferem os casos do amante e do não amante, sumariamente exporei cada um por ordem, a começar do primeiro.

SÓCRATES

Quando tiveres mostrado primeiro, ó amizade, que é que tens em tua mão esquerda, sob o manto; pois estou suspeitando que tens aí o próprio discurso. E se é assim, põe isso em tua mente a meu respeito: [228e] gosto muito de ti,

---

[10] Os Coribantes eram sacerdotes de Cibele, que nas festas da deusa dançavam vertiginosamente, soltando gritos estridentes. São duas vezes referidos nos diálogos (*Eutidemo*, 277d7; *Leis*, VII, 790d4), constituindo a sua prática objeto de sátira (*Críton*, 54d; *Íon*, 533e, 536c).

φιλῶ, παρόντος δὲ καὶ Λυσίου, ἐμαυτόν σοι ἐμμελετᾶν παρέχειν οὐ πάνυ δέδοκται. ἀλλ' ἴθι, δείκνυε.

ΦΑΙΔΡΟΣ

παῦε. ἐκκέκρουκάς με ἐλπίδος, ὦ Σώκρατες, ἣν εἶχον ἐν σοὶ ὡς ἐγγυμνασόμενος. ἀλλὰ ποῦ δὴ βούλει καθιζόμενοι ἀναγνῶμεν; [229a]

ΣΩΚΡΑΤΗΣ

δεῦρ' ἐκτραπόμενοι κατὰ τὸν Ἰλισὸν ἴωμεν, εἶτα ὅπου ἂν δόξῃ ἐν ἡσυχίᾳ καθιζησόμεθα.

ΦΑΙΔΡΟΣ

εἰς καιρόν, ὡς ἔοικεν, ἀνυπόδητος ὢν ἔτυχον· σὺ μὲν γὰρ δὴ ἀεί. ῥᾷστον οὖν ἡμῖν κατὰ τὸ ὑδάτιον βρέχουσι τοὺς πόδας ἰέναι, καὶ οὐκ ἀηδές, ἄλλως τε καὶ τήνδε τὴν ὥραν τοῦ ἔτους τε καὶ τῆς ἡμέρας.

ΣΩΚΡΑΤΗΣ

πρόαγε δή, καὶ σκόπει ἅμα ὅπου καθιζησόμεθα.

ΦΑΙΔΡΟΣ

ὁρᾷς οὖν ἐκείνην τὴν ὑψηλοτάτην πλάτανον;

ΣΩΚΡΑΤΗΣ

τί μήν; [229b]

mas desde que também Lísias está presente, absolutamente não estou decidido a me prestar ao teu exercício. Mas vamos, mostra.

FEDRO

Para! Arrancaste-me a esperança, ó Sócrates, que eu tinha de contigo exercitar-me. Mas onde queres que nos sentemos para ler? [229a]

SÓCRATES

Viremos aqui seguindo o Ilisso[11] e depois, onde te pareça melhor, tranquilamente nos sentaremos.

FEDRO

Em boa hora, é o que parece, encontrei-me descalço; pois tu sempre estás. Facílimo então nos será, molhando os pés pela aguinha, prosseguir; e não desagradável, sobretudo nesta época do ano e a esta hora!

SÓCRATES

Prossegue então e ao mesmo tempo vê onde nos vamos sentar.

FEDRO

Estás vendo aquele altíssimo plátano?[12]

SÓCRATES

Que há com ele? [229b]

---

[11] Pequeno rio que corria fora das muralhas da cidade.

[12] Aqui e adiante (230b; sobretudo em 236d-e), "plátano" (*platanon*) pode esconder a referência a Platão (*Platôn*). A sugestão é de R. Zaslavsky ("A Hitherto Unremarked Pun in the *Phaedrus*", *Apeiron*, vol. 15, nº 2, 1981, pp. 115-6).

ΦΑΙΔΡΟΣ

ἐκεῖ σκιά τ᾽ ἐστὶν καὶ πνεῦμα μέτριον, καὶ πόα καθίζεσθαι ἢ ἂν βουλώμεθα κατακλινῆναι.

ΣΩΚΡΑΤΗΣ

προάγοις ἄν.

ΦΑΙΔΡΟΣ

εἰπέ μοι, ὦ Σώκρατες, οὐκ ἐνθένδε μέντοι ποθὲν ἀπὸ τοῦ Ἰλισοῦ λέγεται ὁ Βορέας τὴν Ὠρείθυιαν ἁρπάσαι;

ΣΩΚΡΑΤΗΣ

λέγεται γάρ.

ΦΑΙΔΡΟΣ

ἆρ᾽ οὖν ἐνθένδε; χαρίεντα γοῦν καὶ καθαρὰ καὶ διαφανῆ τὰ ὑδάτια φαίνεται, καὶ ἐπιτήδεια κόραις παίζειν παρ᾽ αὐτά. [229c]

ΣΩΚΡΑΤΗΣ

οὔκ, ἀλλὰ κάτωθεν ὅσον δύ᾽ ἢ τρία στάδια, ᾗ πρὸς τὸ ἐν Ἄγρας διαβαίνομεν· καὶ πού τίς ἐστι βωμὸς αὐτόθι Βορέου.

ΦΑΙΔΡΟΣ

οὐ πάνυ νενόηκα· ἀλλ᾽ εἰπὲ πρὸς Διός, ὦ Σώκρατες, σὺ τοῦτο τὸ μυθολόγημα πείθῃ ἀληθὲς εἶναι;

FEDRO

Lá tem sombra e vento moderado, e relva para nos sentar e, se quisermos, nos deitar.

SÓCRATES

Podes prosseguir.

FEDRO

Diz-me, Sócrates, não foi de algum ponto daqui do Ilisso que Bóreas, ao que dizem, raptou Oritia?[13]

SÓCRATES

Pois é o que dizem.

FEDRO

Terá sido então daqui? Que graça em todo caso, que pureza e transparência nos fiozinhos de água! E como se prestam suas margens a brincadeiras de moças! [229c]

SÓCRATES

Não, mas lá de baixo, a uns dois ou três estádios, onde atravessávamos para o santuário de Agra.[14] Por lá justamente há um altar de Bóreas.

FEDRO

Nunca reparei. Mas diz-me por Zeus, Sócrates, o que este mito conta acreditas tu que é verdade?

---

[13] O mito do rapto da ninfa Oritia pelo vento norte, Bóreas, vai servir a Sócrates para tomar posição sobre a crença na verdade dos mitos populares, ao mesmo tempo rejeitando as racionalizações ao gosto de alguns sofistas (229c-d).

[14] Uma das circunscrições administrativas (demos) da Ática.

ΣΩΚΡΑΤΗΣ

ἀλλ' εἰ ἀπιστοίην, ὥσπερ οἱ σοφοί, οὐκ ἂν ἄτοπος εἴην, εἶτα σοφιζόμενος φαίην αὐτὴν πνεῦμα Βορέου κατὰ τῶν πλησίον πετρῶν σὺν Φαρμακείᾳ παίζουσαν ὦσαι, καὶ οὕτω δὴ τελευτήσασαν λεχθῆναι ὑπὸ τοῦ Βορέου ἀνάρπαστον [229d] γεγονέναι — ἢ ἐξ Ἀρείου πάγου· λέγεται γὰρ αὖ καὶ οὗτος ὁ λόγος, ὡς ἐκεῖθεν ἀλλ' οὐκ ἐνθένδε ἡρπάσθη. ἐγὼ δέ, ὦ Φαῖδρε, ἄλλως μὲν τὰ τοιαῦτα χαρίεντα ἡγοῦμαι, λίαν δὲ δεινοῦ καὶ ἐπιπόνου καὶ οὐ πάνυ εὐτυχοῦς ἀνδρός, κατ' ἄλλο μὲν οὐδέν, ὅτι δ' αὐτῷ ἀνάγκη μετὰ τοῦτο τὸ τῶν Ἱπποκενταύρων εἶδος ἐπανορθοῦσθαι, καὶ αὖθις τὸ τῆς Χιμαίρας, καὶ ἐπιρρεῖ δὲ ὄχλος τοιούτων Γοργόνων καὶ Πηγάσων καὶ [229e] ἄλλων ἀμηχάνων πλήθη τε καὶ ἀτοπίαι τερατολόγων τινῶν φύσεων· αἷς εἴ τις ἀπιστῶν προσβιβᾷ κατὰ τὸ εἰκὸς ἕκαστον, ἅτε ἀγροίκῳ τινὶ σοφίᾳ χρώμενος, πολλῆς αὐτῷ σχολῆς δεήσει. ἐμοὶ δὲ πρὸς αὐτὰ οὐδαμῶς ἐστι σχολή· τὸ δὲ αἴτιον, ὦ φίλε, τούτου τόδε. οὐ δύναμαί πω κατὰ τὸ Δελφικὸν γράμμα γνῶναι ἐμαυτόν· γελοῖον δή μοι φαίνεται [230a] τοῦτο

SÓCRATES

Mas se eu não acreditasse, como os doutos, não seria um estranho; e depois doutamente diria que um vento boreal atirou-a lá embaixo, nas pedras próximas, enquanto ela brincava com Farmaceia,[15] e que tendo assim morrido disseram que por Bóreas foi raptada. [229d] Ou da colina de Ares?[16] Pois conta-se também esta versão, que de lá e não daqui ela foi raptada. Eu porém, Fedro, estimo que tais explicações têm o seu encanto, mas são próprias de quem é muito hábil, muito laborioso e não muito afortunado, por nada mais senão porque lhe será necessário, depois disso, corrigir a forma dos Centauros,[17] depois a da Quimera,[18] e eis que irrompe uma multidão de tais Górgonas[19] e Pégasos,[20] [229e] uma quantidade e extravagância de outros seres impossíveis e monstruosas naturezas; nos quais se um não acreditando vai reduzir cada um ao verossímil, recorrendo a não sei que agreste sabedoria, de muita folga precisará. Eu para isso não tenho nenhuma; e a razão, meu amigo, é a seguinte: ainda não sou capaz de, segundo a inscrição délfica, conhecer-me a mim mesmo; ridículo então se me afigura,[21] [230a]

---

[15] Ninfa, cujo nome sugere associação a drogas ou encantamentos.

[16] Colina que domina Atenas, onde ficava o tribunal do Areópago.

[17] Seres formados pela conjunção das formas de um homem e um cavalo.

[18] Seres monstruosos, combinando as formas de um leão, com as de uma cabra e um dragão.

[19] Figuras femininas, cujos rostos, em vez de cabelos, eram encimados por serpentes, e tinham o poder de petrificar quem as encarava.

[20] Cavalos alados.

[21] O passo sugere a função desempenhada pela máxima délfica ("Conhece-te a ti mesmo") na concepção socrática de saber. Consciente da impossibilidade de conhecer todas as coisas, o filósofo busca na sua própria incapacidade de atingir um saber infalível o critério que validará

ἔτι ἀγνοοῦντα τὰ ἀλλότρια σκοπεῖν. ὅθεν δὴ χαίρειν ἐάσας ταῦτα, πειθόμενος δὲ τῷ νομιζομένῳ περὶ αὐτῶν, ὃ νυνδὴ ἔλεγον, σκοπῶ οὐ ταῦτα ἀλλ᾽ ἐμαυτόν, εἴτε τι θηρίον ὂν τυγχάνω Τυφῶνος πολυπλοκώτερον καὶ μᾶλλον ἐπιτεθυμμένον, εἴτε ἡμερώτερόν τε καὶ ἁπλούστερον ζῷον, θείας τινὸς καὶ ἀτύφου μοίρας φύσει μετέχον. ἀτάρ, ὦ ἑταῖρε, μεταξὺ τῶν λόγων, ἆρ᾽ οὐ τόδε ἦν τὸ δένδρον ἐφ᾽ ὅπερ ἦγες ἡμᾶς; [230b]

ΦΑΙΔΡΟΣ

τοῦτο μὲν οὖν αὐτό.

ΣΩΚΡΑΤΗΣ

νὴ τὴν Ἥραν, καλή γε ἡ καταγωγή. ἥ τε γὰρ πλάτανος αὕτη μάλ᾽ ἀμφιλαφής τε καὶ ὑψηλή, τοῦ τε ἄγνου τὸ ὕψος καὶ τὸ σύσκιον πάγκαλον, καὶ ὡς ἀκμὴν ἔχει τῆς ἄνθης, ὡς ἂν εὐωδέστατον παρέχοι τὸν τόπον· ἥ τε αὖ πηγὴ χαριεστάτη ὑπὸ τῆς πλατάνου ῥεῖ μάλα ψυχροῦ ὕδατος, ὥστε γε τῷ ποδὶ τεκμήρασθαι. Νυμφῶν τέ τινων καὶ Ἀχελῴου ἱερὸν ἀπὸ τῶν κορῶν τε καὶ ἀγαλμάτων ἔοικεν εἶναι. [230c] εἰ δ᾽ αὖ βούλει, τὸ εὔπνουν τοῦ τόπου ὡς ἀγαπητὸν καὶ σφόδρα ἡδύ· θερινόν τε καὶ λιγυρὸν ὑπηχεῖ τῷ τῶν τεττίγων χορῷ. πάντων δὲ κομψότατον τὸ τῆς πόας, ὅτι ἐν ἠρέμα προσάντει ἱκανὴ πέφυκε κατακλινέντι τὴν κεφαλὴν παγκάλως ἔχειν. ὥστε ἄριστά σοι ἐξενάγηται, ὦ φίλε Φαῖδρε.

quando isto ainda ignoro, examinar o que é de outro domínio. Daí é que, tendo deixado livres esses mitos e confiado no que se acredita a seu respeito, faço exame não deles mas de mim mesmo, se acaso não sou um bicho mais complicado e mais nebuloso que Tífon,[22] ou se um animal mais manso e simples, por natureza partilhando de não sei que divino e desanuviado destino. Mas eh, companheiro, um momento! Não era esta a árvore a que justamente me conduzias? [230b]

FEDRO

Esta mesma, sem dúvida.

SÓCRATES

Sim, por Hera, que belo recanto! Este plátano é de fato bem copado e alto, e a pimenteira silvestre tem altura e sombreado belíssimo, e como está em plena florescência não poderia deixar mais embalsamado o lugar! E ainda a fonte, com que graça flui sob o plátano, de água tão fresca que é só pôr o pé e comprovar. Um santuário de ninfas e de Aqueloo,[23] a julgar pelas estátuas juvenis e pelas imagens do deus, é o que parece ser. [230c] E ainda, se preferes, o bom ar do local como é delicioso e extremamente agradável! Estival e sonoro ressoa ao coro das cigarras! Mas o mais fino de tudo é o relvado, que em suave aclive naturalmente se presta a quem nele se deita a ter a cabeça bem à vontade. Assim, um excelente guia te mostraste ao estrangeiro, caro Fedro!

---

as suas convicções. Enquanto prossegue a sua busca, propõe-se aos seus juízes como paradigma do saber humano, confessando o nenhum valor da sua sabedoria (*Apologia de Sócrates*, 23a-b).

[22] Monstro com cem cabeças, que disputou a Zeus o seu poder.

[23] Deus-rio, filho de Zeus e Tétis, que formava a fronteira entre a Acarnânia e a Etólia.

ΦΑΙΔΡΟΣ

σὺ δέ γε, ὦ θαυμάσιε, ἀτοπώτατός τις φαίνῃ. ἀτεχνῶς γάρ, ὃ λέγεις, ξεναγουμένῳ τινὶ καὶ οὐκ ἐπιχωρίῳ [230d] ἔοικας· οὕτως ἐκ τοῦ ἄστεος οὔτ' εἰς τὴν ὑπερορίαν ἀποδημεῖς, οὔτ' ἔξω τείχους ἔμοιγε δοκεῖς τὸ παράπαν ἐξιέναι.

ΣΩΚΡΑΤΗΣ

συγγίγνωσκέ μοι, ὦ ἄριστε. φιλομαθὴς γάρ εἰμι· τὰ μὲν οὖν χωρία καὶ τὰ δένδρα οὐδέν μ' ἐθέλει διδάσκειν, οἱ δ' ἐν τῷ ἄστει ἄνθρωποι. σὺ μέντοι δοκεῖς μοι τῆς ἐμῆς ἐξόδου τὸ φάρμακον ηὑρηκέναι. ὥσπερ γὰρ οἱ τὰ πεινῶντα θρέμματα θαλλὸν ἤ τινα καρπὸν προσείοντες ἄγουσιν, σὺ ἐμοὶ λόγους οὕτω προτείνων ἐν βιβλίοις τήν τε [230e] Ἀττικὴν φαίνῃ περιάξειν ἅπασαν καὶ ὅποι ἂν ἄλλοσε βούλῃ. νῦν δ' οὖν ἐν τῷ παρόντι δεῦρ' ἀφικόμενος ἐγὼ μέν μοι δοκῶ κατακείσεσθαι, σὺ δ' ἐν ὁποίῳ σχήματι οἴει ῥᾷστα ἀναγνώσεσθαι, τοῦθ' ἑλόμενος ἀναγίγνωσκε.

ΦΑΙΔΡΟΣ

ἄκουε δή.

'περὶ μὲν τῶν ἐμῶν πραγμάτων ἐπίστασαι, καὶ ὡς νομίζω συμφέρειν ἡμῖν γενομένων τούτων ἀκήκοας· ἀξιῶ δὲ μὴ διὰ [231a] τοῦτο ἀτυχῆσαι ὧν δέομαι, ὅτι οὐκ ἐραστὴς ὤν σου τυγχάνω. ὡς ἐκείνοις μὲν τότε μεταμέλει ὧν ἂν εὖ ποιήσωσιν, ἐπειδὰν τῆς ἐπιθυμίας παύσωνται· τοῖς δὲ οὐκ ἔστι χρόνος ἐν ᾧ μεταγνῶναι προσήκει. οὐ γὰρ ὑπ' ἀνάγκης ἀλλ' ἑκόντες, ὡς ἂν ἄριστα περὶ τῶν οἰκείων βουλεύσαιντο, πρὸς τὴν δύναμιν τὴν αὑτῶν εὖ ποιοῦσιν. ἔτι δὲ οἱ μὲν ἐρῶντες σκοποῦσιν ἅ τε κακῶς διέθεντο τῶν αὑτῶν διὰ τὸν ἔρωτα καὶ ἃ πεποιήκασιν εὖ, καὶ ὃν εἶχον πόνον προστιθέντες [231b] ἡγοῦνται πάλαι τὴν ἀξίαν ἀποδεδωκέναι χάριν τοῖς ἐρωμένοις· τοῖς δὲ μὴ ἐρῶσιν οὔτε τὴν τῶν οἰκείων ἀμέλειαν διὰ τοῦτο ἔστιν

FEDRO

Tu de fato, ó admirável, um tipo estranhíssimo te revelas! Pois simplesmente, como dizes, a um estranho que se guia te assemelhas e [230d] não a um da terra; a tal ponto não sais da cidade, nem para uma viagem além da fronteira nem mesmo, parece, fora da muralha!

SÓCRATES

Perdoa-me, boníssimo. Sou amigo de aprender; os campos então e as árvores nada me querem ensinar, mas sim os homens na cidade. Tu entretanto pareces ter encontrado a droga que me fez sair; pois como os que levam as criações famintas agitando diante delas um ramo ou um fruto, assim tu, estendendo-me discursos em folhetos, [230e] visivelmente me farás percorrer toda a Ática e onde mais quiseres. Agora portanto, já que chegado aqui, eu me decido a deitar-me no chão: e tu a posição que achares mais cômoda para ler toma e lê.

FEDRO

Ouve então.

"Sobre os meus planos estás instruído, e como julgo ser do nosso interesse que eles se efetuem já ouviste; e pretendo não ser por [231a] isto que malogrem os meus pedidos, por não ser teu amante. Assim aqueles então se arrependem do bem que tenham feito, quando cessa o desejo; mas para estes não há tempo em que o arrependimento seja cabível. Pois não é por necessidade mas livremente que, empenhados em como atender às próprias condições, na medida do seu poder eles bem agem. E ainda, os amantes consideram quais de seus negócios foram mal geridos por causa do amor e quais os benefícios que fizeram, e acrescentando o trabalho que tinham [231b] estimam eles que de há muito retribuíram a devida gratidão aos amados; porém os não amantes nem podem alegar o descuido por isso dos próprios negócios, nem levar em

προφασίζεσθαι, οὔτε τοὺς παρεληλυθότας πόνους ὑπολογίζεσθαι, οὔτε τὰς πρὸς τοὺς προσήκοντας διαφορὰς αἰτιάσασθαι· ὥστε περιῃρημένων τοσούτων κακῶν οὐδὲν ὑπολείπεται ἀλλ' ἢ ποιεῖν προθύμως ὅτι ἂν αὐτοῖς οἴωνται πράξαντες χαριεῖσθαι. ἔτι δὲ εἰ διὰ τοῦτο ἄξιον [231c] τοὺς ἐρῶντας περὶ πολλοῦ ποιεῖσθαι, ὅτι τούτους μάλιστά φασιν φιλεῖν ὧν ἂν ἐρῶσιν, καὶ ἕτοιμοί εἰσι καὶ ἐκ τῶν λόγων καὶ ἐκ τῶν ἔργων τοῖς ἄλλοις ἀπεχθανόμενοι τοῖς ἐρωμένοις χαρίζεσθαι, ῥᾴδιον γνῶναι, εἰ ἀληθῆ λέγουσιν, ὅτι ὅσων ἂν ὕστερον ἐρασθῶσιν, ἐκείνους αὐτῶν περὶ πλείονος ποιήσονται, καὶ δῆλον ὅτι, ἐὰν ἐκείνοις δοκῇ, καὶ τούτους κακῶς ποιήσουσιν. καίτοι πῶς εἰκός ἐστι τοιοῦτον πρᾶγμα προέσθαι [231d] τοιαύτην ἔχοντι συμφοράν, ἣν οὐδ' ἂν ἐπιχειρήσειεν οὐδεὶς ἔμπειρος ὢν ἀποτρέπειν; καὶ γὰρ αὐτοὶ ὁμολογοῦσι νοσεῖν μᾶλλον ἢ σωφρονεῖν, καὶ εἰδέναι ὅτι κακῶς φρονοῦσιν, ἀλλ' οὐ δύνασθαι αὑτῶν κρατεῖν· ὥστε πῶς ἂν εὖ φρονήσαντες ταῦτα καλῶς ἔχειν ἡγήσαιντο περὶ ὧν οὕτω διακείμενοι βουλεύονται; καὶ μὲν δὴ εἰ μὲν ἐκ τῶν ἐρώντων τὸν βέλτιστον αἱροῖο, ἐξ ὀλίγων ἄν σοι ἡ ἔκλεξις εἴη· εἰ δ' ἐκ τῶν ἄλλων τὸν σαυτῷ ἐπιτηδειότατον, ἐκ πολλῶν· ὥστε πολὺ [231e] πλείων ἐλπὶς ἐν τοῖς πολλοῖς ὄντα τυχεῖν τὸν ἄξιον τῆς σῆς φιλίας.

'εἰ τοίνυν τὸν νόμον τὸν καθεστηκότα δέδοικας, μὴ πυθομένων τῶν ἀνθρώπων ὄνειδός σοι γένηται, εἰκός ἐστι [232a] τοὺς μὲν ἐρῶντας, οὕτως ἂν οἰομένους καὶ ὑπὸ τῶν ἄλλων ζηλοῦσθαι ὥσπερ αὐτοὺς ὑφ' αὑτῶν, ἐπαρθῆναι τῷ λέγειν καὶ φιλοτιμουμένους ἐπιδείκνυσθαι πρὸς ἅπαντας ὅτι οὐκ ἄλλως αὐτοῖς πεπόνηται· τοὺς δὲ μὴ ἐρῶντας, κρείττους αὑτῶν ὄντας, τὸ βέλτιστον ἀντὶ τῆς δόξης τῆς παρὰ τῶν ἀνθρώπων αἱρεῖσθαι. ἔτι δὲ τοὺς μὲν ἐρῶντας πολλοὺς ἀνάγκη πυθέσθαι καὶ ἰδεῖν ἀκολουθοῦντας τοῖς ἐρωμένοις καὶ ἔργον τοῦτο ποιουμένους, ὥστε ὅταν ὀφθῶσι διαλεγόμενοι [232b]

conta as passadas penas, nem pôr em causa as desavenças com os familiares; e assim, afastados à sua volta tão grandes inconvenientes, nada mais lhes resta senão fazer prontamente o que uma vez feito imaginam lhes agradará. E ainda, se por isto é válido [231c] ter-se em grande conta os amantes, porque são eles, dizem, os que maior amizade têm àqueles que estão amando, e prontos estão por suas palavras e atos a se deixarem odiar pelos outros para agradar aos amados, é fácil saber se dizem a verdade, pois a quantos mais tarde eles estiverem amando terão em maior conta que aos primeiros, e evidentemente se aprouver aos últimos também aos primeiros virão a fazer mal. E portanto como pode ser razoável consentir em tal abandono [231d] a quem é presa de uma desgraça tal que ninguém de experiência nem tentaria demover? Pois eles próprios admitem que mais estão doentes que saudáveis de espírito, e reconhecem que estão desatinados mas não podem se dominar; e assim, como poderiam, entrados em seu bom senso, julgar que são belos os projetos que em tal estado formam? E o fato é que se entre os amantes fosses eleger o melhor, dentre poucos seria a tua escolha; mas se entre os outros o que te fosse mais útil, dentre muitos escolherias; assim, muito [231e] maior é a esperança, estando nesta maioria, de encontrares o homem digno de tua amizade.

"Se entretanto a norma estabelecida te faz recear que os homens venham a saber e seja uma desonra para ti, o provável é [232a] que os amantes, imaginando que aos olhos dos outros seriam tão invejáveis quanto aos próprios, exaltam-se a falar e, querendo valorizar-se, mostrem a todos que não foi por nada que eles penaram; os que porém não amam, sendo capazes de se dominar, ao melhor e não à fama entre os homens dão preferência. E ainda, os que estão amando é inevitável que muitos o saibam e os vejam a seguir os amados e a fazer empenho nisto, e assim, quando são vistos a conversar [232b] um com o outro, então imagina-se que estão de com-

ἀλλήλοις, τότε αὐτοὺς οἴονται ἢ γεγενημένης ἢ μελλούσης ἔσεσθαι τῆς ἐπιθυμίας συνεῖναι· τοὺς δὲ μὴ ἐρῶντας οὐδ' αἰτιᾶσθαι διὰ τὴν συνουσίαν ἐπιχειροῦσιν, εἰδότες ὅτι ἀναγκαῖόν ἐστιν ἢ διὰ φιλίαν τῳ διαλέγεσθαι ἢ δι' ἄλλην τινὰ ἡδονήν. καὶ μὲν δὴ εἴ σοι δέος παρέστηκεν ἡγουμένῳ χαλεπὸν εἶναι φιλίαν συμμένειν, καὶ ἄλλῳ μὲν τρόπῳ διαφορᾶς γενομένης κοινὴν ἂν ἀμφοτέροις καταστῆναι τὴν [232c] συμφοράν, προεμένου δέ σου ἃ περὶ πλείστου ποιῇ μεγάλην ἄν σοι βλάβην ἂν γενέσθαι, εἰκότως ἂν τοὺς ἐρῶντας μᾶλλον ἂν φοβοῖο· πολλὰ γὰρ αὐτούς ἐστι τὰ λυποῦντα, καὶ πάντ' ἐπὶ τῇ αὑτῶν βλάβῃ νομίζουσι γίγνεσθαι. διόπερ καὶ τὰς πρὸς τοὺς ἄλλους τῶν ἐρωμένων συνουσίας ἀποτρέπουσιν, φοβούμενοι τοὺς μὲν οὐσίαν κεκτημένους μὴ χρήμασιν αὐτοὺς ὑπερβάλωνται, τοὺς δὲ πεπαιδευμένους μὴ συνέσει κρείττους γένωνται· τῶν δὲ ἄλλο τι κεκτημένων [232d] ἀγαθὸν τὴν δύναμιν ἑκάστου φυλάττονται. πείσαντες μὲν οὖν ἀπεχθέσθαι σε τούτοις εἰς ἐρημίαν φίλων καθιστᾶσιν, ἐὰν δὲ τὸ σεαυτοῦ σκοπῶν ἄμεινον ἐκείνων φρονῇς, ἥξεις αὐτοῖς εἰς διαφοράν· ὅσοι δὲ μὴ ἐρῶντες ἔτυχον, ἀλλὰ δι' ἀρετὴν ἔπραξαν ὧν ἐδέοντο, οὐκ ἂν τοῖς συνοῦσι φθονοῖεν, ἀλλὰ τοὺς μὴ ἐθέλοντας μισοῖεν, ἡγούμενοι ὑπ' ἐκείνων μὲν ὑπερορᾶσθαι, ὑπὸ τῶν συνόντων δὲ ὠφελεῖσθαι, ὥστε πολὺ [232e] πλείων ἐλπὶς φιλίαν αὐτοῖς ἐκ τοῦ πράγματος ἢ ἔχθραν γενέσθαι.

'καὶ μὲν δὴ τῶν μὲν ἐρώντων πολλοὶ πρότερον τοῦ σώματος ἐπεθύμησαν ἢ τὸν τρόπον ἔγνωσαν καὶ τῶν ἄλλων οἰκείων ἔμπειροι ἐγένοντο, ὥστε ἄδηλον αὐτοῖς εἰ ἔτι τότε βουλήσονται φίλοι εἶναι, ἐπειδὰν τῆς ἐπιθυμίας παύσωνται· [233a] τοῖς δὲ μὴ ἐρῶσιν, οἳ καὶ πρότερον ἀλλήλοις φίλοι ὄντες ταῦτα ἔπραξαν, οὐκ ἐξ ὧν ἂν εὖ πάθωσι ταῦτα εἰκὸς ἐλάττω τὴν φιλίαν αὐτοῖς ποιῆσαι, ἀλλὰ ταῦτα μνημεῖα καταλειφθῆναι τῶν μελλόντων ἔσεσθαι. καὶ μὲν δὴ βελτίονί σοι προσήκει γενέσθαι ἐμοὶ

panhia ou por terem satisfeito ou por estarem para satisfazer o desejo; porém aos que não estão amando nem mesmo incriminar-lhes a companhia a gente procura, sabendo que é forçoso conversar com alguém, por amizade ou qualquer outro prazer. E na verdade, se te invade o medo quando julgas que é difícil perdurar amizade e que, de qualquer modo surgindo um dissentimento, comum aos dois seria a desgraça [232c] resultante, porém abandonando tu o que tens em maior conta para ti é que haveria grande dano, naturalmente então mais haverias de temer os amantes; pois muitas são as causas que os afligem, e tudo eles julgam que ocorrem em seu próprio detrimento. Justamente por isso até o convívio dos amados com os outros eles procuram evitar, receando que os possuidores de fortuna se lhes avantajem com o dinheiro e os de instrução com o entendimento; e quanto aos que possuem qualquer outro [232d] bem, do poder de cada um deles se resguardam. Assim, de tanto persuadirem a te deixar odiar pelos outros, eles te põem num deserto de amigos; se porém considerando teu próprio interesse tiveres melhor juízo que essa gente, com ela virás a desentender-te. Todos porém que não tiveram amor mas por virtude conseguiram o que pediam, não poderiam enciumar-se com os que contigo convivam; mas antes detestariam os que não queiram, pois julgariam que destes tens o desprezo e do convívio dos outros o proveito; e assim, muito [232e] maior é a esperança de que amizade lhes nasça do ato, em vez de inimizade.

"E na verdade entre os amantes são muitos os que desejaram o corpo antes de ter conhecido o modo e tido experiência dos outros hábitos pessoais do amado, de sorte que é incerto se ainda vão querer ser amigos quando o desejo cessar; [233a] mas para os não amantes, os quais já eram amigos antes de efetuarem esta experiência, não é provável que o seu bom efeito lhes torne menor a amizade, mas ao contrário, que subsista como lembrança para o que promete o futuro. E na verdade o que te convém é fazer-te melhor, aten-

πειθομένῳ ἢ ἐραστῇ. ἐκεῖνοι μὲν γὰρ καὶ παρὰ τὸ βέλτιστον τά τε λεγόμενα καὶ τὰ πραττόμενα ἐπαινοῦσιν, τὰ μὲν δεδιότες μὴ ἀπέχθωνται, τὰ δὲ [233b] καὶ αὐτοὶ χεῖρον διὰ τὴν ἐπιθυμίαν γιγνώσκοντες. τοιαῦτα γὰρ ὁ ἔρως ἐπιδείκνυται· δυστυχοῦντας μέν, ἃ μὴ λύπην τοῖς ἄλλοις παρέχει, ἀνιαρὰ ποιεῖ νομίζειν· εὐτυχοῦντας δὲ καὶ τὰ μὴ ἡδονῆς ἄξια παρ' ἐκείνων ἐπαίνου ἀναγκάζει τυγχάνειν· ὥστε πολὺ μᾶλλον ἐλεεῖν τοῖς ἐρωμένοις ἢ ζηλοῦν αὐτοὺς προσήκει. ἐὰν δέ μοι πείθῃ, πρῶτον μὲν οὐ τὴν παροῦσαν ἡδονὴν θεραπεύων συνέσομαί σοι, ἀλλὰ καὶ [233c] τὴν μέλλουσαν ὠφελίαν ἔσεσθαι, οὐχ ὑπ' ἔρωτος ἡττώμενος ἀλλ' ἐμαυτοῦ κρατῶν, οὐδὲ διὰ σμικρὰ ἰσχυρὰν ἔχθραν ἀναιρούμενος ἀλλὰ διὰ μεγάλα βραδέως ὀλίγην ὀργὴν ποιούμενος, τῶν μὲν ἀκουσίων συγγνώμην ἔχων, τὰ δὲ ἑκούσια πειρώμενος ἀποτρέπειν· ταῦτα γάρ ἐστι φιλίας πολὺν χρόνον ἐσομένης τεκμήρια. εἰ δ' ἄρα σοι τοῦτο παρέστηκεν, ὡς οὐχ οἷόν τε ἰσχυρὰν φιλίαν γενέσθαι ἐὰν μή τις ἐρῶν τυγχάνῃ, [233d] ἐνθυμεῖσθαι χρὴ ὅτι οὔτ' ἂν τοὺς ὑεῖς περὶ πολλοῦ ἐποιούμεθα οὔτ' ἂν τοὺς πατέρας καὶ τὰς μητέρας, οὔτ' ἂν πιστοὺς φίλους ἐκεκτήμεθα, οἳ οὐκ ἐξ ἐπιθυμίας τοιαύτης γεγόνασιν ἀλλ' ἐξ ἑτέρων ἐπιτηδευμάτων.

"ἔτι δὲ εἰ χρὴ τοῖς δεομένοις μάλιστα χαρίζεσθαι, προσήκει καὶ τοῖς ἄλλοις μὴ τοὺς βελτίστους ἀλλὰ τοὺς ἀπορωτάτους εὖ ποιεῖν· μεγίστων γὰρ ἀπαλλαγέντες κακῶν πλείστην χάριν αὐτοῖς εἴσονται. καὶ μὲν δὴ καὶ ἐν ταῖς [233e] ἰδίαις δαπάναις οὐ τοὺς φίλους ἄξιον παρακαλεῖν, ἀλλὰ τοὺς προσαιτοῦντας καὶ τοὺς δεομένους πλησμονῆς· ἐκεῖνοι γὰρ καὶ ἀγαπήσουσιν καὶ ἀκολουθήσουσιν καὶ ἐπὶ τὰς θύρας ἥξουσι καὶ μάλιστα ἡσθήσονται καὶ οὐκ ἐλαχίστην χάριν εἴσονται καὶ πολλὰ ἀγαθὰ αὐτοῖς εὔξονται. ἀλλ' ἴσως προσήκει οὐ τοῖς σφόδρα δεομένοις χαρίζεσθαι, ἀλλὰ τοῖς μάλιστα ἀποδοῦναι χάριν δυναμένοις· οὐδὲ τοῖς προσαιτοῦσι [234a] μόνον, ἀλλὰ τοῖς τοῦ πράγματος ἀξίοις· οὐδὲ ὅσοι τῆς σῆς ὥρας ἀπολαύσονται, ἀλλ' οἵτινες

dendo-me de preferência a um amante. Pois aqueles, mesmo ao revés do que é melhor, louvam o que os amados dizem e fazem, em parte porque temem ser odiados, em parte [233b] porque neles o desejo piora o discernimento. Pois tais são os efeitos que o amor põe à mostra: quando em má sorte, o que aos outros não causa aflição os faz considerar aflitivo; e quando em boa, até o que nem chega a causar prazer força a tecer elogios da parte deles. E assim, muito mais pena que inveja convém que se tenha dos amados. Se porém me atenderes, primeiramente não é a serviço do atual prazer que estarei contigo, mas também [233c] do futuro interesse; não dominado por amor mas antes dominando-me, nem por pequenos motivos forte inimizade suscitando mas antes por grandes lentamente cedendo a pequena cólera; para as faltas involuntárias tendo indulgência e para as voluntárias o empenho de evitá-las; pois estes são os sinais de uma amizade que será por muito tempo. Se então te acercou esta ideia, que não é possível nascer forte amizade sem que se esteja apaixonado, [233d] cumpre refletir que nem mesmo os filhos teríamos em muito apreço, nem os pais nem as mães, nem fiéis amigos teríamos, os quais não foi de tal paixão que se originaram mas de outros procedimentos.

"E ainda, se é aos que mais pedem que é preciso favorecer, então é também no restante que cabe fazer bem e não aos melhores, mas aos mais desprovidos; pois desembaraçados dos maiores males, máxima será sua gratidão. E na verdade, também no [233e] item das despesas pessoais, não os amigos merecem ser convidados, mas os mendigos e os necessitados de satisfação; pois eles vão gostar e cortejar, e chegar às portas e sentir máximo prazer e não mínima gratidão, e vos desejar muitos bens. Mas o que talvez convém é favorecer não aos que pedem com mais veemência, mas sim aos mais capazes de retribuir favor; nem aos que apenas [234a] se apaixonam, mas sim aos que merecem o negócio; nem a quantos de tua mocidade visem o desfrute, mas àqueles que em tua maio-

πρεσβυτέρῳ γενομένῳ τῶν σφετέρων ἀγαθῶν μεταδώσουσιν· οὐδὲ οἳ διαπραξάμενοι πρὸς τοὺς ἄλλους φιλοτιμήσονται, ἀλλ᾽ οἵτινες αἰσχυνόμενοι πρὸς ἅπαντας σιωπήσονται· οὐδὲ τοῖς ὀλίγον χρόνον σπουδάζουσιν, ἀλλὰ τοῖς ὁμοίως διὰ παντὸς τοῦ βίου φίλοις ἐσομένοις· οὐδὲ οἵτινες παυόμενοι τῆς ἐπιθυμίας ἔχθρας πρόφασιν ζητήσουσιν, ἀλλ᾽ οἳ παυσαμένου τῆς ὥρας τότε [234b] τὴν αὑτῶν ἀρετὴν ἐπιδείξονται. σὺ οὖν τῶν τε εἰρημένων μέμνησο καὶ ἐκεῖνο ἐνθυμοῦ, ὅτι τοὺς μὲν ἐρῶντας οἱ φίλοι νουθετοῦσιν ὡς ὄντος κακοῦ τοῦ ἐπιτηδεύματος, τοῖς δὲ μὴ ἐρῶσιν οὐδεὶς πώποτε τῶν οἰκείων ἐμέμψατο ὡς διὰ τοῦτο κακῶς βουλευομένοις περὶ ἑαυτῶν.

'ἴσως ἂν οὖν ἔροιό με εἰ ἅπασίν σοι παραινῶ τοῖς μὴ ἐρῶσι χαρίζεσθαι. ἐγὼ μὲν οἶμαι οὐδ᾽ ἂν τὸν ἐρῶντα πρὸς ἅπαντάς σε κελεύειν τοὺς ἐρῶντας ταύτην ἔχειν τὴν [234c] διάνοιαν. οὔτε γὰρ τῷ λαμβάνοντι χάριτος ἴσης ἄξιον, οὔτε σοὶ βουλομένῳ τοὺς ἄλλους λανθάνειν ὁμοίως δυνατόν· δεῖ δὲ βλάβην μὲν ἀπ᾽ αὐτοῦ μηδεμίαν, ὠφελίαν δὲ ἀμφοῖν γίγνεσθαι. ἐγὼ μὲν οὖν ἱκανά μοι νομίζω τὰ εἰρημένα· εἰ δ᾽ ἔτι τι σὺ ποθεῖς, ἡγούμενος παραλελεῖφθαι, ἐρώτα.'

ΦΑΙΔΡΟΣ

τί σοι φαίνεται, ὦ Σώκρατες, ὁ λόγος; οὐχ ὑπερφυῶς τά τε ἄλλα καὶ τοῖς ὀνόμασιν εἰρῆσθαι; [234d]

ΣΩΚΡΑΤΗΣ

δαιμονίως μὲν οὖν, ὦ ἑταῖρε, ὥστε με ἐκπλαγῆναι. καὶ τοῦτο ἐγὼ ἔπαθον διὰ σέ, ὦ Φαῖδρε, πρὸς σὲ ἀποβλέπων, ὅτι ἐμοὶ ἐδόκεις γάνυσθαι ὑπὸ τοῦ λόγου μεταξὺ ἀναγιγνώσκων· ἡγούμενος γὰρ σὲ μᾶλλον ἢ ἐμὲ ἐπαΐειν περὶ τῶν τοιούτων σοὶ εἰπόμην, καὶ ἑπόμενος συνεβάκχευσα μετὰ σοῦ τῆς θείας κεφαλῆς.

ridade compartilharão os seus bens; nem aos que, feito o negócio, diante dos outros vão se fazer valer, mas àqueles que, recatados, diante de todos silenciarão; nem aos que por breve tempo levam a sério, mas aos que igualmente por toda a vida serão amigos; nem àqueles que, cessado o desejo, vão procurar um pretexto de inimizade, mas aos que, finda a tua hora, aí [234b] é que mostrarão sua virtude. Tu portanto guarda a lembrança do que foi dito e medita este ponto: aos que estão apaixonados os amigos advertem, como se má fosse a conduta, porém aos que não estão nenhum dos familiares jamais censurou como se por isso estivessem mal consultando seu próprio interesse.

"Talvez então me perguntes se é a todos os não amantes que te aconselho a favorecer. Eu por mim creio que nem tão pouco o amante te exortaria a ter esta intenção para com todos os [234c] amantes; pois nem para o que reflete merece isto igual gratidão nem para ti, se queres que os outros ignorem, é igualmente possível; e é preciso que disto nenhum dano advenha, mas sim proveito para ambos. Eu portanto estimo suficiente para mim o que foi dito; se porém tu sentes falta de algo que julgues ter sido omitido, pergunta."

FEDRO

Que te parece o discurso, Sócrates? Não é em geral de uma soberba eloquência, sobretudo no vocabulário? [234d]

SÓCRATES

Divina mesmo, companheiro, a ponto de me ter transtornado. E isto eu senti através de ti, Fedro, ao te contemplar, que me parecias iluminado pelo discurso enquanto lias; pois te julgando mais entendido que eu em tais questões te segui, e seguindo delirei contigo, divina cabeça.

ΦΑΙΔΡΟΣ

εἶεν· οὕτω δὴ δοκεῖ παίζειν;

ΣΩΚΡΑΤΗΣ

δοκῶ γάρ σοι παίζειν καὶ οὐχὶ ἐσπουδακέναι; [234e]

ΦΑΙΔΡΟΣ

μηδαμῶς, ὦ Σώκρατες, ἀλλ᾽ ὡς ἀληθῶς εἰπὲ πρὸς Διὸς φιλίου, οἴει ἄν τινα ἔχειν εἰπεῖν ἄλλον τῶν Ἑλλήνων ἕτερα τούτων μείζω καὶ πλείω περὶ τοῦ αὐτοῦ πράγματος;

ΣΩΚΡΑΤΗΣ

τί δέ; καὶ ταύτῃ δεῖ ὑπ᾽ ἐμοῦ τε καὶ σοῦ τὸν λόγον ἐπαινεθῆναι, ὡς τὰ δέοντα εἰρηκότος τοῦ ποιητοῦ, ἀλλ᾽ οὐκ ἐκείνῃ μόνον, ὅτι σαφῆ καὶ στρογγύλα, καὶ ἀκριβῶς ἕκαστα τῶν ὀνομάτων ἀποτετόρνευται; εἰ γὰρ δεῖ, συγχωρητέον χάριν σήν, ἐπεὶ ἐμέ γε ἔλαθεν ὑπὸ τῆς ἐμῆς [235a] οὐδενίας· τῷ γὰρ ῥητορικῷ αὐτοῦ μόνῳ τὸν νοῦν προσεῖχον, τοῦτο δὲ οὐδ᾽ ἂν αὐτὸν ᾤμην Λυσίαν οἴεσθαι ἱκανὸν εἶναι. καὶ οὖν μοι ἔδοξεν, ὦ Φαῖδρε, εἰ μή τι σὺ ἄλλο λέγεις, δὶς καὶ τρὶς τὰ αὐτὰ εἰρηκέναι, ὡς οὐ πάνυ εὐπορῶν τοῦ πολλὰ λέγειν περὶ τοῦ αὐτοῦ, ἢ ἴσως οὐδὲν αὐτῷ μέλον τοῦ τοιούτου· καὶ ἐφαίνετο δή μοι νεανιεύεσθαι ἐπιδεικνύμενος ὡς οἷός τε ὢν ταὐτὰ ἑτέρως τε καὶ ἑτέρως λέγων ἀμφοτέρως εἰπεῖν ἄριστα. [235b]

FEDRO

Ora, assim então decides brincar?

SÓCRATES

Pois te parece que estou brincando e não sendo sério?[24] [234e]

FEDRO

De modo algum, Sócrates; mas na verdade dize-me pelo Zeus amigo, pensas que algum outro poderia entre os gregos fazer um segundo discurso, mais grandioso e mais rico que este, sobre o mesmo assunto?

SÓCRATES

O quê? Também por este lado devemos tanto eu como tu louvar o discurso, por ter o seu autor dito o que devia? E não somente por aquele, por ser claro e conciso, e cada palavra exatamente torneada? Se com efeito devemos, convenhamos que é graças a ti, pois a mim pelo menos não me ocorreu, em razão de minha [235a] nulidade; somente ao seu aspecto retórico eu tinha prestado atenção, e este outro nem o próprio Lísias a meu ver pensava que fosse suficiente. E então me pareceu, ó Fedro, a não ser que outra explicação me dês, que ele disse as mesmas coisas duas, três vezes, como se não tivesse bom recurso para falar muito sobre o mesmo assunto, ou talvez, como se de tal questão nada lhe importasse; e assim eu o via como um jovem que está exibindo seu talento para dizer o mesmo de um modo e de outro e, em ambos os casos, dizer com perfeição. [235b]

---

[24] A confrontação da seriedade com a brincadeira, no que diz respeito aos discursos, será reativada no final do diálogo, a propósito do valor das produções escritas (276b-277a).

ΦΑΙΔΡΟΣ

οὐδὲν λέγεις, ὦ Σώκρατες· αὐτὸ γὰρ τοῦτο καὶ μάλιστα ὁ λόγος ἔχει. τῶν γὰρ ἐνόντων ἀξίως ῥηθῆναι ἐν τῷ πράγματι οὐδὲν παραλέλοιπεν, ὥστε παρὰ τὰ ἐκείνῳ εἰρημένα μηδέν᾽ ἄν ποτε δύνασθαι εἰπεῖν ἄλλα πλείω καὶ πλείονος ἄξια.

ΣΩΚΡΑΤΗΣ

τοῦτο ἐγώ σοι οὐκέτι οἷός τ᾽ ἔσομαι πιθέσθαι· παλαιοὶ γὰρ καὶ σοφοὶ ἄνδρες τε καὶ γυναῖκες περὶ αὐτῶν εἰρηκότες καὶ γεγραφότες ἐξελέγξουσί με, ἐάν σοι χαριζόμενος συγχωρῶ. [235c]

ΦΑΙΔΡΟΣ

τίνες οὗτοι; καὶ ποῦ σὺ βελτίω τούτων ἀκήκοας;

ΣΩΚΡΑΤΗΣ

νῦν μὲν οὕτως οὐκ ἔχω εἰπεῖν· δῆλον δὲ ὅτι τινῶν ἀκήκοα, ἤ που Σαπφοῦς τῆς καλῆς ἢ Ἀνακρέοντος τοῦ σοφοῦ ἢ καὶ συγγραφέων τινῶν. πόθεν δὴ τεκμαιρόμενος λέγω; πλῆρές πως, ὦ δαιμόνιε, τὸ στῆθος ἔχων αἰσθάνομαι παρὰ ταῦτα ἂν ἔχειν εἰπεῖν ἕτερα μὴ χείρω. ὅτι μὲν οὖν παρά γε ἐμαυτοῦ οὐδὲν αὐτῶν ἐννενόηκα, εὖ οἶδα, συνειδὼς ἐμαυτῷ ἀμαθίαν· λείπεται δὴ οἶμαι ἐξ ἀλλοτρίων ποθὲν [235d] ναμάτων διὰ τῆς ἀκοῆς πεπληρῶσθαί με δίκην ἀγγείου. ὑπὸ δὲ νωθείας αὖ καὶ αὐτὸ τοῦτο ἐπιλέλησμαι, ὅπως τε καὶ ὧντινων ἤκουσα.

FEDRO

Nada estás dizendo, Sócrates; pois isto mesmo é justamente o que mais o discurso comporta. Do que havia digno de ser dito na questão ele nada omitiu e assim, fora do que por ele foi expresso, ninguém poderia outro tanto dizer com maior riqueza e valor.

SÓCRATES

Isso eu não mais serei capaz de te conceder; pois pessoas antigas e sábias, homens e mulheres, sobre o assunto falaram e escreveram, as quais me confundirão se complacente contigo eu o admitir. [235c]

FEDRO

Quem são eles? E onde ouviste linguagem melhor que esta?

SÓCRATES

Agora mesmo assim não posso dizer; mas claro que de alguns já ouvi, sem dúvida da bela Safo ou do sábio Anacreonte[25] ou mesmo de algum prosador. Em que indício me apoio para afirmá-lo? Uma certa plenitude em meu peito, ó divino, me fez sentir que em face disto posso dizer outro tanto e não inferior. Ora, que de mim mesmo não concebi nada disso bem sei, consciente que sou de minha ignorância; resta então, imagino, que foi de fontes alheias, não sei de [235d] quais, que pela audição me enchi, como uma jarra. Mas por descuido esqueci-me disso mesmo, de como e de quem ouvi.

---

[25] Safo e Anacreonte (séculos VII e VI a.C., respectivamente) são dois dos maiores expoentes da lírica grega, famosos pela sua celebração do amor e da paixão carnal.

ΦΑΙΔΡΟΣ

ἀλλ', ὦ γενναιότατε, κάλλιστα εἴρηκας. σὺ γὰρ ἐμοὶ ὧντινων μὲν καὶ ὅπως ἤκουσας μηδ' ἂν κελεύω εἴπῃς, τοῦτο δὲ αὐτὸ ὃ λέγεις ποίησον· τῶν ἐν τῷ βιβλίῳ βελτίω τε καὶ μὴ ἐλάττω ἕτερα ὑπέσχησαι εἰπεῖν τούτων ἀπεχόμενος, καί σοι ἐγώ, ὥσπερ οἱ ἐννέα ἄρχοντες, ὑπισχνοῦμαι χρυσῆν εἰκόνα ἰσομέτρητον εἰς Δελφοὺς ἀναθήσειν, οὐ [235e] μόνον ἐμαυτοῦ ἀλλὰ καὶ σήν.

ΣΩΚΡΑΤΗΣ

φίλτατος εἶ καὶ ὡς ἀληθῶς χρυσοῦς, ὦ Φαῖδρε, εἴ με οἴει λέγειν ὡς Λυσίας τοῦ παντὸς ἡμάρτηκεν, καὶ οἷόν τε δὴ παρὰ πάντα ταῦτα ἄλλα εἰπεῖν· τοῦτο δὲ οἶμαι οὐδ' ἂν τὸν φαυλότατον παθεῖν συγγραφέα. αὐτίκα περὶ οὗ ὁ λόγος, τίνα οἴει λέγοντα ὡς χρὴ μὴ ἐρῶντι μᾶλλον ἢ ἐρῶντι χαρίζεσθαι, παρέντα τοῦ μὲν τὸ φρόνιμον ἐγκωμιάζειν, [236a] τοῦ δὲ τὸ ἄφρον ψέγειν, ἀναγκαῖα γοῦν ὄντα, εἶτ' ἄλλ' ἄττα ἕξειν λέγειν; ἀλλ' οἶμαι τὰ μὲν τοιαῦτα ἐατέα καὶ συγγνωστέα λέγοντι· καὶ τῶν μὲν τοιούτων οὐ τὴν εὕρεσιν ἀλλὰ τὴν διάθεσιν ἐπαινετέον, τῶν δὲ μὴ ἀναγκαίων τε καὶ χαλεπῶν εὑρεῖν πρὸς τῇ διαθέσει καὶ τὴν εὕρεσιν.

ΦΑΙΔΡΟΣ

συγχωρῶ ὃ λέγεις· μετρίως γάρ μοι δοκεῖς εἰρηκέναι. ποιήσω οὖν καὶ ἐγὼ οὕτως· τὸ μὲν τὸν ἐρῶντα [236b] τοῦ μὴ ἐρῶντος μᾶλλον νοσεῖν δώσω σοι ὑποτίθεσθαι, τῶν δὲ λοιπῶν ἕτερα πλείω καὶ πλείονος ἄξια εἰπὼν τῶνδε Λυσίου παρὰ τὸ

FEDRO

Mas, ó generosíssimo, foi uma beleza o que disseste; pois de que pessoas e como ouviste não precisas dizer-me, ainda que eu te peça; mas isso mesmo que estás dizendo faze. Um discurso diferente do que está no folheto tu te obrigaste a proferir, melhor e não menos rico, abstendo-te deste; e a ti eu prometo, como fazem os nove arcontes,[26] mandar erguer em Delfos uma imagem de ouro, tamanho natural, não [235e] só de mim mas de ti.

SÓCRATES

Muitíssimo amável és e verdadeiramente de ouro, ó Fedro, se me imaginas afirmar que Lísias falhou de todo, e que então é possível em face de tudo isso outro tanto dizer; isso não se daria, imagino, nem mesmo com o mais medíocre escritor. Logo, sobre o que versa o discurso, quem imaginas tu — se afirma que é preciso aquiescer ao não amante mais que ao amante, e se renunciou a louvar do primeiro a prudência [236a] e a censurar do segundo a imprudência, o que sem dúvida necessariamente se impõe —, quem depois disso poderia dizer algo mais? Imagino, ao contrário, que tais temas se deve deixar e perdoar ao orador; de tais temas não é a invenção, mas antes a disposição que se deve louvar, enquanto dos que necessariamente não se impõem e são difíceis de inventar, além da disposição também a invenção se deve louvar.

FEDRO

Admito o que dizes; pois tem cabimento, parece-me, o que explicaste. Farei então de minha parte assim: que o amante [236b] é mais doente que o não amante, eis o que te darei como hipótese; quanto ao resto, quando outro tanto tiveres dito com mais riqueza e valor, ao lado da oferenda

---

[26] Os nove magistrados que, em Atenas, ocupavam as funções de comando na cidade.

Κυψελιδῶν ἀνάθημα σφυρήλατος ἐν Ὀλυμπίᾳ στάθητι.

ΣΩΚΡΑΤΗΣ

ἐσπούδακας, ὦ Φαῖδρε, ὅτι σου τῶν παιδικῶν ἐπελαβόμην ἐρεσχηλῶν σε, καὶ οἴει δή με ὡς ἀληθῶς ἐπιχειρήσειν εἰπεῖν παρὰ τὴν ἐκείνου σοφίαν ἕτερόν τι ποικιλώτερον;

ΦΑΙΔΡΟΣ

περὶ μὲν τούτου, ὦ φίλε, εἰς τὰς ὁμοίας λαβὰς [236c] ἐλήλυθας. ῥητέον μὲν γάρ σοι παντὸς μᾶλλον οὕτως ὅπως οἷός τε εἶ, ἵνα μὴ τὸ τῶν κωμῳδῶν φορτικὸν πρᾶγμα ἀναγκαζώμεθα ποιεῖν ἀνταποδιδόντες ἀλλήλοις εὐλαβήθητι, καὶ μὴ βούλου με ἀναγκάσαι λέγειν ἐκεῖνο τὸ 'εἰ ἐγώ, ὦ Σώκρατες, Σωκράτην ἀγνοῶ, καὶ ἐμαυτοῦ ἐπιλέλησμαι,' καὶ ὅτι 'ἐπεθύμει μὲν λέγειν, ἐθρύπτετο δέ·' ἀλλὰ διανοήθητι ὅτι ἐντεῦθεν οὐκ ἄπιμεν πρὶν ἂν σὺ εἴπῃς ἃ ἔφησθα ἐν τῷ στήθει ἔχειν. ἐσμὲν δὲ μόνω ἐν ἐρημίᾳ, [236d] ἰσχυρότερος δ' ἐγὼ καὶ νεώτερος, ἐκ δὲ ἁπάντων τούτων 'σύνες ὅ τοι λέγω,' καὶ μηδαμῶς πρὸς βίαν βουληθῇς μᾶλλον ἢ ἑκὼν λέγειν.

ΣΩΚΡΑΤΗΣ

ἀλλ', ὦ μακάριε Φαῖδρε, γελοῖος ἔσομαι παρ' ἀγαθὸν ποιητὴν ἰδιώτης αὐτοσχεδιάζων περὶ τῶν αὐτῶν.

dos Cipsélidas[27] trabalhado ao martelo em Olímpia tu te erguerás.

SÓCRATES

Levaste a sério, Fedro, porque mexi com teus amores divertindo-me contigo? E então imaginas que na verdade tentarei, paralelamente à sabedoria desse homem, dizer outro tanto e com maior variedade?

FEDRO

Quanto a isso, amigo, igualmente te deixaste [236c] pegar. Pois antes de tudo tens que falar assim como és capaz, para não sermos forçados a fazer o incômodo ofício dos comediantes, trocando os papéis; toma cuidado pois e não queiras obrigar-me a te retrucar aquilo; "se eu, ó Sócrates, desconheço Sócrates, é que de mim mesmo estou esquecido"; e ainda: "Ele desejava falar mas se encarecia".[28] Ao contrário, põe em tua mente que daqui não partiremos antes de dizeres o que afirmaste ter em teu peito. Estamos sós em lugar deserto, [236d] eu sou mais forte e mais jovem, e de tudo isso "compreende o que estou dizendo"[29] e de modo nenhum queiras falar à força, de preferência a fazê-lo de bom grado.

SÓCRATES

Mas ó bem-aventurado Fedro, serei ridículo em face de um bom autor, eu um leigo, se me ponho a improvisar sobre o mesmo assunto.

---

[27] Dinastia de Corinto, à qual Aristóteles (*Política*, V, 9, 1313a34--b27) se refere como paradigma da tirania grega.

[28] Referência irônica à atitude de Fedro, ao fazer-se rogado para falar (228c).

[29] Alusão a um verso de Píndaro (frag. 105, Snell-Maehler).

ΦΑΙΔΡΟΣ

οἶσθ' ὡς ἔχει; παῦσαι πρός με καλλωπιζόμενος· σχεδὸν γὰρ ἔχω ὃ εἰπὼν ἀναγκάσω σε λέγειν.

ΣΩΚΡΑΤΗΣ

μηδαμῶς τοίνυν εἴπῃς.

ΦΑΙΔΡΟΣ

οὔκ, ἀλλὰ καὶ δὴ λέγω· ὁ δέ μοι λόγος ὅρκος ἔσται. ὄμνυμι γάρ σοι — τίνα μέντοι, τίνα θεῶν; ἢ βούλει [236e] τὴν πλάτανον ταυτηνί; — ἦ μήν, ἐάν μοι μὴ εἴπῃς τὸν λόγον ἐναντίον αὐτῆς ταύτης, μηδέποτέ σοι ἕτερον λόγον μηδένα μηδενὸς μήτε ἐπιδείξειν μήτε ἐξαγγελεῖν.

ΣΩΚΡΑΤΗΣ

βαβαῖ, ὦ μιαρέ, ὡς εὖ ἀνηῦρες τὴν ἀνάγκην ἀνδρὶ φιλολόγῳ ποιεῖν ὃ ἂν κελεύῃς.

ΦΑΙΔΡΟΣ

τί δῆτα ἔχων στρέφῃ;

ΣΩΚΡΑΤΗΣ

οὐδὲν ἔτι, ἐπειδὴ σύ γε ταῦτα ὀμώμοκας. πῶς γὰρ ἂν οἷός τ' εἴην τοιαύτης θοίνης ἀπέχεσθαι; [237a]

ΦΑΙΔΡΟΣ

λέγε δή.

ΣΩΚΡΑΤΗΣ

οἶσθ' οὖν ὡς ποιήσω;

FEDRO

Sabes como é? Para de te enfeitar para mim; pois tenho a fórmula com que te forçarei a falar.

SÓCRATES

Pois absolutamente não a pronuncies.

FEDRO

Não, mas ao contrário é o que vou dizer. E será um juramento. Pois eu te juro — mas por quem, por que divindade? Ah! Queres [236e] por este plátano aqui? — em verdade, se não me fizeres o discurso diante desta árvore, jamais qualquer outro discurso, de quem quer que seja, hei de te apresentar ou anunciar.

SÓCRATES

Ah, malandro, como achaste bem o meio de forçar um amante do discurso a fazer o que exiges!

FEDRO

Que tens então para tergiversar?

SÓCRATES

Nada mais, uma vez que fizeste, logo tu, este juramento. Pois como seria eu capaz de me privar de tal regalo? [237a]

FEDRO

Pois fala.

SÓCRATES

Sabes então como farei?

ΦΑΙΔΡΟΣ

τοῦ πέρι;

ΣΩΚΡΑΤΗΣ

ἐγκαλυψάμενος ἐρῶ, ἵν' ὅτι τάχιστα διαδράμω τὸν λόγον καὶ μὴ βλέπων πρὸς σὲ ὑπ' αἰσχύνης διαπορῶμαι.

ΦΑΙΔΡΟΣ

λέγε μόνον, τὰ δ' ἄλλα ὅπως βούλει ποίει.

ΣΩΚΡΑΤΗΣ

ἄγετε δή, ὦ Μοῦσαι, εἴτε δι' ᾠδῆς εἶδος λίγειαι, εἴτε διὰ γένος μουσικὸν τὸ Λιγύων ταύτην ἔσχετ' ἐπωνυμίαν, 'ξύμ μοι λάβεσθε' τοῦ μύθου, ὅν με ἀναγκάζει ὁ βέλτιστος οὑτοσὶ λέγειν, ἵν' ὁ ἑταῖρος αὐτοῦ, καὶ πρότερον [237b] δοκῶν τούτῳ σοφὸς εἶναι, νῦν ἔτι μᾶλλον δόξῃ.

'ἦν οὕτω δὴ παῖς, μᾶλλον δὲ μειρακίσκος, μάλα καλός· τούτῳ δὲ ἦσαν ἐρασταὶ πάνυ πολλοί. εἷς δέ τις αὐτῶν αἱμύλος ἦν, ὃς οὐδενὸς ἧττον ἐρῶν ἐπεπείκει τὸν παῖδα ὡς οὐκ ἐρῴη. καί ποτε αὐτὸν αἰτῶν ἔπειθεν τοῦτ' αὐτό, ὡς μὴ ἐρῶντι πρὸ τοῦ ἐρῶντος δέοι χαρίζεσθαι, ἔλεγέν τε ὧδε —

'περὶ παντός, ὦ παῖ, μία ἀρχὴ τοῖς μέλλουσι καλῶς [237c] βουλεύσεσθαι· εἰδέναι δεῖ περὶ οὗ ἂν ᾖ ἡ βουλή, ἢ παντὸς ἁμαρτάνειν ἀνάγκη. τοὺς δὲ πολλοὺς λέληθεν ὅτι οὐκ ἴσασι τὴν οὐσίαν ἑκάστου. ὡς οὖν εἰδότες οὐ διομολογοῦνται ἐν ἀρχῇ τῆς σκέψεως, προελθόντες δὲ τὸ εἰκὸς ἀποδιδόασιν· οὔτε γὰρ ἑαυτοῖς οὔτε ἀλλήλοις ὁμολογοῦσιν. ἐγὼ οὖν καὶ σὺ μὴ πάθωμεν ὃ ἄλλοις ἐπιτιμῶμεν, ἀλλ' ἐπειδὴ σοὶ καὶ ἐμοὶ ὁ λόγος πρόκειται πότερα ἐρῶντι ἢ μὴ μᾶλλον εἰς φιλίαν ἰτέον, περὶ ἔρωτος οἷόν τ' ἔστι καὶ ἣν ἔχει

FEDRO

De que estás falando?

SÓCRATES

Eu me encobrirei para falar, a fim de que logo chegue ao termo do discurso e, olhando-te em face, não me embarace de vergonha.

FEDRO

Contanto que fales, o mais faz como quiseres.

SÓCRATES

Vamos então, ó Musas, quer pela forma do canto canoras, quer pela raça de músicos dos Lígures, "comigo tomai" o mito que me força a expor este boníssimo, para que o seu amigo, que já antes [237b] parecia sábio, agora mais ainda o pareça.

"Era então uma vez um menino, ou antes um rapazote, muito belo; e ele tinha amantes em grande número. Um deles porém era ladino, e embora amasse não menos que qualquer outro, tinha persuadido o menino de que não o amava. E uma vez, quando o solicitava, se pôs a persuadi-lo disso mesmo, de que ao não amante, de preferência ao amante, carecia aquiescer, e eis como falava:

"Sobre todo assunto, ó menino, um só princípio há para os que se dispõem a uma boa [237c] deliberação: é preciso saber sobre quem se delibera, senão se erra tudo. Ora, à maioria dos homens escapa que eles não sabem a essência de cada coisa. Como se então o soubessem, não se põem eles de acordo no início da pesquisa, e quando prosseguem pagam o merecido: pois nem consigo mesmo nem entre si eles concordam. Eu e tu portanto não devemos incidir no que censuramos nos outros mas ao contrário, desde que a ti e a mim se depara a questão de saber se é com amante ou não que se deve travar amizade, sobre amor, quê é ele e quê poder tem,

δύναμιν, [237d] ὁμολογίᾳ θέμενοι ὅρον, εἰς τοῦτο ἀποβλέποντες καὶ ἀναφέροντες τὴν σκέψιν ποιώμεθα εἴτε ὠφελίαν εἴτε βλάβην παρέχει. ὅτι μὲν οὖν δὴ ἐπιθυμία τις ὁ ἔρως, ἅπαντι δῆλον· ὅτι δ' αὖ καὶ μὴ ἐρῶντες ἐπιθυμοῦσι τῶν καλῶν, ἴσμεν. τῷ δὴ τὸν ἐρῶντά τε καὶ μὴ κρινοῦμεν; δεῖ αὖ νοῆσαι ὅτι ἡμῶν ἐν ἑκάστῳ δύο τινέ ἐστον ἰδέα ἄρχοντε καὶ ἄγοντε, οἷν ἑπόμεθα ᾗ ἂν ἄγητον, ἡ μὲν ἔμφυτος οὖσα ἐπιθυμία ἡδονῶν, ἄλλη δὲ ἐπίκτητος δόξα, ἐφιεμένη τοῦ ἀρίστου. τούτω δὲ ἐν ἡμῖν τοτὲ μὲν ὁμονοεῖτον, [237e] ἔστι δὲ ὅτε στασιάζετον· καὶ τοτὲ μὲν ἡ ἑτέρα, ἄλλοτε δὲ ἡ ἑτέρα κρατεῖ. δόξης μὲν οὖν ἐπὶ τὸ ἄριστον λόγῳ ἀγούσης καὶ κρατούσης τῷ κράτει σωφροσύνη ὄνομα· [238a] ἐπιθυμίας δὲ ἀλόγως ἑλκούσης ἐπὶ ἡδονὰς καὶ ἀρξάσης ἐν ἡμῖν τῇ ἀρχῇ ὕβρις ἐπωνομάσθη. ὕβρις δὲ δὴ πολυώνυμον — πολυμελὲς γὰρ καὶ πολυμερές — καὶ τούτων τῶν ἰδεῶν ἐκπρεπὴς ἣ ἂν τύχῃ γενομένη, τὴν αὑτῆς ἐπωνυμίαν ὀνομαζόμενον τὸν ἔχοντα παρέχεται, οὔτε τινὰ καλὴν οὔτ' ἐπαξίαν κεκτῆσθαι. περὶ μὲν γὰρ ἐδωδὴν κρατοῦσα τοῦ λόγου τε τοῦ ἀρίστου καὶ τῶν ἄλλων ἐπιθυμιῶν ἐπιθυμία [238b] γαστριμαργία τε καὶ τὸν ἔχοντα ταὐτὸν τοῦτο κεκλημένον παρέξεται· περὶ δ' αὖ μέθας τυραννεύσασα, τὸν κεκτημένον ταύτῃ ἄγουσα, δῆλον οὗ τεύξεται προσρήματος· καὶ τἆλλα δὴ τὰ τούτων ἀδελφὰ καὶ ἀδελφῶν ἐπιθυμιῶν ὀνόματα τῆς ἀεὶ δυναστευούσης ᾗ προσήκει καλεῖσθαι πρόδηλον. ἧς δ' ἕνεκα πάντα τὰ πρόσθεν εἴρηται, σχεδὸν μὲν ἤδη φανερόν, λεχθὲν δὲ ἢ μὴ λεχθὲν πάντως σαφέστερον· ἡ γὰρ ἄνευ λόγου δόξης ἐπὶ τὸ ὀρθὸν ὁρμώσης κρατήσασα ἐπιθυμία [238c] πρὸς ἡδονὴν ἀχθεῖσα κάλλους, καὶ ὑπὸ αὖ τῶν ἑαυτῆς συγγενῶν ἐπιθυμιῶν ἐπὶ σωμάτων κάλλος

[237d] de comum acordo estabeleçamos uma definição, e com os olhos nela e a ela nos referindo examinaremos se é proveito ou dano o que amor nos traz. Que por conseguinte é um desejo o amor, a todo mundo é claro; e que por outro lado mesmo os que não amam desejam o que é belo, nós o sabemos. Com que então distinguiremos o amante e o não? É preciso aliás pôr em mente que em cada um de nós há duas formas de comando e de motivação, às quais seguimos por onde nos conduzam, uma que é inata, um desejo de prazeres, e a outra uma convicção adquirida, que aspira ao melhor. Estas duas formas em nós ora estão de acordo, [237e] ora em luta; e então ora é uma, ora é a outra que domina. Assim, quando uma opinião racionalmente leva ao melhor e domina, ao domínio se dá o nome de prudência; [238a] mas quando o desejo irracionalmente arrasta aos prazeres e comanda em nós, eis o comando a que se deu o nome de insolência. A insolência entretanto tem muitos nomes — pois são muitas suas ramificações e formas — e dentre estas formas a que se tenha tornado relevante dá sua própria denominação ao homem que a tenha, denominação que nem é bela nem digna de se pronunciar. Com efeito, se é por comida que o desejo domina não só a razão do melhor como os demais desejos, [238b] eis a gulodice, que dará mesma denominação ao que a tenha; mas se é por bebida que se tornou tirânico o desejo, levando por esse caminho aquele que o adquiriu, é claro qual o apelido que obterá. E assim então, quanto aos demais nomes afins destes, e de desejos também afins, por qual deles convém chamar o desejo que é sempre dominante, é claríssimo. Quanto ao nome do desejo que motivou tudo que antes se disse, sem dúvida já é quase evidente, mas em todo caso, se for dito, será mais claro que se não for. Pois o desejo, que irracionalmente dominou uma opinião movida para a retitude [238c] e se deixou levar ao prazer da beleza, e que aliás fortemente reforçado por prazeres afins que visam à beleza

ἐρρωμένως ῥωσθεῖσα νικήσασα ἀγωγῇ, ἀπ᾽ αὐτῆς τῆς ῥώμης ἐπωνυμίαν λαβοῦσα, ἔρως ἐκλήθη.᾽

ἀτάρ, ὦ φίλε Φαῖδρε, δοκῶ τι σοί, ὥσπερ ἐμαυτῷ, θεῖον πάθος πεπονθέναι;

ΦΑΙΔΡΟΣ

πάνυ μὲν οὖν, ὦ Σώκρατες, παρὰ τὸ εἰωθὸς εὔροιά τίς σε εἴληφεν.

ΣΩΚΡΑΤΗΣ

σιγῇ τοίνυν μου ἄκουε. τῷ ὄντι γὰρ θεῖος ἔοικεν [238d] ὁ τόπος εἶναι, ὥστε ἐὰν ἄρα πολλάκις νυμφόληπτος προϊόντος τοῦ λόγου γένωμαι, μὴ θαυμάσῃς· τὰ νῦν γὰρ οὐκέτι πόρρω διθυράμβων φθέγγομαι.

ΦΑΙΔΡΟΣ

ἀληθέστατα λέγεις.

ΣΩΚΡΑΤΗΣ

τούτων μέντοι σὺ αἴτιος. ἀλλὰ τὰ λοιπὰ ἄκουε· ἴσως γὰρ κἂν ἀποτράποιτο τὸ ἐπιόν. ταῦτα μὲν οὖν θεῷ μελήσει, ἡμῖν δὲ πρὸς τὸν παῖδα πάλιν τῷ λόγῳ ἰτέον.

῾εἶεν, ὦ φέριστε· ὃ μὲν δὴ τυγχάνει ὂν περὶ οὗ βουλευτέον, εἴρηταί τε καὶ ὥρισται, βλέποντες δὲ δὴ πρὸς αὐτὸ [238e] τὰ λοιπὰ λέγωμεν τίς ὠφελία ἢ βλάβη ἀπό τε ἐρῶντος καὶ μὴ τῷ χαριζομένῳ ἐξ εἰκότος συμβήσεται. τῷ δὴ ὑπὸ ἐπιθυμίας ἀρχομένῳ δουλεύοντί τε ἡδονῇ ἀνάγκη που τὸν ἐρώμενον ὡς ἥδιστον ἑαυτῷ παρασκευάζειν· νοσοῦντι δὲ πᾶν ἡδὺ τὸ μὴ ἀντιτεῖνον, κρεῖττον δὲ

do corpo triunfou em seu impulso, de sua própria força tomou a designação e se chamou amor."

Mas, ei! Caro Fedro, acaso não te estou dando a mesma impressão que a mim mesmo, a de que é divino o meu estado emotivo?

FEDRO

Perfeitamente, Sócrates; fora do habitual uma certa fluência te empolgou.

SÓCRATES

Silêncio então, e ouve-me. Pois realmente divino parece [238d] o lugar, de sorte que se porventura eu ficar muita vez possuído não te admires; pois o que agora articulo não mais está longe dos ditirambos.[30]

FEDRO

É bem verdade o que dizes.

SÓCRATES

Na verdade o responsável és tu. Mas ouve o que resta; pois talvez poderia desviar-se o que está vindo; isto afinal será com o deus, e quanto a nós, devemos voltar ao menino com o discurso.

"Eia, ó bravíssimo; o que vem a ser aquilo sobre que se deve deliberar, está dito e definido; tendo-o então em vista [238e] resta-nos dizer que proveito ou dano para quem consente resultará provavelmente do que está amando e do que não está. Aquele então que é pelo desejo governado e escravizado deve forçosamente predispor o amado à complacência; a quem está doente agrada tudo que não o contraria, enquanto o superior e o igual lhe é odioso. [239a] Nem supe-

---

[30] Forma da lírica coral, inspirada em Dioniso, que exprime entusiasmo ou o delírio extático, motivados pela entrada do deus no íntimo.

καὶ ἴσον ἐχθρόν. [239a] οὔτε δὴ κρείττω οὔτε ἰσούμενον ἑκὼν ἐραστὴς παιδικὰ ἀνέξεται, ἥττω δὲ καὶ ὑποδεέστερον ἀεὶ ἀπεργάζεται· ἥττων δὲ ἀμαθὴς σοφοῦ, δειλὸς ἀνδρείου, ἀδύνατος εἰπεῖν ῥητορικοῦ, βραδὺς ἀγχίνου. τοσούτων κακῶν καὶ ἔτι πλειόνων κατὰ τὴν διάνοιαν ἐραστὴν ἐρωμένῳ ἀνάγκη γιγνομένων τε καὶ φύσει ἐνόντων τῶν μὲν ἥδεσθαι, τὰ δὲ παρασκευάζειν, ἢ στέρεσθαι τοῦ παραυτίκα ἡδέος. φθονερὸν δὴ ἀνάγκη [239b] εἶναι, καὶ πολλῶν μὲν ἄλλων συνουσιῶν ἀπείργοντα καὶ ὠφελίμων ὅθεν ἂν μάλιστ' ἀνὴρ γίγνοιτο, μεγάλης αἴτιον εἶναι βλάβης, μεγίστης δὲ τῆς ὅθεν ἂν φρονιμώτατος εἴη. τοῦτο δὲ ἡ θεία φιλοσοφία τυγχάνει ὄν, ἧς ἐραστὴν παιδικὰ ἀνάγκη πόρρωθεν εἴργειν, περίφοβον ὄντα τοῦ καταφρονηθῆναι· τά τε ἄλλα μηχανᾶσθαι ὅπως ἂν ᾖ πάντα ἀγνοῶν καὶ πάντα ἀποβλέπων εἰς τὸν ἐραστήν, οἷος ὢν τῷ μὲν ἥδιστος, ἑαυτῷ δὲ βλαβερώτατος ἂν εἴη. τὰ μὲν οὖν κατὰ [239c] διάνοιαν ἐπίτροπός τε καὶ κοινωνὸς οὐδαμῇ λυσιτελὴς ἀνὴρ ἔχων ἔρωτα.

'τὴν δὲ τοῦ σώματος ἕξιν τε καὶ θεραπείαν οἵαν τε καὶ ὡς θεραπεύσει οὗ ἂν γένηται κύριος, ὃς ἡδὺ πρὸ ἀγαθοῦ ἠνάγκασται διώκειν, δεῖ μετὰ ταῦτα ἰδεῖν. ὀφθήσεται δὴ μαλθακόν τινα καὶ οὐ στερεὸν διώκων, οὐδ' ἐν ἡλίῳ καθαρῷ τεθραμμένον ἀλλὰ ὑπὸ συμμιγεῖ σκιᾷ, πόνων μὲν ἀνδρείων καὶ ἱδρώτων ξηρῶν ἄπειρον, ἔμπειρον δὲ ἁπαλῆς καὶ ἀνάνδρου [239d] διαίτης, ἀλλοτρίοις χρώμασι καὶ κόσμοις χήτει οἰκείων κοσμούμενον, ὅσα τε ἄλλα τούτοις ἕπεται πάντα ἐπιτηδεύοντα, ἃ δῆλα καὶ οὐκ ἄξιον περαιτέρω προβαίνειν, ἀλλὰ ἓν κεφάλαιον ὁρισαμένους ἐπ' ἄλλο ἰέναι· τὸ γὰρ τοιοῦτον σῶμα ἐν πολέμῳ τε καὶ ἄλλαις χρείαις ὅσαι μεγάλαι οἱ μὲν ἐχθροὶ θαρροῦσιν, οἱ δὲ φίλοι καὶ αὐτοὶ οἱ ἐρασταὶ φοβοῦνται.

rioridade então nem igualdade um amante em seu amado suportará de bom grado e para o rebaixar e inferiorizar ele sempre trabalha; ora, é inferior o ignorante ao sábio, o covarde ao corajoso, o incapaz de falar ao que aprendeu eloquência, o lerdo ao vivo. Tão grandes males e ainda maiores na inteligência do amado o amante forçosamente, sejam eles formados ou congênitos, estimará estes e aqueles preparará, sob pena de se privar do prazer do momento. Forçosamente então ele é invejoso [239b] e, de muitas outras companhias afastando o amado, das que lhe seriam úteis e que melhor fariam dele um homem, de grande dano ele é causador, e mesmo do maior, quando se trata de companhia que lhe pudesse dar o máximo de prudência. E é isso o que vem a ser a divina filosofia, da qual um amante forçosamente afasta o amado bem longe, envolvido que está pelo temor de ser desprezado; e tudo mais ele maquina para que o amado seja de tudo ignorante e em tudo tenha os olhos no amante, a quem assim faria o máximo prazer enquanto a si próprio o máximo dano. No que portanto concerne [239c] à inteligência, como orientador e colaborador não é nada vantajoso o homem que tem amor.

"Quanto ao estado do corpo e seu cuidado, qual será e como cuidará daquele de quem se tornar dono o que está forçado a perseguir o prazer em vez do bem, eis o que é preciso depois disso ver. E se verá então que é algum molenga e não um rígido moço que o amante persegue, não criado ao sol puro mas à meia-luz da sombra, inexperiente de fadigas viris e rijos suores mas experiente de um delicado e desvirilizado [239d] regime, de alheias cores e adornos enfeitado por míngua de próprios, e ocupado em tudo o mais que disso é decorrência, o que evidente é e não merece que se prossiga além, mas antes, uma vez definido o único ponto capital, que se passe a outro; pois tal corpo, na guerra como em todas as graves necessidades, aos inimigos inspira confiança enquanto aos amigos e aos próprios amantes temor.

‘τοῦτο μὲν οὖν ὡς δῆλον ἐατέον, τὸ δ’ ἐφεξῆς ῥητέον, [239e] τίνα ἡμῖν ὠφελίαν ἢ τίνα βλάβην περὶ τὴν κτῆσιν ἡ τοῦ ἐρῶντος ὁμιλία τε καὶ ἐπιτροπεία παρέξεται. σαφὲς δὴ τοῦτό γε παντὶ μέν, μάλιστα δὲ τῷ ἐραστῇ, ὅτι τῶν φιλτάτων τε καὶ εὐνουστάτων καὶ θειοτάτων κτημάτων ὀρφανὸν πρὸ παντὸς εὔξαιτ’ ἂν εἶναι τὸν ἐρώμενον· πατρὸς γὰρ καὶ μητρὸς καὶ συγγενῶν καὶ φίλων στέρεσθαι ἂν αὐτὸν δέξαιτο, [240a] διακωλυτὰς καὶ ἐπιτιμητὰς ἡγούμενος τῆς ἡδίστης πρὸς αὐτὸν ὁμιλίας. ἀλλὰ μὴν οὐσίαν γ’ ἔχοντα χρυσοῦ ἤ τινος ἄλλης κτήσεως οὔτε εὐάλωτον ὁμοίως οὔτε ἁλόντα εὐμεταχείριστον ἡγήσεται· ἐξ ὧν πᾶσα ἀνάγκη ἐραστὴν παιδικοῖς φθονεῖν μὲν οὐσίαν κεκτημένοις, ἀπολλυμένης δὲ χαίρειν. ἔτι τοίνυν ἄγαμον, ἄπαιδα, ἄοικον ὅτι πλεῖστον χρόνον παιδικὰ ἐραστὴς εὔξαιτ’ ἂν γενέσθαι, τὸ αὑτοῦ γλυκὺ ὡς πλεῖστον χρόνον καρποῦσθαι ἐπιθυμῶν.

‘ἔστι μὲν δὴ καὶ ἄλλα κακά, ἀλλά τις δαίμων ἔμειξε τοῖς [240b] πλείστοις ἐν τῷ παραυτίκα ἡδονήν, οἷον κόλακι, δεινῷ θηρίῳ καὶ βλάβῃ μεγάλῃ, ὅμως ἐπέμειξεν ἡ φύσις ἡδονήν τινα οὐκ ἄμουσον, καί τις ἑταίραν ὡς βλαβερὸν ψέξειεν ἄν, καὶ ἄλλα πολλὰ τῶν τοιουτοτρόπων θρεμμάτων τε καὶ ἐπιτηδευμάτων, οἷς τό γε καθ’ ἡμέραν ἡδίστοισιν εἶναι ὑπάρχει· παιδικοῖς δὲ ἐραστὴς πρὸς τῷ βλαβερῷ καὶ εἰς τὸ συνημερεύειν πάντων [240c] ἀηδέστατον. ἥλικα γὰρ δὴ καὶ ὁ παλαιὸς λόγος τέρπειν τὸν ἥλικα — ἡ γὰρ οἶμαι χρόνου ἰσότης ἐπ’ ἴσας ἡδονὰς ἄγουσα δι’ ὁμοιότητα φιλίαν παρέχεται — ἀλλ’ ὅμως κόρον γε καὶ ἡ τούτων συνουσία ἔχει.

"Este portanto é um ponto que por evidente deve-se deixar e do seguinte falar; [239e] que proveito ou que dano para nós, no que adquirimos, a frequência e a direção do amante trará? Eis o que pelo menos é bem claro a todo o mundo e sobretudo ao amante: o que de mais caro, mais benévolo e mais divino tem o amado, disso é que o amante acima de tudo desejaria que ele fosse privado: de pai, de mãe, de parentes e de amigos ele aceitaria que se privasse o amado, [240a] por considerá-los estorvadores e censores do máximo prazer do seu convívio. Mas sobretudo um amado que tem fortuna, em ouro ou de qualquer outra espécie, julgará ele que nem é igualmente fácil de pegar nem, uma vez pego, fácil de manejar; donde segue que é de todo inevitável enciumar-se um amante de que o namorado tenha fortuna e alegrar-se de que a perca. E ainda mais, sem mulher, sem filhos, sem família o mais demoradamente possível, eis como ansiaria o amante que o amado fosse, pois de sua doçura o mais longamente possível deseja fruir.

"Há sem dúvida também outros males, mas algum deus à maioria deles [240b] mesclou o prazer do momento, como ao adulador por exemplo, terrível monstro de grande nocividade, a quem todavia conferiu a natureza um certo prazer que não é sem graça; também uma hetaira[31] se poderia acoimar de nociva, e outras muitas criaturas e práticas de semelhante teor, as quais pelo menos por um dia têm a propriedade de ser agradabilíssimas; ao seu amado todavia um amante além de nocivo é de todos os seres o mais desagradável [240c] de convivência diária. Pois a cada idade, diz o antigo provérbio, encanta a mesma idade; a igualdade de anos, imagino, levando a prazeres iguais produz pela semelhança a amizade; todavia comporta saciedade até mesmo a convivên-

---

[31] Na Grécia antiga, a cortesã ou acompanhante independente, que não se limitava a oferecer serviços sexuais, mas podia também, por sua eventual boa educação, entreter figuras cultivadas.

καὶ μὴν τό γε ἀναγκαῖον αὖ βαρὺ παντὶ περὶ πᾶν λέγεται· ὃ δὴ πρὸς τῇ ἀνομοιότητι μάλιστα ἐραστὴς πρὸς παιδικὰ ἔχει. νεωτέρῳ γὰρ πρεσβύτερος συνὼν οὔθ' ἡμέρας οὔτε νυκτὸς ἑκὼν ἀπολείπεται, ἀλλ' ὑπ' [240d] ἀνάγκης τε καὶ οἴστρου ἐλαύνεται, ὃς ἐκείνῳ μὲν ἡδονὰς ἀεὶ διδοὺς ἄγει, ὁρῶντι, ἀκούοντι, ἁπτομένῳ, καὶ πᾶσαν αἴσθησιν αἰσθανομένῳ τοῦ ἐρωμένου, ὥστε μεθ' ἡδονῆς ἀραρότως αὐτῷ ὑπηρετεῖν· τῷ δὲ δὴ ἐρωμένῳ ποῖον παραμύθιον ἢ τίνας ἡδονὰς διδοὺς ποιήσει τὸν ἴσον χρόνον συνόντα μὴ οὐχὶ ἐπ' ἔσχατον ἐλθεῖν ἀηδίας — ὁρῶντι μὲν ὄψιν πρεσβυτέραν καὶ οὐκ ἐν ὥρᾳ, ἑπομένων δὲ τῶν ἄλλων ταύτῃ, ἃ καὶ λόγῳ [240e] ἐστὶν ἀκούειν οὐκ ἐπιτερπές, μὴ ὅτι δὴ ἔργῳ ἀνάγκης ἀεὶ προσκειμένης μεταχειρίζεσθαι, φυλακάς τε δὴ καχυποτόπους φυλαττομένῳ διὰ παντὸς καὶ πρὸς ἅπαντας, ἀκαίρους τε ἐπαίνους καὶ ὑπερβάλλοντας ἀκούοντι, ὡς δ' αὔτως ψόγους νήφοντος μὲν οὐκ ἀνεκτούς, εἰς δὲ μέθην ἰόντος πρὸς τῷ μὴ ἀνεκτῷ ἐπαισχεῖς, παρρησίᾳ κατακορεῖ καὶ ἀναπεπταμένῃ χρωμένου;

'καὶ ἐρῶν μὲν βλαβερός τε καὶ ἀηδής, λήξας δὲ τοῦ ἔρωτος εἰς τὸν ἔπειτα χρόνον ἄπιστος, εἰς ὃν πολλὰ καὶ μετὰ πολλῶν ὅρκων τε καὶ δεήσεων ὑπισχνούμενος μόγις [241a] κατεῖχε τήν γ' ἐν τῷ τότε συνουσίαν ἐπίπονον οὖσαν φέρειν δι' ἐλπίδα ἀγαθῶν. τότε δὴ δέον ἐκτίνειν, μεταβαλὼν ἄλλον ἄρχοντα ἐν αὑτῷ καὶ προστάτην, νοῦν καὶ σωφροσύνην ἀντ' ἔρωτος καὶ μανίας, ἄλλος γεγονὼς λέληθεν τὰ παιδικά. καὶ ὁ μὲν αὐτὸν χάριν ἀπαιτεῖ τῶν τότε, ὑπομιμνῄσκων τὰ πραχθέντα καὶ λεχθέντα, ὡς τῷ αὐτῷ διαλεγόμενος· ὁ δὲ ὑπ' αἰσχύνης οὔτε εἰπεῖν τολμᾷ ὅτι ἄλλος γέγονεν, οὔθ' ὅπως τὰ τῆς προτέρας ἀνοήτου ἀρχῆς ὁρκωμόσιά τε καὶ ὑποσχέσεις [241b] ἐμπεδώσῃ ἔχει, νοῦν ἤδη ἐσχηκὼς καὶ σεσωφρονηκώς,

cia destes. E também é certo que por sua vez o fardo da necessidade, se diz, em tudo é pesado a todo mundo; e é o que além da dessemelhança de idade mais carrega um amante para o amado. Pois com um mais novo um mais velho convivendo, nem de dia nem de noite se deixa ele de bom grado abandonar mas ao contrário, sob [240d] o aguilhão da necessidade, consigo leva aquele que lhe dá contínuos prazeres, de ver, ouvir, tocar e por todos os sentidos sentir o amado, de modo a com prazer convenientemente servi-lo; ao amado porém que consolo ou que prazeres dá o amante para fazer com que por igual tempo de convivência não chegue ele ao extremo do desprazer — quando o que vê é a vista de um mais velho e sem viço, com o mais que a isto se segue, o que até de ouvir [240e] falar não é agradável, para nada dizer do fato de que sempre se lhe impõe a necessidade de se deixar manejar: e quando ainda em vigias maldosas é guardado, todo tempo e de todo mundo, e elogios intempestivos e excessivos ele ouve, assim como igualmente censuras, que se o amante está sério são insuportáveis, sim, mas se a embriaguez o atinge além de insuportáveis são vergonhosas, dada a franqueza plena e desabrida de que se serve?

"E se quando está amando ele é nocivo e desagradável, cessado o amor ele é sem crédito para o futuro, para o qual com muitas juras e súplicas muitas promessas ele fazia, com o que dificilmente [241a] mantinha a convivência de então, por pequena que fosse, graças à esperança de benefícios. No momento de pagar o devido uma reviravolta pôs nele outro comando e direção, juízo e prudência em vez de amor e delírio, e outro ele se tornou sem que o percebesse o amado. E este lhe reclama paga dos favores de então, relembrando-lhe o que foi praticado e falado, como se com o mesmo homem estivesse falando; ele porém de vergonha nem ousa dizer que outro se tornou, nem sabe como confirmar as juras e promessas do desajuizado regime anterior, [241b] agora que já adquiriu juízo e prudência, a fim de não ficar fazendo o mesmo

ἵνα μὴ πράττων ταὐτὰ τῷ πρόσθεν ὅμοιός τε ἐκείνῳ καὶ ὁ αὐτὸς πάλιν γένηται. φυγὰς δὴ γίγνεται ἐκ τούτων, καὶ ἀπεστερηκὼς ὑπ᾽ ἀνάγκης ὁ πρὶν ἐραστής, ὀστράκου μεταπεσόντος, ἵεται φυγῇ μεταβαλών· ὁ δὲ ἀναγκάζεται διώκειν ἀγανακτῶν καὶ ἐπιθεάζων, ἠγνοηκὼς τὸ ἅπαν ἐξ ἀρχῆς, ὅτι οὐκ ἄρα ἔδει ποτὲ ἐρῶντι καὶ ὑπ᾽ ἀνάγκης ἀνοήτῳ χαρίζεσθαι, [241c] ἀλλὰ πολὺ μᾶλλον μὴ ἐρῶντι καὶ νοῦν ἔχοντι· εἰ δὲ μή, ἀναγκαῖον εἴη ἐνδοῦναι αὑτὸν ἀπίστῳ, δυσκόλῳ, φθονερῷ, ἀηδεῖ, βλαβερῷ μὲν πρὸς οὐσίαν, βλαβερῷ δὲ πρὸς τὴν τοῦ σώματος ἕξιν, πολὺ δὲ βλαβερωτάτῳ πρὸς τὴν τῆς ψυχῆς παίδευσιν, ἧς οὔτε ἀνθρώποις οὔτε θεοῖς τῇ ἀληθείᾳ τιμιώτερον οὔτε ἔστιν οὔτε ποτὲ ἔσται. ταῦτά τε οὖν χρή, ὦ παῖ, συννοεῖν, καὶ εἰδέναι τὴν ἐραστοῦ φιλίαν ὅτι οὐ μετ᾽ εὐνοίας γίγνεται, ἀλλὰ σιτίου τρόπον, χάριν πλησμονῆς, [241d] ὡς λύκοι ἄρνας ἀγαπῶσιν, ὣς παῖδα φιλοῦσιν ἐρασταί.'

τοῦτ᾽ ἐκεῖνο, ὦ Φαῖδρε. οὐκέτ᾽ ἂν τὸ πέρα ἀκούσαις ἐμοῦ λέγοντος, ἀλλ᾽ ἤδη σοι τέλος ἐχέτω ὁ λόγος.

ΦΑΙΔΡΟΣ

καίτοι ᾤμην γε μεσοῦν αὐτόν, καὶ ἐρεῖν τὰ ἴσα περὶ τοῦ μὴ ἐρῶντος, ὡς δεῖ ἐκείνῳ χαρίζεσθαι μᾶλλον, λέγων ὅσα αὖ ἔχει ἀγαθά· νῦν δὲ δή, ὦ Σώκρατες, τί ἀποπαύῃ; [241e]

ΣΩΚΡΑΤΗΣ

οὐκ ᾔσθου, ὦ μακάριε, ὅτι ἤδη ἔπη φθέγγομαι ἀλλ᾽ οὐκέτι διθυράμβους, καὶ ταῦτα ψέγων; ἐὰν δ᾽ ἐπαινεῖν τὸν ἕτερον ἄρξωμαι, τί με οἴει ποιήσειν; ἆρ᾽ οἶσθ᾽ ὅτι ὑπὸ τῶν

que antes, semelhante àquele de outrora e de novo o mesmo. Um fugitivo então desse passado ele se torna e, despojado o amante de antes, removida a carapaça, revira-se ele mesmo e se põe em fuga; o outro é forçado a persegui-lo, irritando-se e invocando o testemunho dos deuses porque tudo ignora desde o princípio, sim, que jamais devia ele aquiescer a um amante e necessariamente desajuizado, [241c] mas muito mais a um não amante e em posse de seu juízo; senão, era inevitável que ele se entregasse a um homem sem crédito, rancoroso, invejoso, desagradável, nocivo à sua fortuna, nocivo à compleição do seu corpo, mas muito mais nocivo à educação da sua alma, um bem acima do qual nada entre os homens nem entre os deuses é na verdade mais precioso nem jamais o será. Eis, portanto, menino, o que é necessário pôr em mente, assim como saber que amizade de amante não se origina com boa intenção, mas a modo de alimento em vista de repleção; [241d] como lobos amam cordeiros,[32] assim 'amantes amam meninos'."

Está aí, Fedro. Além disso nada mais poderias ouvir de mim, mas antes tem por já terminado o discurso.

FEDRO

Ora, mas eu pensava que ele estava no meio, e que iria dizer a contraparte do que não está amando, do dever de aquiescer-lhe preferentemente, explicando todos os bens que por seu turno isto comporta; agora porém, ó Sócrates, por que te deténs? [241e]

SÓCRATES

Não sentiste, ó abençoado, que já em tom de epopeia estou falando e não mais de ditirambo? E isso enquanto estou censurando. Ora, se eu começar a elogiar o outro, que

---

[32] A comparação dos amantes com lobos e dos amados com cordeiros evoca a *Ilíada* de Homero (XXII, 263) e a *Paz* de Aristófanes (1076).

Νυμφῶν, αἷς με σὺ προύβαλες ἐκ προνοίας, σαφῶς ἐνθουσιάσω; λέγω οὖν ἑνὶ λόγῳ ὅτι ὅσα τὸν ἕτερον λελοιδορήκαμεν, τῷ ἑτέρῳ τἀναντία τούτων ἀγαθὰ πρόσεστιν. καὶ τί δεῖ μακροῦ λόγου; περὶ γὰρ ἀμφοῖν ἱκανῶς εἴρηται. καὶ οὕτω δὴ ὁ μῦθος ὅτι πάσχειν προσήκει αὐτῷ, τοῦτο [242a] πείσεται· κἀγὼ τὸν ποταμὸν τοῦτον διαβὰς ἀπέρχομαι πρὶν ὑπὸ σοῦ τι μεῖζον ἀναγκασθῆναι.

ΦΑΙΔΡΟΣ

μήπω γε, ὦ Σώκρατες, πρὶν ἂν τὸ καῦμα παρέλθῃ. ἢ οὐχ ὁρᾷς ὡς σχεδὸν ἤδη μεσημβρία ἵσταται ἡ δὴ καλουμένη σταθερά; ἀλλὰ περιμείναντες καὶ ἅμα περὶ τῶν εἰρημένων διαλεχθέντες, τάχα ἐπειδὰν ἀποψυχῇ ἴμεν.

ΣΩΚΡΑΤΗΣ

θεῖός γ᾽ εἶ περὶ τοὺς λόγους, ὦ Φαῖδρε, καὶ ἀτεχνῶς θαυμάσιος. οἶμαι γὰρ ἐγὼ τῶν ἐπὶ τοῦ σοῦ βίου γεγονότων [242b] λόγων μηδένα πλείους ἢ σὲ πεποιηκέναι γεγενῆσθαι ἤτοι αὐτὸν λέγοντα ἢ ἄλλους ἑνί γέ τῳ τρόπῳ προσαναγκάζοντα — Σιμμίαν Θηβαῖον ἐξαιρῶ λόγου· τῶν δὲ ἄλλων πάμπολυ κρατεῖς — καὶ νῦν αὖ δοκεῖς αἴτιός μοι γεγενῆσθαι λόγῳ τινὶ ῥηθῆναι.

ΦΑΙΔΡΟΣ

οὐ πόλεμόν γε ἀγγέλλεις. ἀλλὰ πῶς δὴ καὶ τίνι τούτῳ;

ΣΩΚΡΑΤΗΣ

ἡνίκ᾽ ἔμελλον, ὠγαθέ, τὸν ποταμὸν διαβαίνειν, τὸ δαιμόνιόν τε καὶ τὸ εἰωθὸς σημεῖόν

imaginas que vou fazer? Acaso sabes que por estas Ninfas, às quais me lançaste de propósito, claramente serei posto em delírio? Digo então em uma só frase que tudo aquilo que em um censuramos, o contrário se dá com o outro, tudo de bom. E por que um longo discurso? Sobre ambos o suficiente já está dito. E assim pois este mito o que lhe convém receber é o que [242a] receberá; e eu atravesso este rio e vou-me embora, antes de por ti ser forçado em algo mais grave.

FEDRO

Ainda não, Sócrates, não antes que a canícula tenha passado. Ou não estás vendo que já é quase meio-dia, o que justamente se diz que está parado? Antes fiquemos por aqui conversando sobre o que foi dito, e logo que refrescar partiremos.

SÓCRATES

És divino com os discursos, Fedro, e simplesmente maravilhoso. Pois o que eu penso é que, dos em teu tempo produzidos, [242b] ninguém os fez produzir-se em maior quantidade que tu, quer tu mesmo os tenhas proferido, quer a outros de algum modo tenhas forçado — Símias, o tebano,[33] eu excetuo do que digo, que os demais tu superas e de muito — e ainda agora, parece-me, tu te tornaste para mim o responsável de um discurso a ser pronunciado.

FEDRO

Não é guerra que anuncias! Mas como então e que discurso?

SÓCRATES

Quando, ó bom, eu estava para atravessar o rio, o demônico sinal que me costuma ocorrer ocorreu [242c] — sem-

---

[33] Um dos interlocutores de Sócrates no *Fédon*.

μοι γίγνεσθαι ἐγένετο [242c] — ἀεὶ δέ με ἐπίσχει ὃ ἂν μέλλω πράττειν — καί τινα φωνὴν ἔδοξα αὐτόθεν ἀκοῦσαι, ἥ με οὐκ ἐᾷ ἀπιέναι πρὶν ἂν ἀφοσιώσωμαι, ὡς δή τι ἡμαρτηκότα εἰς τὸ θεῖον. εἰμὶ δὴ οὖν μάντις μέν, οὐ πάνυ δὲ σπουδαῖος, ἀλλ' ὥσπερ οἱ τὰ γράμματα φαῦλοι, ὅσον μὲν ἐμαυτῷ μόνον ἱκανός· σαφῶς οὖν ἤδη μανθάνω τὸ ἁμάρτημα. ὡς δή τοι, ὦ ἑταῖρε, μαντικόν γέ τι καὶ ἡ ψυχή· ἐμὲ γὰρ ἔθραξε μέν τι καὶ πάλαι λέγοντα τὸν λόγον, καί πως ἐδυσωπούμην κατ' Ἴβυκον, μή τι παρὰ θεοῖς [242d]

'ἀμβλακὼν τιμὰν πρὸς ἀνθρώπων ἀμείψω·'

νῦν δ' ᾔσθημαι τὸ ἁμάρτημα.

ΦΑΙΔΡΟΣ

λέγεις δὲ δὴ τί;

ΣΩΚΡΑΤΗΣ

δεινόν, ὦ Φαῖδρε, δεινὸν λόγον αὐτός τε ἐκόμισας ἐμέ τε ἠνάγκασας εἰπεῖν.

ΦΑΙΔΡΟΣ

πῶς δή;

pre ele me detém no que estou para fazer[34] — e uma voz pareceu-me ouvir-lhe, a qual não me deixa partir antes de penitenciar-me, como se alguma falta eu tivesse cometido para com a divindade. Sou então adivinho, sim, embora não muito sério, mas justamente como os que são fracos nas letras, só para mim competente; claramente então já percebi a falta. É que na verdade, amigo, uma espécie de adivinho é também a alma: sim, perturbou-me alguma coisa há um bom momento, enquanto eu fazia o discurso, e de certo modo eu me desfigurava, segundo a expressão de Íbico, de medo que não fosse eu, com os deuses, [242d]

"faltoso, honra dos homens em troca obter";[35]

agora porém percebi a falta.

FEDRO

Mas que estás dizendo?

SÓCRATES

Terrível, Fedro, terrível discurso tu mesmo trouxeste e me forçaste a dizer.

FEDRO

Como assim?

---

[34] O *daimonion* sempre se manifesta a Sócrates para o impedir de praticar uma ação. A confiança do filósofo nesta intervenção habitual é tão forte que chega a interpretar a sua ausência com sinal de aprovação divina dos seus atos; por exemplo, das coisas que diz no discurso que profere no tribunal (*Apologia*, 40a-c; ver 31c-d).

[35] Íbico, poeta lírico do século VI a.C., cantor do amor e da paixão; o passo refere-se ao frag. 29 da edição Page.

ΣΩΚΡΑΤΗΣ

εὐήθη καὶ ὑπό τι ἀσεβῆ· οὗ τίς ἂν εἴη δεινότερος;

ΦΑΙΔΡΟΣ

οὐδείς, εἴ γε σὺ ἀληθῆ λέγεις.

ΣΩΚΡΑΤΗΣ

τί οὖν; τὸν ἔρωτα οὐκ Ἀφροδίτης καὶ θεόν τινα ἡγῇ;

ΦΑΙΔΡΟΣ

λέγεταί γε δή.

ΣΩΚΡΑΤΗΣ

οὔ τι ὑπό γε Λυσίου, οὐδὲ ὑπὸ τοῦ σοῦ λόγου, ὃς [242e] διὰ τοῦ ἐμοῦ στόματος καταφαρμακευθέντος ὑπὸ σοῦ ἐλέχθη. εἰ δ' ἔστιν, ὥσπερ οὖν ἔστι, θεὸς ἤ τι θεῖον ὁ Ἔρως, οὐδὲν ἂν κακὸν εἴη, τὼ δὲ λόγω τὼ νυνδὴ περὶ αὐτοῦ εἰπέτην ὡς τοιούτου ὄντος· ταύτῃ τε οὖν ἡμαρτανέτην περὶ τὸν ἔρωτα, ἔτι τε ἡ εὐήθεια αὐτοῖν πάνυ ἀστεία, τὸ μηδὲν ὑγιὲς λέγοντε [243a] μηδὲ ἀληθὲς σεμνύνεσθαι ὡς τὶ ὄντε, εἰ ἄρα ἀνθρωπίσκους τινὰς ἐξαπατήσαντε εὐδοκιμήσετον ἐν αὐτοῖς. ἐμοὶ μὲν οὖν, ὦ φίλε, καθήρασθαι ἀνάγκη· ἔστιν δὲ τοῖς ἁμαρτάνουσι περὶ μυθολογίαν καθαρμὸς ἀρχαῖος, ὃν Ὅμηρος μὲν οὐκ ᾔσθετο, Στησίχορος δέ. τῶν γὰρ ὀμμάτων στερηθεὶς διὰ τὴν Ἑλένης κακηγορίαν οὐκ ἠγνόησεν ὥσπερ Ὅμηρος, ἀλλ' ἅτε μουσικὸς ὢν ἔγνω τὴν αἰτίαν, καὶ ποιεῖ εὐθὺς —

SÓCRATES

Ingênuo e, sob certo aspecto, ímpio; que outro seria mais terrível?

FEDRO

Nenhum, se é verdade o que dizes.

SÓCRATES

Mas então? O Amor não o julgas filho de Afrodite e um deus?

FEDRO

É bem o que se diz.

SÓCRATES

Não em todo caso Lísias, nem o teu discurso, o que [242e] por minha boca enfeitiçada por ti foi proferido. Se porém, como sucede então, é um deus ou algo divino o Amor, em nada absolutamente ele seria mau, e no entanto os dois discursos de há pouco sobre ele falaram como se o fosse; nisto então os dois erraram sobre o Amor, e ainda a ingenuidade de ambos é bem chique quando, embora nada digam de são [243a] nem de verídico, vangloriam-se eles como se algo fossem, se é que porventura vão enganar alguns homenzinhos e ganhar fama entre eles. Para mim então, amigo, purificar-me é uma necessidade; e há para os que pecam em mitologia uma purificação antiga que Homero não percebeu, mas Estesícoro[36] sim; pois privado da vista por ter falado mal de Helena, não desconheceu a causa como Homero e com sua cultura reconheceu-a e logo ei-lo a compor:

---

[36] Poeta lírico, dos séculos VII-VI a.C. Tendo asperamente censurado a esposa de Menelau, no seu poema "Helena", foi punido com a cegueira, conseguindo recuperar a vista depois de ter composto um "novo canto" ("Palinódia").

'οὐκ ἔστ' ἔτυμος λόγος οὗτος,
οὐδ' ἔβας ἐν νηυσὶν εὐσέλμοις, [243b]
οὐδ' ἵκεο Πέργαμα Τροίας·'

καὶ ποιήσας δὴ πᾶσαν τὴν καλουμένην Παλινῳδίαν παραχρῆμα ἀνέβλεψεν. ἐγὼ οὖν σοφώτερος ἐκείνων γενήσομαι κατ' αὐτό γε τοῦτο· πρὶν γάρ τι παθεῖν διὰ τὴν τοῦ Ἔρωτος κακηγορίαν πειράσομαι αὐτῷ ἀποδοῦναι τὴν παλινῳδίαν, γυμνῇ τῇ κεφαλῇ καὶ οὐχ ὥσπερ τότε ὑπ' αἰσχύνης ἐγκεκαλυμμένος.

ΦΑΙΔΡΟΣ

τουτωνί, ὦ Σώκρατες, οὐκ ἔστιν ἅττ' ἂν ἐμοὶ εἶπες ἡδίω. [243c]

ΣΩΚΡΑΤΗΣ

καὶ γάρ, ὠγαθὲ Φαῖδρε, ἐννοεῖς ὡς ἀναιδῶς εἴρησθον τὼ λόγω, οὗτός τε καὶ ὁ ἐκ τοῦ βιβλίου ῥηθείς. εἰ γὰρ ἀκούων τις τύχοι ἡμῶν γεννάδας καὶ πρᾷος τὸ ἦθος, ἑτέρου δὲ τοιούτου ἐρῶν ἢ καὶ πρότερόν ποτε ἐρασθείς, λεγόντων ὡς διὰ σμικρὰ μεγάλας ἔχθρας οἱ ἐρασταὶ ἀναιροῦνται καὶ ἔχουσι πρὸς τὰ παιδικὰ φθονερῶς τε καὶ βλαβερῶς, πῶς οὐκ ἂν οἴει αὐτὸν ἡγεῖσθαι ἀκούειν ἐν ναύταις που τεθραμμένων καὶ οὐδένα ἐλεύθερον ἔρωτα ἑωρακότων, πολλοῦ δ' ἂν δεῖν [243d] ἡμῖν ὁμολογεῖν ἃ ψέγομεν τὸν ἔρωτα;

ΦΑΙΔΡΟΣ

ἴσως νὴ Δί', ὦ Σώκρατες.

ΣΩΚΡΑΤΗΣ

τοῦτόν γε τοίνυν ἔγωγε αἰσχυνόμενος, καὶ αὐτὸν τὸν ἔρωτα δεδιώς, ἐπιθυμῶ ποτίμῳ λόγῳ οἷον ἁλμυρὰν ἀκοὴν ἀποκλύσασθαι· συμβουλεύω δὲ καὶ Λυσίᾳ ὅτι

"Não é verídica esta versão,
não andaste em naus bem cobertas, [243b]
não vieste às torres de Troia";

e quando compôs toda a chamada "Palinódia", imediatamente recuperou a vista. Eu então serei mais sábio que aqueles, pelo menos nisso: antes de sofrer algo por ter falado mal do Amor, tentarei pagar-lhe a palinódia, com a cabeça descoberta e não como há pouco encapuçado de vergonha.

FEDRO

Isto sim, Sócrates! Nada me poderias dizer de mais agradável. [243c]

SÓCRATES

É que, bom Fedro, estás percebendo com que impudência foram proferidos os dois discursos, este último e o que do livro foi lido. Se, com efeito, se encontrasse alguém a nos ouvir, de caráter nobre e sereno, e que amasse outro do mesmo tipo ou anteriormente o tivesse amado, quando lhe disséssemos que por pequenos motivos grandes ódios suscitam os amantes e dos amados têm inveja e lhes são nocivos, como não imaginas que ele julgaria estar ouvindo conversas de pessoas que se criaram entre marinheiros e nenhum nobre amor viram, e que ele estaria longe [243d] de conosco admitir o que censuramos no amor?

FEDRO

Talvez sim, por Zeus, Sócrates.

SÓCRATES

Pois diante deste homem, eu, envergonhado e temendo o próprio Amor, desejo com um potável discurso lavar a salmoura do que se ouviu; e aconselho a Lísias que também

τάχιστα γράψαι ὡς χρὴ ἐραστῇ μᾶλλον ἢ μὴ ἐρῶντι ἐκ τῶν ὁμοίων χαρίζεσθαι.

ΦΑΙΔΡΟΣ

ἀλλ᾽ εὖ ἴσθι ὅτι ἕξει τοῦθ᾽ οὕτω· σοῦ γὰρ εἰπόντος τὸν τοῦ ἐραστοῦ ἔπαινον, πᾶσα ἀνάγκη Λυσίαν ὑπ᾽ ἐμοῦ [243e] ἀναγκασθῆναι γράψαι αὖ περὶ τοῦ αὐτοῦ λόγον.

ΣΩΚΡΑΤΗΣ

τοῦτο μὲν πιστεύω, ἕωσπερ ἂν ᾖς ὃς εἶ.

ΦΑΙΔΡΟΣ

λέγε τοίνυν θαρρῶν.

ΣΩΚΡΑΤΗΣ

ποῦ δή μοι ὁ παῖς πρὸς ὃν ἔλεγον; ἵνα καὶ τοῦτο ἀκούσῃ, καὶ μὴ ἀνήκοος ὢν φθάσῃ χαρισάμενος τῷ μὴ ἐρῶντι.

ΦΑΙΔΡΟΣ

οὗτος παρά σοι μάλα πλησίον ἀεὶ πάρεστιν, ὅταν σὺ βούλῃ.

ΣΩΚΡΑΤΗΣ

οὑτωσὶ τοίνυν, ὦ παῖ καλέ, ἐννόησον, ὡς ὁ μὲν [244a] πρότερος ἦν λόγος Φαίδρου τοῦ Πυθοκλέους, Μυρρινουσίου ἀνδρός· ὃν δὲ μέλλω λέγειν, Στησιχόρου τοῦ Εὐφήμου, Ἱμεραίου. λεκτέος δὲ ὧδε, ὅτι οὐκ ἔστ᾽ ἔτυμος λόγος ὃς ἂν παρόντος ἐραστοῦ τῷ μὴ ἐρῶντι μᾶλλον φῇ δεῖν χαρίζεσθαι, διότι δὴ ὁ μὲν μαίνεται, ὁ δὲ

quanto antes escreva sobre o dever de aquiescer ao amante mais que ao não amante, por idêntica série de razões.

FEDRO

Mas fica sabendo que será assim! Uma vez que tenhas proferido o elogio do amante, é de toda necessidade que Lísias seja por mim [243e] forçado a escrever por sua vez um discurso sobre o mesmo tema.

SÓCRATES

Nisso sim eu confio, enquanto fores o que és.

FEDRO

Fala então, em confiança.

SÓCRATES

Onde é que está o jovem a quem eu me dirigia? Que também isto ele ouça, para que se não ouvir não se adiante ele em aquiescer ao que não ama.

FEDRO

Ele está contigo, bem perto, sempre ao teu lado como quiseres.

SÓCRATES

Eis na verdade, bela criança, o que deves pôr em mente, que [244a] o precedente discurso era de Fedro, filho de Pítocles do demo de Mirrinunte; mas o que vou dizer é de Estesícoro, filho de Eufemo, natural de Hímera.[37] E eis como deve ele discorrer, que "não é verídico um discurso" que, presente um amante, afirme que mais se deve aquiescer ao não amante, e isso porque o primeiro delira enquanto o segundo

---

[37] Estesícoro seria natural de Hímera, na Sicília, de acordo com este passo do *Fedro*.

σωφρονεῖ. εἰ μὲν γὰρ ἦν ἁπλοῦν τὸ μανίαν κακὸν εἶναι, καλῶς ἂν ἐλέγετο· νῦν δὲ τὰ μέγιστα τῶν ἀγαθῶν ἡμῖν γίγνεται διὰ μανίας, θείᾳ μέντοι δόσει διδομένης. ἥ τε γὰρ δὴ ἐν Δελφοῖς προφῆτις αἵ τ᾽ ἐν [244b] Δωδώνῃ ἱέρειαι μανεῖσαι μὲν πολλὰ δὴ καὶ καλὰ ἰδίᾳ τε καὶ δημοσίᾳ τὴν Ἑλλάδα ἠργάσαντο, σωφρονοῦσαι δὲ βραχέα ἢ οὐδέν· καὶ ἐὰν δὴ λέγωμεν Σίβυλλάν τε καὶ ἄλλους, ὅσοι μαντικῇ χρώμενοι ἐνθέῳ πολλὰ δὴ πολλοῖς προλέγοντες εἰς τὸ μέλλον ὤρθωσαν, μηκύνοιμεν ἂν δῆλα παντὶ λέγοντες. τόδε μὴν ἄξιον ἐπιμαρτύρασθαι, ὅτι καὶ τῶν παλαιῶν οἱ τὰ ὀνόματα τιθέμενοι οὐκ αἰσχρὸν ἡγοῦντο οὐδὲ ὄνειδος μανίαν· [244c] οὐ γὰρ ἂν τῇ καλλίστῃ τέχνῃ, ᾗ τὸ μέλλον κρίνεται, αὐτὸ τοῦτο τοὔνομα ἐμπλέκοντες μανικὴν ἐκάλεσαν. ἀλλ᾽ ὡς καλοῦ ὄντος, ὅταν θείᾳ μοίρᾳ γίγνηται, οὕτω νομίσαντες ἔθεντο, οἱ δὲ νῦν ἀπειροκάλως τὸ ταῦ ἐπεμβάλλοντες μαντικὴν ἐκάλεσαν. ἐπεὶ καὶ τήν γε τῶν ἐμφρόνων, ζήτησιν τοῦ μέλλοντος διά τε ὀρνίθων ποιουμένων καὶ τῶν ἄλλων σημείων, ἅτ᾽ ἐκ διανοίας ποριζομένων ἀνθρωπίνῃ οἰήσει νοῦν τε καὶ ἱστορίαν, οἰονοϊστικὴν ἐπωνόμασαν, [244d] ἣν νῦν οἰωνιστικὴν τῷ ω σεμνύνοντες οἱ νέοι καλοῦσιν· ὅσῳ δὴ οὖν τελεώτερον καὶ ἐντιμότερον μαντικὴ οἰωνιστικῆς, τό τε ὄνομα τοῦ ὀνόματος ἔργον τ᾽ ἔργου, τόσῳ κάλλιον μαρτυροῦσιν οἱ παλαιοὶ μανίαν σωφροσύνης τὴν ἐκ θεοῦ τῆς παρ᾽ ἀνθρώπων γιγνομένης. ἀλλὰ μὴν νόσων γε καὶ πόνων τῶν μεγίστων, ἃ δὴ παλαιῶν ἐκ

está em seu bom senso. Pois se fosse simples assim, que delírio é um mal, bem falado seria; mas de fato os maiores bens nos advêm por delírio, quando todavia por divino dom concedido. Pois sem dúvida a profetisa em Delfos, as [244b] sacerdotisas em Dodona,[38] quando em delírio, muitos e belos benefícios privados e públicos fizeram à Hélade, mas quando em seu bom senso, pouco ou nada fizeram; e se fôssemos então mencionar a Sibila[39] e quantos outros que, usando uma arte divinatória de inspiração divina e muitas predições a muitos fazendo, acertaram o caminho do futuro, nos alongaríamos dizendo o evidente a todo mundo. Eis na verdade o que merece que se ateste, que justamente entre os antigos, os que instituíam nomes não julgavam coisa feia nem opróbrio o delírio, "mania"; [244c] pois de outro modo não teriam, enlaçando este nome à mais bela arte, a que permite discernir o futuro, chamado esta *maniké*, delirante. Ao contrário, foi como se fosse uma bela coisa quando por divino dom ocorresse, que assim consideraram e puseram o nome, enquanto os modernos em sua inexperiência do belo inseriram o "t" e chamaram *mantiké*, arte divinatória. Pois justamente a arte dos que estão em seu juízo e fazem pesquisa do futuro por meio de aves e de outros sinais, porque a partir do raciocínio conseguem para a humana opinião (*oíesis*), racionalidade e informação (*nous* e *historía*), os antigos a denominaram *oionoistiké*, [244d] a que agora os modernos chamam *oiônistiké*, arte augural, dando-lhe imponência com o "ô". Por conseguinte, quanto mais perfeita e mais digna é a arte divinatória em face da augural, o nome e a função de uma em face do nome e da função da outra, tanto mais belo é, atestam os antigos, o delírio em face da prudência, vindo

---

[38] Locais onde havia dois famosos santuários, o de Dodona, dedicado a Zeus, e o de Delfos, dedicado a Apolo.

[39] Nome pelo qual são referidas diversas profetisas famosas na Antiguidade greco-romana.

μηνιμάτων ποθὲν ἔν τισι τῶν γενῶν ἡ μανία ἐγγενομένη καὶ προφητεύσασα, οἷς ἔδει [244e] ἀπαλλαγὴν ηὕρετο, καταφυγοῦσα πρὸς θεῶν εὐχάς τε καὶ λατρείας, ὅθεν δὴ καθαρμῶν τε καὶ τελετῶν τυχοῦσα ἐξάντη ἐποίησε τὸν ἑαυτῆς ἔχοντα πρός τε τὸν παρόντα καὶ τὸν ἔπειτα χρόνον, λύσιν τῷ ὀρθῶς μανέντι τε καὶ κατασχομένῳ [245a] τῶν παρόντων κακῶν εὑρομένη. τρίτη δὲ ἀπὸ Μουσῶν κατοκωχή τε καὶ μανία, λαβοῦσα ἁπαλὴν καὶ ἄβατον ψυχήν, ἐγείρουσα καὶ ἐκβακχεύουσα κατά τε ᾠδὰς καὶ κατὰ τὴν ἄλλην ποίησιν, μυρία τῶν παλαιῶν ἔργα κοσμοῦσα τοὺς ἐπιγιγνομένους παιδεύει· ὃς δ' ἂν ἄνευ μανίας Μουσῶν ἐπὶ ποιητικὰς θύρας ἀφίκηται, πεισθεὶς ὡς ἄρα ἐκ τέχνης ἱκανὸς ποιητὴς ἐσόμενος, ἀτελὴς αὐτός τε καὶ ἡ ποίησις ὑπὸ τῆς τῶν μαινομένων ἡ τοῦ σωφρονοῦντος ἠφανίσθη. [245b]

τοσαῦτα μέν σοι καὶ ἔτι πλείω ἔχω μανίας γιγνομένης ἀπὸ θεῶν λέγειν καλὰ ἔργα. ὥστε τοῦτό γε αὐτὸ μὴ φοβώμεθα, μηδέ τις ἡμᾶς λόγος θορυβείτω δεδιττόμενος ὡς πρὸ τοῦ κεκινημένου τὸν σώφρονα δεῖ προαιρεῖσθαι φίλον· ἀλλὰ τόδε πρὸς ἐκείνῳ δείξας φερέσθω τὰ νικητήρια, ὡς οὐκ ἐπ' ὠφελίᾳ ὁ ἔρως τῷ ἐρῶντι καὶ τῷ ἐρωμένῳ ἐκ θεῶν ἐπιπέμπεται. ἡμῖν δὲ ἀποδεικτέον αὖ τοὐναντίον, ὡς ἐπ' εὐτυχίᾳ τῇ μεγίστῃ [245c] παρὰ θεῶν ἡ τοιαύτη μανία δίδοται· ἡ δὲ δὴ ἀπόδειξις ἔσται δεινοῖς μὲν ἄπιστος, σοφοῖς δὲ πιστή. δεῖ οὖν πρῶτον ψυχῆς φύσεως πέρι θείας τε καὶ ἀνθρωπίνης ἰδόντα

aquele de um deus e esta dos homens. Mas realmente, de doenças e provações as mais graves, as que por antigos ressentimentos de alguma parte advindas se instalam em certas famílias, o delírio uma vez produzido e resultado em profecia encontrou liberação [244e] para quem era preciso, com o recurso de preces aos deuses, de serviços em sua honra; e daí tendo recorrido a purificações e iniciações, ele pôs ao abrigo para o presente e o futuro o que dele precisava, por ter achado para quem corretamente delirou [245a] uma solução aos males presentes. Um terceiro tipo de possessão e delírio, o das Musas,[40] depois de pegar uma alma tenra e inviolada, despertando-a e transportando-a em cantos e nas demais produções poéticas, milhares de feitos antigos ordenando, educa os que vêm depois; enquanto aquele que, sem o delírio das Musas, chega à porta da poesia convicto de que pela técnica será um poeta perfeito, é um malogrado ele próprio e sua poesia de quem está em são juízo é pela dos que deliram eclipsada. [245b]

Tal é, na verdade, e ainda muito maior, se o delírio vem dos deuses, a quantidade de belas obras que te posso mencionar. E assim eis o que em si mesmo não devemos temer, nem nos perturbe um discurso a nos espantar com a ideia de que ao apaixonado se deve preferir como amigo o que está em são juízo; ao contrário, só depois de ter além disto demonstrado o seguinte leve o troféu: que não é em proveito do amante e do amado que o amor é pelos deuses enviado. Quanto a nós, haveremos por nossa parte de demonstrar o contrário, que é para suprema felicidade de ambos que [245c] pelos deuses lhes é concedido tal delírio; e sem dúvida a demonstração será entre hábeis desacreditada, mas entre sábios acreditada. Carece então, primeiro, sobre a natureza de alma

---

[40] As Musas eram divindades inspiradoras da criação artística ou científica, nomeadamente da Música. Em honra delas foi erigido o *Mouseion*, designação da qual deriva o termo "museu".

πάθη τε καὶ ἔργα τἀληθὲς νοῆσαι· ἀρχὴ δὲ ἀποδείξεως ἥδε.

ψυχὴ πᾶσα ἀθάνατος. τὸ γὰρ ἀεικίνητον ἀθάνατον· τὸ δ' ἄλλο κινοῦν καὶ ὑπ' ἄλλου κινούμενον, παῦλαν ἔχον κινήσεως, παῦλαν ἔχει ζωῆς. μόνον δὴ τὸ αὑτὸ κινοῦν, ἅτε οὐκ ἀπολεῖπον ἑαυτό, οὔποτε λήγει κινούμενον, ἀλλὰ καὶ τοῖς ἄλλοις ὅσα κινεῖται τοῦτο πηγὴ καὶ ἀρχὴ κινήσεως. [245d] ἀρχὴ δὲ ἀγένητον. ἐξ ἀρχῆς γὰρ ἀνάγκη πᾶν τὸ γιγνόμενον γίγνεσθαι, αὐτὴν δὲ μηδ' ἐξ ἑνός· εἰ γὰρ ἔκ του ἀρχὴ γίγνοιτο, οὐκ ἂν ἔτι ἀρχὴ γίγνοιτο. ἐπειδὴ δὲ ἀγένητόν ἐστιν, καὶ ἀδιάφθορον αὐτὸ ἀνάγκη εἶναι. ἀρχῆς γὰρ δὴ ἀπολομένης οὔτε αὐτή ποτε ἔκ του οὔτε ἄλλο ἐξ ἐκείνης γενήσεται, εἴπερ ἐξ ἀρχῆς δεῖ τὰ πάντα γίγνεσθαι. οὕτω δὴ κινήσεως μὲν ἀρχὴ τὸ αὐτὸ αὑτὸ κινοῦν. τοῦτο δὲ οὔτ' ἀπόλλυσθαι οὔτε γίγνεσθαι δυνατόν, ἢ πάντα τε οὐρανὸν [245e] πᾶσάν τε γῆν εἰς ἓν συμπεσοῦσαν στῆναι καὶ μήποτε αὖθις ἔχειν ὅθεν κινηθέντα γενήσεται. ἀθανάτου δὲ πεφασμένου τοῦ ὑφ' ἑαυτοῦ κινουμένου, ψυχῆς οὐσίαν τε καὶ λόγον τοῦτον αὐτόν τις λέγων οὐκ αἰσχυνεῖται. πᾶν γὰρ σῶμα, ᾧ μὲν ἔξωθεν τὸ κινεῖσθαι, ἄψυχον, ᾧ δὲ ἔνδοθεν αὐτῷ ἐξ αὑτοῦ, ἔμψυχον, ὡς ταύτης οὔσης φύσεως ψυχῆς· εἰ δ' ἔστιν τοῦτο οὕτως ἔχον, μὴ ἄλλο τι εἶναι τὸ αὐτὸ ἑαυτὸ [246a] κινοῦν ἢ ψυχήν, ἐξ ἀνάγκης ἀγένητόν τε καὶ ἀθάνατον ψυχὴ ἂν εἴη.

περὶ μὲν οὖν ἀθανασίας αὐτῆς ἱκανῶς· περὶ δὲ τῆς ἰδέας αὐτῆς ὧδε λεκτέον. οἷον μέν ἐστι, πάντῃ πάντως θείας εἶναι καὶ μακρᾶς διηγήσεως, ᾧ δὲ ἔοικεν, ἀνθρωπίνης τε καὶ ἐλάττονος· ταύτῃ οὖν λέγωμεν. ἐοικέτω δὴ συμφύτῳ δυνάμει ὑποπτέρου ζεύγους τε καὶ ἡνιόχου. θεῶν μὲν οὖν ἵπποι τε καὶ ἡνίοχοι πάντες αὐτοί τε ἀγαθοὶ καὶ ἐξ ἀγαθῶν, [246b] τὸ δὲ τῶν ἄλλων μέμεικται. καὶ πρῶτον μὲν

divina e humana tendo visto afecções e ações, pensar o verídico; e princípio de demonstração é o seguinte:

Toda alma é imortal. Pois o automotivo é imortal; mas o que move outro e por outro é movido, tendo pausa de movimento, tem pausa de vida. Só então o que a si próprio se move, por não se deixar a si próprio, nunca cessa de se mover, mas ainda para tudo mais que se move é fonte e princípio de movimento. [245d] E princípio é algo não engendrado; pois de princípio é que necessariamente engendra-se tudo que é engendrado, enquanto ele próprio de nada se engendra; pois se de algo se engendrasse princípio, não mais de princípio haveria geração. E desde que é não engendrado, também incorruptível ele necessariamente é. Pois princípio uma vez extinto, nem ele próprio jamais se engendrará de algo nem outra coisa dele, se é que de princípio carece que tudo se engendre. Assim então é princípio de movimento o que a si mesmo se move; e isto nem é possível que pereça nem que venha a ser, se não todo o céu [245e] e toda a terra confundindo-se parariam e jamais teriam de novo de onde movidos se engendrassem. Imortal então evidenciado o que a si mesmo se move, quem disser que a essência, a noção da alma, é isso mesmo, não se envergonhará. Pois todo corpo a que é extrínseco o mover-se é inanimado, e o a que intrínseco, de si para si, é animado, pois que essa é a natureza da alma; e se isto é assim que se tem, se outra coisa não é o que a si mesmo se [246a] move senão alma, necessariamente algo inato e imortal a alma seria.

Sobre sua imortalidade então é o bastante; mas sobre sua ideia assim é a dizer: qual ela é, eis o que em tudo e por tudo é próprio de uma divina e longa exposição; mas a que se assemelha, é o que pode fazer uma humana e menor; por esta via então falemos. Que ela então se assemelhe à congênita potência de um alado jugo e seu cocheiro. Quando é dos deuses, então cavalos e cocheiros são todos bons eles mesmos e formados de bons elementos; [246b] mas a dos outros seres

ἡμῶν ὁ ἄρχων συνωρίδος ἡνιοχεῖ, εἶτα τῶν ἵππων ὁ μὲν αὐτῷ καλός τε καὶ ἀγαθὸς καὶ ἐκ τοιούτων, ὁ δ' ἐξ ἐναντίων τε καὶ ἐναντίος· χαλεπὴ δὴ καὶ δύσκολος ἐξ ἀνάγκης ἡ περὶ ἡμᾶς ἡνιόχησις. πῇ δὴ οὖν θνητόν τε καὶ ἀθάνατον ζῷον ἐκλήθη πειρατέον εἰπεῖν. ψυχὴ πᾶσα παντὸς ἐπιμελεῖται τοῦ ἀψύχου, πάντα δὲ οὐρανὸν περιπολεῖ, ἄλλοτ' ἐν ἄλλοις εἴδεσι γιγνομένη. τελέα [246c] μὲν οὖν οὖσα καὶ ἐπτερωμένη μετεωροπορεῖ τε καὶ πάντα τὸν κόσμον διοικεῖ, ἡ δὲ πτερορρυήσασα φέρεται ἕως ἂν στερεοῦ τινος ἀντιλάβηται, οὗ κατοικισθεῖσα, σῶμα γήϊνον λαβοῦσα, αὐτὸ αὑτὸ δοκοῦν κινεῖν διὰ τὴν ἐκείνης δύναμιν, ζῷον τὸ σύμπαν ἐκλήθη, ψυχὴ καὶ σῶμα παγέν, θνητόν τ' ἔσχεν ἐπωνυμίαν· ἀθάνατον δὲ οὐδ' ἐξ ἑνὸς λόγου λελογισμένου, ἀλλὰ πλάττομεν οὔτε ἰδόντες οὔτε ἱκανῶς νοήσαντες [246d] θεόν, ἀθάνατόν τι ζῷον, ἔχον μὲν ψυχήν, ἔχον δὲ σῶμα, τὸν ἀεὶ δὲ χρόνον ταῦτα συμπεφυκότα. ἀλλὰ ταῦτα μὲν δή, ὅπῃ τῷ θεῷ φίλον, ταύτῃ ἐχέτω τε καὶ λεγέσθω· τὴν δὲ αἰτίαν τῆς τῶν πτερῶν ἀποβολῆς, δι' ἣν ψυχῆς ἀπορρεῖ, λάβωμεν. ἔστι δέ τις τοιάδε.

πέφυκεν ἡ πτεροῦ δύναμις τὸ ἐμβριθὲς ἄγειν ἄνω μετεωρίζουσα ᾗ τὸ τῶν θεῶν γένος οἰκεῖ, κεκοινώνηκε δέ πῃ μάλιστα τῶν περὶ τὸ σῶμα τοῦ θείου ψυχή, τὸ δὲ θεῖον [246e] καλόν, σοφόν, ἀγαθόν, καὶ πᾶν ὅτι τοιοῦτον· τούτοις δὴ τρέφεταί τε καὶ αὔξεται μάλιστά γε τὸ τῆς ψυχῆς πτέρωμα, αἰσχρῷ δὲ καὶ κακῷ καὶ τοῖς ἐναντίοις φθίνει τε καὶ διόλλυται. ὁ μὲν δὴ μέγας ἡγεμὼν ἐν οὐρανῷ Ζεύς, ἐλαύνων πτηνὸν ἅρμα, πρῶτος πορεύεται, διακοσμῶν πάντα καὶ ἐπιμελούμενος· τῷ δ' ἕπεται στρατιὰ θεῶν τε καὶ δαιμόνων, [247a] κατὰ ἕνδεκα μέρη κεκοσμημένη. μένει γὰρ Ἑστία ἐν θεῶν οἴκῳ

é misturada. E primeiro, o que nos conduz tem as rédeas de uma parelha; depois, dos seus cavalos um é belo e bom, e formado de bons elementos, enquanto o outro é de elementos contrários e ele mesmo contrário; assim, difícil e aborrecida é em nosso caso a direção das rédeas. Mas por onde então denominou-se mortal ou imortal um vivente, eis o que se deve tentar dizer. Toda alma cuida de tudo que é inanimado e por todo o céu circula, em diferentes ocasiões diferentes formas assumindo. Assim é que, sendo [246c] perfeita e alada, nas alturas ela caminha e o todo cósmico administra; mas a que suas asas perdeu é levada até que de algum sólido se aposse, e pois que aí se instalou e assumiu um terreno corpo, que a si mesmo parece mover-se pelo poder dela, chamou-se vivo o conjunto, alma e corpo ligados, e mortal foi o epíteto que recebeu; o de imortal não é por nenhuma razão deduzida, mas é que imaginamos, por não termos visto nem suficientemente concebido [246d] deus, um vivo imortal, que tem alma, tem corpo, mas por todo o tempo os dois naturalmente unidos. Quanto a isto no entanto, como ao deus aprouver, que assim seja e se diga assim; mas a causa da queda das asas, em razão da qual se desprendem da alma, vejamos. É uma assim:

O natural poder da asa é o de levar o pesado para cima, alçando-o até onde mora a raça dos deuses, e foi ela a que mais teve, das partes do corpo, comunhão com o divino; o divino [246e] é belo, sábio, bom e tudo mais que é de tal ordem; e é disto que sobretudo se nutre e desenvolve o sistema alado na alma, enquanto com o feio, com o mau e, em suma, com o contrário, ele definha e perece. Ora, o grande guia do céu, Zeus, impelindo o alado carro, é o primeiro a caminhar bem ordenando tudo e de tudo cuidando; e lhe segue um exército de deuses e demônios [247a] em onze partes disposto. Pois fica Héstia[41] em casa dos deuses, sozinha; e os outros,

---

[41] Héstia é a deusa do lar, da estabilidade e da família.

μόνη· τῶν δὲ ἄλλων ὅσοι ἐν τῷ τῶν δώδεκα ἀριθμῷ τεταγμένοι θεοὶ ἄρχοντες ἡγοῦνται κατὰ τάξιν ἣν ἕκαστος ἐτάχθη. πολλαὶ μὲν οὖν καὶ μακάριαι θέαι τε καὶ διέξοδοι ἐντὸς οὐρανοῦ, ἃς θεῶν γένος εὐδαιμόνων ἐπιστρέφεται πράττων ἕκαστος αὐτῶν τὸ αὑτοῦ, ἕπεται δὲ ὁ ἀεὶ ἐθέλων τε καὶ δυνάμενος· φθόνος γὰρ ἔξω θείου χοροῦ ἵσταται. ὅταν δὲ δὴ πρὸς δαῖτα καὶ ἐπὶ θοίνην ἴωσιν, ἄκραν ἐπὶ τὴν [247b] ὑπουράνιον ἁψῖδα πορεύονται πρὸς ἄναντες, ᾗ δὴ τὰ μὲν θεῶν ὀχήματα ἰσορρόπως εὐήνια ὄντα ῥᾳδίως πορεύεται, τὰ δὲ ἄλλα μόγις· βρίθει γὰρ ὁ τῆς κάκης ἵππος μετέχων, ἐπὶ τὴν γῆν ῥέπων τε καὶ βαρύνων ᾧ μὴ καλῶς ἦν τεθραμμένος τῶν ἡνιόχων. ἔνθα δὴ πόνος τε καὶ ἀγὼν ἔσχατος ψυχῇ πρόκειται. αἱ μὲν γὰρ ἀθάνατοι καλούμεναι, ἡνίκ᾽ ἂν πρὸς ἄκρῳ γένωνται, ἔξω πορευθεῖσαι ἔστησαν ἐπὶ τῷ τοῦ οὐρανοῦ [247c] νώτῳ, στάσας δὲ αὐτὰς περιάγει ἡ περιφορά, αἱ δὲ θεωροῦσι τὰ ἔξω τοῦ οὐρανοῦ.

τὸν δὲ ὑπερουράνιον τόπον οὔτε τις ὕμνησέ πω τῶν τῇδε ποιητὴς οὔτε ποτὲ ὑμνήσει κατ᾽ ἀξίαν. ἔχει δὲ ὧδε — τολμητέον γὰρ οὖν τό γε ἀληθὲς εἰπεῖν, ἄλλως τε καὶ περὶ ἀληθείας λέγοντα — ἡ γὰρ ἀχρώματός τε καὶ ἀσχημάτιστος καὶ ἀναφὴς οὐσία ὄντως οὖσα, ψυχῆς κυβερνήτῃ μόνῳ θεατὴ νῷ, περὶ ἣν τὸ τῆς ἀληθοῦς ἐπιστήμης γένος, τοῦτον ἔχει [247d] τὸν τόπον. ἅτ᾽ οὖν θεοῦ διάνοια νῷ τε καὶ ἐπιστήμῃ ἀκηράτῳ τρεφομένη, καὶ ἁπάσης ψυχῆς ὅσῃ ἂν μέλῃ τὸ προσῆκον δέξασθαι, ἰδοῦσα διὰ χρόνου τὸ ὂν ἀγαπᾷ τε καὶ θεωροῦσα τἀληθῆ τρέφεται καὶ εὐπαθεῖ, ἕως ἂν κύκλῳ ἡ περιφορὰ εἰς ταὐτὸν περιενέγκῃ. ἐν δὲ τῇ περιόδῳ καθορᾷ μὲν αὐτὴν δικαιοσύνην, καθορᾷ δὲ σωφροσύνην, καθορᾷ δὲ ἐπιστήμην, οὐχ ᾗ γένεσις πρόσεστιν, οὐδ᾽ ἥ ἐστίν που ἑτέρα [247e] ἐν ἑτέρῳ οὖσα ὧν ἡμεῖς νῦν ὄντων καλοῦμεν, ἀλλὰ τὴν ἐν τῷ ὅ ἐστιν ὂν ὄντως ἐπιστήμην οὖσαν· καὶ τἆλλα ὡσαύτως τὰ ὄντα ὄντως θεασαμένη καὶ ἑστιαθεῖσα, δῦσα πάλιν

todos os que no número dos doze foram postados como deuses dirigentes, guiam na ordem em que cada um foi posto. Assim, numerosas e beatíficas são as visões e os trajetos dentro do céu, os quais a feliz raça dos deuses executa em círculos, fazendo cada um sua tarefa e lhe seguindo o que sempre quiser e puder; pois a inveja está fora do coro divino. Ora, quando ao banquete e ao festim eles vão, até o ápice [247b] da abóbada infraceleste eles em ascensão caminham, em aclive que os veículos dos deuses, equilibrados e de boas rédeas, facilmente vencem, enquanto os outros o fazem com dificuldade; pois fica pesado o cavalo que tem um tanto de ruindade, pendendo para a terra e pesando ao cocheiro que não for bem adestrado. É então que uma prova, uma luta suprema se propõe à alma. As que se chamam imortais, quando chegam ao cimo, caminham para fora e se erguem sobre o dorso [247c] do céu, e assim erguidas a circunvolução as leva e elas contemplam o que está fora do céu.

Este lugar supraceleste nem ainda o celebrou em hinos nenhum poeta deste mundo, nem jamais o fará de modo digno. E eis como ele se tem; pois em suma o que é verdadeiro deve-se ousar dizer, sobretudo quando sobre verdade se está falando: pois a essência que sem cor, sem figura, sem tato, no entanto realmente é; a que só pelo piloto da alma, o intelecto, pode ser contemplada; a que é patrimônio da verídica ciência, este é o lugar [247d] que ela ocupa. Ora, o pensamento de um deus, de intelecção e de ciência pura nutrido, bem como o de toda alma que procura receber o que lhe convém, quando com o tempo tem a visão do ser alegra-se e, contemplando as verdadeiras essências, delas se nutre e beneficia, até que em ciclo a circunvolução o reponha no mesmo ponto. E na volta que ele perfaz ele tem sob os olhos a própria justiça, a prudência, a ciência, não aquela a que se associa geração, nem a que de certo modo é diversa [247e] por residir na diversidade dos que agora chamamos seres, mas a ciência que reside no ser que realmente é; e depois que, do mesmo modo,

εἰς τὸ εἴσω τοῦ οὐρανοῦ, οἴκαδε ἦλθεν. ἐλθούσης δὲ αὐτῆς ὁ ἡνίοχος πρὸς τὴν φάτνην τοὺς ἵππους στήσας παρέβαλεν ἀμβροσίαν τε καὶ ἐπ᾽ αὐτῇ νέκταρ ἐπότισεν. [248a]

καὶ οὗτος μὲν θεῶν βίος· αἱ δὲ ἄλλαι ψυχαί, ἡ μὲν ἄριστα θεῷ ἑπομένη καὶ εἰκασμένη ὑπερῆρεν εἰς τὸν ἔξω τόπον τὴν τοῦ ἡνιόχου κεφαλήν, καὶ συμπεριηνέχθη τὴν περιφοράν, θορυβουμένη ὑπὸ τῶν ἵππων καὶ μόγις καθορῶσα τὰ ὄντα· ἡ δὲ τοτὲ μὲν ἦρεν, τοτὲ δ᾽ ἔδυ, βιαζομένων δὲ τῶν ἵππων τὰ μὲν εἶδεν, τὰ δ᾽ οὔ. αἱ δὲ δὴ ἄλλαι γλιχόμεναι μὲν ἅπασαι τοῦ ἄνω ἕπονται, ἀδυνατοῦσαι δέ, ὑποβρύχιαι συμπεριφέρονται, πατοῦσαι ἀλλήλας καὶ ἐπιβάλλουσαι, ἑτέρα [248b] πρὸ τῆς ἑτέρας πειρωμένη γενέσθαι. θόρυβος οὖν καὶ ἅμιλλα καὶ ἱδρὼς ἔσχατος γίγνεται, οὗ δὴ κακίᾳ ἡνιόχων πολλαὶ μὲν χωλεύονται, πολλαὶ δὲ πολλὰ πτερὰ θραύονται· πᾶσαι δὲ πολὺν ἔχουσαι πόνον ἀτελεῖς τῆς τοῦ ὄντος θέας ἀπέρχονται, καὶ ἀπελθοῦσαι τροφῇ δοξαστῇ χρῶνται. οὗ δ᾽ ἕνεχ᾽ ἡ πολλὴ σπουδὴ τὸ ἀληθείας ἰδεῖν πεδίον οὗ ἐστιν, ἥ τε δὴ προσήκουσα ψυχῆς τῷ ἀρίστῳ νομὴ ἐκ τοῦ ἐκεῖ [248c] λειμῶνος τυγχάνει οὖσα, ἥ τε τοῦ πτεροῦ φύσις, ᾧ ψυχὴ κουφίζεται, τούτῳ τρέφεται. θεσμός τε Ἀδραστείας ὅδε. ἥτις ἂν ψυχὴ θεῷ συνοπαδὸς γενομένη κατίδῃ τι τῶν ἀληθῶν, μέχρι τε τῆς ἑτέρας περιόδου εἶναι ἀπήμονα, κἂν ἀεὶ τοῦτο δύνηται ποιεῖν, ἀεὶ ἀβλαβῆ εἶναι· ὅταν δὲ ἀδυνατήσασα ἐπισπέσθαι μὴ ἴδῃ, καί τινι συντυχίᾳ χρησαμένη λήθης τε καὶ κακίας πλησθεῖσα βαρυνθῇ, βαρυνθεῖσα δὲ πτερορρυήσῃ τε καὶ ἐπὶ τὴν γῆν πέσῃ,

os outros seres que realmente são ela contemplou e deles se regalou, de novo mergulha dentro do céu e retorna à casa. Aí chegado, o cocheiro instala os cavalos no estábulo, atira-lhes ambrosia e depois lhes dá de beber o néctar. [248a]

Esta a vida dos deuses; as outras almas, uma, a que melhor segue o deus e mais se lhe assemelha, alça para o lado de fora a cabeça do cocheiro e é carregada na circunvolução, pelos cavalos perturbada e mal contemplando os seres; outra, ora alça, ora mergulha, mas, porque forçam os cavalos, umas coisas vê, outras não. Quanto às demais, almejando todas o alto, fazem o séquito, mas, não podendo atingi-lo, submergem na circunvolução, pisando-se e chocando-se mutuamente, uma [248b] tentando ficar à frente da outra. Há tumulto então e luta e suor extremo, e é quando por ruindade dos cocheiros muitas almas se estropiam, muitas machucam muita asa e todas, apesar da muita fadiga, sem se iniciarem na contemplação do ser afastam-se, e afastadas nutrem-se do alimento da opinião. Eis por que o grande esforço para ver onde é que está a planície da verdade, porque o pasto que convém ao melhor da alma [248c] é o daquele prado, e a natureza da asa, que dá leveza à alma, dele se alimenta. E lei de Adrasteia[42] é a seguinte: toda alma que, acompanhante de um deus, contemple algum ser verdadeiro, até o período seguinte está isenta de provação, e se ela sempre o puder fazer, sempre estará isenta de dano; quando porém incapacitada de acompanhar ela não puder ver e, por alguma desgraça afetada, cheia de esquecimento e maldade ela pesar, e pesada ela perder as asas e cair sobre a terra, então é lei que ela [248d] não se implante em nenhuma natureza animal na primeira

---

[42] Adrasteia é a personificação da ordem à qual ninguém pode escapar. Neste passo, determina, pela perda das asas, a inevitabilidade da queda das almas, por não terem, no período de uma revolução dos céus, contemplado "algum ser verdadeiro". Encarnam primeiro nos corpos de varões, mas vêm a sofrer em existências futuras os destinos que as suas deficiências lhes imponham.

τότε νόμος ταύτην [248d] μὴ φυτεῦσαι εἰς μηδεμίαν θήρειον φύσιν ἐν τῇ πρώτῃ γενέσει, ἀλλὰ τὴν μὲν πλεῖστα ἰδοῦσαν εἰς γονὴν ἀνδρὸς γενησομένου φιλοσόφου ἢ φιλοκάλου ἢ μουσικοῦ τινος καὶ ἐρωτικοῦ, τὴν δὲ δευτέραν εἰς βασιλέως ἐννόμου ἢ πολεμικοῦ καὶ ἀρχικοῦ, τρίτην εἰς πολιτικοῦ ἤ τινος οἰκονομικοῦ ἢ χρηματιστικοῦ, τετάρτην εἰς φιλοπόνου ἢ γυμναστικοῦ ἢ περὶ σώματος ἴασίν τινος ἐσομένου, πέμπτην μαντικὸν βίον [248e] ἤ τινα τελεστικὸν ἕξουσαν· ἕκτῃ ποιητικὸς ἢ τῶν περὶ μίμησίν τις ἄλλος ἁρμόσει, ἑβδόμῃ δημιουργικὸς ἢ γεωργικός, ὀγδόῃ σοφιστικὸς ἢ δημοκοπικός, ἐνάτῃ τυραννικός. ἐν δὴ τούτοις ἅπασιν ὃς μὲν ἂν δικαίως διαγάγῃ ἀμείνονος μοίρας μεταλαμβάνει, ὃς δ' ἂν ἀδίκως, χείρονος· εἰς μὲν γὰρ τὸ αὐτὸ ὅθεν ἥκει ἡ ψυχὴ ἑκάστη οὐκ ἀφικνεῖται ἐτῶν μυρίων — [249a] οὐ γὰρ πτεροῦται πρὸ τοσούτου χρόνου — πλὴν ἡ τοῦ φιλοσοφήσαντος ἀδόλως ἢ παιδεραστήσαντος μετὰ φιλοσοφίας, αὗται δὲ τρίτῃ περιόδῳ τῇ χιλιετεῖ, ἐὰν ἕλωνται τρὶς ἐφεξῆς τὸν βίον τοῦτον, οὕτω πτερωθεῖσαι τρισχιλιοστῷ ἔτει ἀπέρχονται. αἱ δὲ ἄλλαι, ὅταν τὸν πρῶτον βίον τελευτήσωσιν, κρίσεως ἔτυχον, κριθεῖσαι δὲ αἱ μὲν εἰς τὰ ὑπὸ γῆς δικαιωτήρια ἐλθοῦσαι δίκην ἐκτίνουσιν, αἱ δ' εἰς τοὐρανοῦ τινα τόπον ὑπὸ τῆς Δίκης κουφισθεῖσαι διάγουσιν ἀξίως οὗ ἐν [249b] ἀνθρώπου εἴδει ἐβίωσαν βίου. τῷ δὲ χιλιοστῷ ἀμφότεραι ἀφικνούμεναι ἐπὶ κλήρωσίν τε καὶ αἵρεσιν τοῦ δευτέρου βίου αἱροῦνται ὃν ἂν θέλῃ ἑκάστη· ἔνθα καὶ εἰς θηρίου βίον ἀνθρωπίνη ψυχὴ ἀφικνεῖται, καὶ ἐκ θηρίου ὅς ποτε ἄνθρωπος ἦν πάλιν εἰς ἄνθρωπον. οὐ γὰρ ἥ γε μήποτε ἰδοῦσα τὴν ἀλήθειαν εἰς τόδε ἥξει τὸ σχῆμα. δεῖ γὰρ ἄνθρωπον συνιέναι κατ' εἶδος λεγόμενον, ἐκ πολλῶν ἰὸν

geração, mas a que mais viu se implante no sêmen de um homem que se tornará amigo do saber ou amigo de beleza, ou algum músico ou algum amoroso; e que a segunda seja no de um rei que ande na lei ou seja guerreiro e saiba comandar, e a terceira no de um político ou de algum administrador e financista; e a quarta no de um ginasta que ame o exercício ou de alguém que se dedique à cura do corpo; a quinta terá uma vida de adivinho [248e] ou de algum oficiante de iniciação; à sexta corresponderá o que faz poesia ou qualquer outro dos que tratam de imitação; à sétima um artesão ou lavrador; à oitava um sofista ou um demagogo; à nona um tirano. Em todas estas séries o que leva uma vida justa participa de melhor sorte, e de pior o que injustamente vive; com efeito, ao mesmo ponto de onde vem, cada alma não chega antes de dez mil anos — [249a] pois não cria asa antes de todo esse tempo —, salvo a do que sem fraude amou a sabedoria ou com amor à sabedoria gostou dos jovens; estas no terceiro período milenar, se por três vezes seguidas escolherem esta vida, tendo assim criado asas no terceiro milênio vão embora. As outras, quando terminam a primeira vida vão a julgamento e, julgadas, as que foram aos tribunais subterrâneos recebem justiça, enquanto as que pela justiça foram elevadas a algum lugar do céu, levam vida digna da que em [249b] forma humana viveram. No milésimo ano, quando umas e outras chegam a sorteio e escolha da segunda vida, escolhe cada uma a que quiser; aí, não só a uma vida de animal passa uma alma humana como também de animal o que outrora era homem passa de novo a homem; pois não passará a este esquema o que jamais viu a verdade. Pois carece que homem entenda segundo o que se chama ideia, de muitas sensações indo [249c] à unidade, por raciocínio concebida; e isto é reminiscência daqueles seres que outrora viu nossa alma,[43]

[43] O passo assimila à reminiscência o "entender segundo o que se chama ideia", logo adiante identificado com a "reflexão do filósofo" (τοῦ

αἰσθήσεων [249c] εἰς ἓν λογισμῷ συναιρούμενον· τοῦτο δ' ἐστὶν ἀνάμνησις ἐκείνων ἅ ποτ' εἶδεν ἡμῶν ἡ ψυχὴ συμπορευθεῖσα θεῷ καὶ ὑπεριδοῦσα ἃ νῦν εἶναί φαμεν, καὶ ἀνακύψασα εἰς τὸ ὂν ὄντως. διὸ δὴ δικαίως μόνη πτεροῦται ἡ τοῦ φιλοσόφου διάνοια· πρὸς γὰρ ἐκείνοις ἀεί ἐστιν μνήμῃ κατὰ δύναμιν, πρὸς οἷσπερ θεὸς ὢν θεῖός ἐστιν. τοῖς δὲ δὴ τοιούτοις ἀνὴρ ὑπομνήμασιν ὀρθῶς χρώμενος, τελέους ἀεὶ τελετὰς τελούμενος, τέλεος ὄντως μόνος γίγνεται· ἐξιστάμενος δὲ τῶν [249d] ἀνθρωπίνων σπουδασμάτων καὶ πρὸς τῷ θείῳ γιγνόμενος, νουθετεῖται μὲν ὑπὸ τῶν πολλῶν ὡς παρακινῶν, ἐνθουσιάζων δὲ λέληθεν τοὺς πολλούς.

ἔστι δὴ οὖν δεῦρο ὁ πᾶς ἥκων λόγος περὶ τῆς τετάρτης μανίας — ἣν ὅταν τὸ τῇδέ τις ὁρῶν κάλλος, τοῦ ἀληθοῦς ἀναμιμνῃσκόμενος, πτερῶταί τε καὶ ἀναπτερούμενος προθυμούμενος ἀναπτέσθαι, ἀδυνατῶν δέ, ὄρνιθος δίκην βλέπων ἄνω, τῶν κάτω δὲ ἀμελῶν, αἰτίαν ἔχει ὡς μανικῶς διακείμενος — ὡς [249e] ἄρα αὕτη πασῶν τῶν ἐνθουσιάσεων ἀρίστη τε καὶ ἐξ ἀρίστων τῷ τε ἔχοντι καὶ τῷ κοινωνοῦντι αὐτῆς γίγνεται, καὶ ὅτι ταύτης μετέχων τῆς μανίας ὁ ἐρῶν τῶν καλῶν ἐραστὴς καλεῖται. καθάπερ γὰρ εἴρηται, πᾶσα μὲν ἀνθρώπου ψυχὴ φύσει τεθέαται τὰ ὄντα, ἢ οὐκ ἂν ἦλθεν [250a] εἰς τόδε τὸ ζῷον· ἀναμιμνῄσκεσθαι δὲ ἐκ τῶνδε ἐκεῖνα οὐ ῥᾴδιον ἁπάσῃ, οὔτε ὅσαι βραχέως εἶδον τότε τἀκεῖ, οὔθ' αἳ δεῦρο πεσοῦσαι ἐδυστύχησαν, ὥστε ὑπό τινων ὁμιλιῶν ἐπὶ τὸ ἄδικον τραπόμεναι λήθην ὧν τότε εἶδον ἱερῶν ἔχειν. ὀλίγαι δὴ λείπονται αἷς τὸ τῆς μνήμης ἱκανῶς

quando caminhou com um deus e de cima olhou o que agora nós afirmamos que é, e para cima virou-se ao que essencialmente é. Eis por que justamente só cria asa a reflexão do filósofo; pois àqueles seres sempre remonta de memória, conforme pode, aos quais justamente remonta um deus por ser divino. Ora, quando de tais lembranças corretamente se utiliza um homem, e em perfeitos mistérios perfeitamente se inicia, é o único a se tornar essencialmente perfeito; como todavia ele se afasta dos [249d] humanos interesses e ao divino se volta, é advertido pela maioria como se em falso se movesse, mas na verdade divinamente possesso não o percebe a maioria.

É aqui então que vem dar todo o discurso sobre o quarto tipo de delírio — aquele em que alguém, vendo a beleza por aqui e lembrando-se da verdadeira, cria asa e de novo alado deseja alçar voo; mas como não pode e à maneira de um pássaro fica a olhar para cima, descuidando do que está embaixo, é acusado de estar em delírio — sim, pois [249e] esta, de todas as formas de possessão divina, vem a ser a melhor e de melhores elementos constituída, não só para o que a tem como para o que a ela se associa, e porque deste delírio participa o que ama os belos, amante se chama. Pois tal como foi dito, toda alma de homem por natureza contemplou os seres, senão ela não teria vindo [250a] a este animal; mas lembrar aqueles a partir destes não é fácil para qualquer alma, nem para quantas brevemente viram então os de lá, nem para as que tiveram a desventura de aqui tombarem e por efeito de algumas companhias se voltarem para o injusto e esquecerem as sagradas visões que então viram. Poucas então restam que tenham consigo, suficientemente, o dom da me-

---

φιλοσόφου διάνοια). Na continuação (249c-d), o texto grego joga com termos da família de τέλος ("fim" — τέλεος, "perfeito", e τελετή, "iniciação" nos mistérios) visando a mostrar que o sentido da vida se colhe na tentativa de recuperação do divino mediante a contemplação da beleza.

πάρεστιν· αὗται δέ, ὅταν τι τῶν ἐκεῖ ὁμοίωμα ἴδωσιν, ἐκπλήττονται καὶ οὐκέτ᾽ ἐν αὑτῶν γίγνονται, ὃ δ᾽ ἔστι τὸ πάθος ἀγνοοῦσι [250b] διὰ τὸ μὴ ἱκανῶς διαισθάνεσθαι.

δικαιοσύνης μὲν οὖν καὶ σωφροσύνης καὶ ὅσα ἄλλα τίμια ψυχαῖς οὐκ ἔνεστι φέγγος οὐδὲν ἐν τοῖς τῇδε ὁμοιώμασιν, ἀλλὰ δι᾽ ἀμυδρῶν ὀργάνων μόγις αὐτῶν καὶ ὀλίγοι ἐπὶ τὰς εἰκόνας ἰόντες θεῶνται τὸ τοῦ εἰκασθέντος γένος· κάλλος δὲ τότ᾽ ἦν ἰδεῖν λαμπρόν, ὅτε σὺν εὐδαίμονι χορῷ μακαρίαν ὄψιν τε καὶ θέαν, ἑπόμενοι μετὰ μὲν Διὸς ἡμεῖς, ἄλλοι δὲ μετ᾽ ἄλλου θεῶν, εἶδόν τε καὶ ἐτελοῦντο τῶν τελετῶν ἣν θέμις λέγειν [250c] μακαριωτάτην, ἣν ὠργιάζομεν ὁλόκληροι μὲν αὐτοὶ ὄντες καὶ ἀπαθεῖς κακῶν ὅσα ἡμᾶς ἐν ὑστέρῳ χρόνῳ ὑπέμενεν, ὁλόκληρα δὲ καὶ ἁπλᾶ καὶ ἀτρεμῆ καὶ εὐδαίμονα φάσματα μυούμενοί τε καὶ ἐποπτεύοντες ἐν αὐγῇ καθαρᾷ, καθαροὶ ὄντες καὶ ἀσήμαντοι τούτου ὃ νῦν δὴ σῶμα περιφέροντες ὀνομάζομεν, ὀστρέου τρόπον δεδεσμευμένοι.

ταῦτα μὲν οὖν μνήμῃ κεχαρίσθω, δι᾽ ἣν πόθῳ τῶν τότε νῦν μακρότερα εἴρηται· περὶ δὲ κάλλους, ὥσπερ εἴπομεν, [250d] μετ᾽ ἐκείνων τε ἔλαμπεν ὄν, δεῦρό τ᾽ ἐλθόντες κατειλήφαμεν αὐτὸ διὰ τῆς ἐναργεστάτης αἰσθήσεως τῶν ἡμετέρων στίλβον ἐναργέστατα. ὄψις γὰρ ἡμῖν ὀξυτάτη τῶν διὰ τοῦ σώματος ἔρχεται αἰσθήσεων, ᾗ φρόνησις οὐχ ὁρᾶται — δεινοὺς γὰρ ἂν παρεῖχεν ἔρωτας, εἴ τι τοιοῦτον ἑαυτῆς ἐναργὲς εἴδωλον παρείχετο εἰς ὄψιν ἰόν — καὶ τἆλλα ὅσα ἐραστά· νῦν δὲ κάλλος μόνον ταύτην ἔσχε μοῖραν, ὥστ᾽ ἐκφανέστατον εἶναι [250e] καὶ ἐρασμιώτατον. ὁ μὲν οὖν μὴ νεοτελὴς ἢ διεφθαρμένος οὐκ ὀξέως ἐνθένδε ἐκεῖσε φέρεται πρὸς

mória; e estas, quando veem algum símile dos seres de lá, perturbam-se e não mais ficam em si mesmas, mas o que experimentam ignoram, [250b] por não o perceberem suficientemente.

De justiça, entretanto, de prudência e quanto mais é precioso para as almas, não há nenhum brilho nos símiles daqui, mas por turvos instrumentos, de si já difíceis, poucos vão às imagens e por elas contemplam o gênero do imaginado; beleza porém então se podia ver brilhante, quando em feliz coro um espetáculo de benéfica visão se via, nós seguindo com Zeus e outros com outros deuses, e se procedia a uma iniciação que é lícito afirmar [250c] ser a mais beatífica de todas, a qual celebrávamos quando íntegros éramos nós mesmos, isentos de quantos males em tempo posterior nos aguardavam, e íntegras, simples, tranquilas e felizes eram as aparições que iniciados contemplávamos em luz pura, porque éramos puros e não tínhamos a marca deste sepulcro que sobre nós agora trazendo chamamos corpo, a ele atados como ostra à concha.[44]

Isto portanto à memória se reconheça, pela qual por saudade dos seres de então agora demais se falou; e sobre a beleza, como dissemos, [250d] entre aqueles ela brilhava em seu ser, e aqui vindos nós a percebemos através do mais claro dos nossos sentidos, a fulgir com a máxima claridade. Pois a vista é a mais aguda das percepções que nos vêm pelo corpo e no entanto por ela a inteligência não se vê — pois terríveis amores esta suscitaria, se igualmente desse de si mesma uma clara imagem dirigida à vista — e tudo mais que é amável; mas agora só beleza teve esta sorte de ser o que há de mais evidente [250e] e mais amável. Por conseguinte, o não recentemente iniciado ou o corrompido não é com presteza

---

[44] O "corpo" (σῶμα) é caracterizado como o "sepulcro" (σῆμα) da alma. Esta teoria assoma noutros diálogos: no *Crátilo* (400b-c), no *Górgias* (493a) e no *Fédon* (φρουρά, "prisão", 81b-d).

αὐτὸ τὸ κάλλος, θεώμενος αὐτοῦ τὴν τῇδε ἐπωνυμίαν, ὥστ᾽ οὐ σέβεται προσορῶν, ἀλλ᾽ ἡδονῇ παραδοὺς τετράποδος νόμον βαίνειν ἐπιχειρεῖ καὶ παιδοσπορεῖν, καὶ ὕβρει προσομιλῶν οὐ δέδοικεν [251a] οὐδ᾽ αἰσχύνεται παρὰ φύσιν ἡδονὴν διώκων· ὁ δὲ ἀρτιτελής, ὁ τῶν τότε πολυθεάμων, ὅταν θεοειδὲς πρόσωπον ἴδῃ κάλλος εὖ μεμιμημένον ἤ τινα σώματος ἰδέαν, πρῶτον μὲν ἔφριξε καί τι τῶν τότε ὑπῆλθεν αὐτὸν δειμάτων, εἶτα προσορῶν ὡς θεὸν σέβεται, καὶ εἰ μὴ ἐδεδίει τὴν τῆς σφόδρα μανίας δόξαν, θύοι ἂν ὡς ἀγάλματι καὶ θεῷ τοῖς παιδικοῖς. ἰδόντα δ᾽ αὐτὸν οἷον ἐκ τῆς φρίκης μεταβολή τε [251b] καὶ ἱδρὼς καὶ θερμότης ἀήθης λαμβάνει· δεξάμενος γὰρ τοῦ κάλλους τὴν ἀπορροὴν διὰ τῶν ὀμμάτων ἐθερμάνθη ᾗ ἡ τοῦ πτεροῦ φύσις ἄρδεται, θερμανθέντος δὲ ἐτάκη τὰ περὶ τὴν ἔκφυσιν, ἃ πάλαι ὑπὸ σκληρότητος συμμεμυκότα εἶργε μὴ βλαστάνειν, ἐπιρρυείσης δὲ τῆς τροφῆς ᾤδησέ τε καὶ ὥρμησε φύεσθαι ἀπὸ τῆς ῥίζης ὁ τοῦ πτεροῦ καυλὸς ὑπὸ πᾶν τὸ τῆς ψυχῆς εἶδος· πᾶσα γὰρ ἦν τὸ πάλαι πτερωτή. [251c] ζεῖ οὖν ἐν τούτῳ ὅλη καὶ ἀνακηκίει, καὶ ὅπερ τὸ τῶν ὀδοντοφυούντων πάθος περὶ τοὺς ὀδόντας γίγνεται ὅταν ἄρτι φύωσιν, κνῆσίς τε καὶ ἀγανάκτησις περὶ τὰ οὖλα, ταὐτὸν δὴ πέπονθεν ἡ τοῦ πτεροφυεῖν ἀρχομένου ψυχή· ζεῖ τε καὶ ἀγανακτεῖ καὶ γαργαλίζεται φύουσα τὰ πτερά. ὅταν μὲν οὖν βλέπουσα πρὸς τὸ τοῦ παιδὸς κάλλος, ἐκεῖθεν μέρη ἐπιόντα καὶ ῥέοντ᾽— ἃ δὴ διὰ ταῦτα ἵμερος καλεῖται — δεχομένη τὸν ἵμερον ἄρδηταί τε καὶ θερμαίνηται, λωφᾷ τε τῆς ὀδύνης [251d] καὶ γέγηθεν· ὅταν δὲ χωρὶς γένηται καὶ αὐχμήσῃ, τὰ τῶν διεξόδων στόματα ᾗ τὸ πτερὸν ὁρμᾷ, συναυαινόμενα μύσαντα ἀποκλῄει τὴν βλάστην τοῦ πτεροῦ, ἡ δ᾽ ἐντὸς μετὰ τοῦ ἱμέρου ἀποκεκλῃμένη,

que daqui para lá se transporta, para a própria beleza, quando contempla o que aqui está sob seu nome, e assim ele não respeita quando dirige o olhar, mas ao contrário, rendido ao prazer, põe-se a andar na lei do quadrúpede e a procriar, e familiarizando-se com a desmedida não tem receio [251a] nem vergonha de perseguir prazer contra a natureza; porém o recém-iniciado, o que muito contemplou os seres de então, quando vê algum rosto de aspecto divino que bem imitou a beleza, ou algum corpo ideal, primeiro ele estremece e furtivamente o assalta algo dos assombros de então; depois, dirigindo-lhe o olhar, venera-o como a um deus e, se não temesse a fama de uma extrema loucura, ele sacrificaria ao namorado como se faz à imagem de um deus. E desde que o viu, como se fosse do tremor, uma mudança [251b] nele se opera, um suor, um calor desusado; pois tendo pelos olhos recebido a emanação da beleza ele se aqueceu, com o que se umedece a natureza da asa, e uma vez aquecido, fundem-se os elementos de expansão daquela natureza, os quais de há muito fechados por endurecimento impedem a germinação, mas com o afluxo do alimento intumesce e passa a crescer desde a raiz o talo da asa, sob toda a forma da alma; pois toda ela outrora era alada. [251c] Fervilha então neste momento toda ela e ressuma, e aquilo que no processo da dentição se sente com os dentes que estão a nascer, comichão e irritação nas gengivas, é o mesmo que sente a alma do que começa a emplumar: fervilha e se irrita em pruridos ao lhe nascerem as plumas. Quando, portanto, olhando para a beleza do menino, dali recebendo partículas que em fluxo sobrevêm — que precisamente se chama o fluxo do desejo[45] —, ela se umedece e aquece, então alivia-se da dor [251d] e tem alegria; quando porém ela fica longe e emurchece, os bocais dos condutos por onde se lança o plumado se ressecam todos e, fechados, intercep-

[45] Adiante (255c), "vaga do desejo"; interpretação de ἵμερος ("desejo"), jogando com ἰέναι ("avançar") e μέρος ("parte").

πηδῶσα οἷον τὰ σφύζοντα, τῇ διεξόδῳ ἐγχρίει ἑκάστη τῇ καθ' αὑτήν, ὥστε πᾶσα κεντουμένη κύκλῳ ἡ ψυχὴ οἰστρᾷ καὶ ὀδυνᾶται, μνήμην δ' αὖ ἔχουσα τοῦ καλοῦ γέγηθεν. ἐκ δὲ ἀμφοτέρων μεμειγμένων ἀδημονεῖ τε τῇ ἀτοπίᾳ τοῦ πάθους καὶ ἀποροῦσα λυττᾷ, καὶ ἐμμανὴς [251e] οὖσα οὔτε νυκτὸς δύναται καθεύδειν οὔτε μεθ' ἡμέραν οὗ ἂν ᾖ μένειν, θεῖ δὲ ποθοῦσα ὅπου ἂν οἴηται ὄψεσθαι τὸν ἔχοντα τὸ κάλλος· ἰδοῦσα δὲ καὶ ἐποχετευσαμένη ἵμερον ἔλυσε μὲν τὰ τότε συμπεφραγμένα, ἀναπνοὴν δὲ λαβοῦσα κέντρων τε καὶ ὠδίνων ἔληξεν, ἡδονὴν δ' αὖ ταύτην γλυκυτάτην ἐν τῷ [252a] παρόντι καρποῦται. ὅθεν δὴ ἑκοῦσα εἶναι οὐκ ἀπολείπεται, οὐδέ τινα τοῦ καλοῦ περὶ πλείονος ποιεῖται, ἀλλὰ μητέρων τε καὶ ἀδελφῶν καὶ ἑταίρων πάντων λέλησται, καὶ οὐσίας δι' ἀμέλειαν ἀπολλυμένης παρ' οὐδὲν τίθεται, νομίμων δὲ καὶ εὐσχημόνων, οἷς πρὸ τοῦ ἐκαλλωπίζετο, πάντων καταφρονήσασα δουλεύειν ἑτοίμη καὶ κοιμᾶσθαι ὅπου ἂν ἐᾷ τις ἐγγυτάτω τοῦ πόθου· πρὸς γὰρ τῷ σέβεσθαι τὸν τὸ κάλλος [252b] ἔχοντα ἰατρὸν ηὕρηκε μόνον τῶν μεγίστων πόνων. τοῦτο δὲ τὸ πάθος, ὦ παῖ καλέ, πρὸς ὃν δή μοι ὁ λόγος, ἄνθρωποι μὲν ἔρωτα ὀνομάζουσιν, θεοὶ δὲ ὃ καλοῦσιν ἀκούσας εἰκότως διὰ νεότητα γελάσῃ. λέγουσι δὲ οἶμαί τινες Ὁμηριδῶν ἐκ τῶν ἀποθέτων ἐπῶν δύο ἔπη εἰς τὸν ἔρωτα, ὧν τὸ ἕτερον ὑβριστικὸν πάνυ καὶ οὐ σφόδρα τι ἔμμετρον· ὑμνοῦσι δὲ ὧδε — [252c]

> 'τὸν δ' ἤτοι θνητοὶ μὲν ἔρωτα καλοῦσι ποτηνόν,
> ἀθάνατοι δὲ Πτέρωτα, διὰ πτεροφύτορ' ἀνάγκην.'

tam o germe da pluma e este, interceptado lá dentro com o fluxo do desejo, a saltar como as batidas do pulso, vem arranhar no conduto, cada um no seu, de modo que a alma toda picada em volta se desvaira de dor, mas por outro lado, à lembrança que tem do belo, enche-se de alegria. Misturados os dois sentimentos, ela inquieta-se com a estranheza do seu estado e, sem saída, se enfurece; e delirante, [251e] nem de noite ela pode dormir nem durante o dia ficar onde está, e corre ansiada para onde pensa que verá o que tem a beleza; mas desde que viu e sobre ele derivou o fluxo do desejo, solta o que então estava obstruído e, tomando fôlego, acaba com picadas e dores, e então é este prazer delicadíssimo que no [252a] momento ela colhe. Daí sem dúvida, por vontade sua, ela não se remove, nem de ninguém mais faz caso senão do belo, ao passo que de mãe, de irmãos, de amigos ela esquece, e fortuna perdida por incúria ela tem por nada, e normas e conveniências de que antes se adornava, tudo ela despreza, pronta a se escravizar, a se deitar onde lhe permitirem que esteja mais perto do seu desejo; pois além de venerar o ser que tem [252b] a beleza, nele somente ela encontrou o médico das maiores penas. Esse estado, ó belo jovem a quem se dirige o meu discurso, os homens o chamam de amor e os deuses, se ouvires como o chamam, naturalmente rirás em tua mocidade. Citam, penso eu que alguns homeridas,[46] de seu repertório épico, dois versos ao Amor, o segundo dos quais é bem desabrido e não lá tão bem harmônico; e assim os entoam: [252c]

> "É o que mortais, sim, Amor volátil chamam
> e imortais o Alado, por força de criar asa."

---

[46] Corporação de poetas da ilha de Quios que alegavam ser descendentes de Homero e se dedicavam à recitação dos seus poemas.

τούτοις δὴ ἔξεστι μὲν πείθεσθαι, ἔξεστιν δὲ μή· ὅμως δὲ ἥ γε αἰτία καὶ τὸ πάθος τῶν ἐρώντων τοῦτο ἐκεῖνο τυγχάνει ὄν.

τῶν μὲν οὖν Διὸς ὀπαδῶν ὁ ληφθεὶς ἐμβριθέστερον δύναται φέρειν τὸ τοῦ πτερωνύμου ἄχθος· ὅσοι δὲ Ἄρεώς τε θεραπευταὶ καὶ μετ᾽ ἐκείνου περιεπόλουν, ὅταν ὑπ᾽ Ἔρωτος ἁλῶσι καί τι οἰηθῶσιν ἀδικεῖσθαι ὑπὸ τοῦ ἐρωμένου, φονικοὶ καὶ ἕτοιμοι καθιερεύειν αὑτούς τε καὶ τὰ παιδικά. [252d] καὶ οὕτω καθ᾽ ἕκαστον θεόν, οὗ ἕκαστος ἦν χορευτής, ἐκεῖνον τιμῶν τε καὶ μιμούμενος εἰς τὸ δυνατὸν ζῇ, ἕως ἂν ᾖ ἀδιάφθορος καὶ τὴν τῇδε πρώτην γένεσιν βιοτεύῃ, καὶ τούτῳ τῷ τρόπῳ πρός τε τοὺς ἐρωμένους καὶ τοὺς ἄλλους ὁμιλεῖ τε καὶ προσφέρεται. τόν τε οὖν ἔρωτα τῶν καλῶν πρὸς τρόπου ἐκλέγεται ἕκαστος, καὶ ὡς θεὸν αὐτὸν ἐκεῖνον ὄντα ἑαυτῷ οἷον ἄγαλμα τεκταίνεταί τε καὶ κατακοσμεῖ, ὡς [252e] τιμήσων τε καὶ ὀργιάσων. οἱ μὲν δὴ οὖν Διὸς δῖόν τινα εἶναι ζητοῦσι τὴν ψυχὴν τὸν ὑφ᾽ αὑτῶν ἐρώμενον· σκοποῦσιν οὖν εἰ φιλόσοφός τε καὶ ἡγεμονικὸς τὴν φύσιν, καὶ ὅταν αὐτὸν εὑρόντες ἐρασθῶσι, πᾶν ποιοῦσιν ὅπως τοιοῦτος ἔσται. ἐὰν οὖν μὴ πρότερον ἐμβεβῶσι τῷ ἐπιτηδεύματι, τότε ἐπιχειρήσαντες μανθάνουσί τε ὅθεν ἄν τι δύνωνται καὶ αὐτοὶ μετέρχονται, ἰχνεύοντες δὲ παρ᾽ ἑαυτῶν ἀνευρίσκειν [253a] τὴν τοῦ σφετέρου θεοῦ φύσιν εὐποροῦσι διὰ τὸ συντόνως ἠναγκάσθαι πρὸς τὸν θεὸν βλέπειν, καὶ ἐφαπτόμενοι αὐτοῦ τῇ μνήμῃ ἐνθουσιῶντες ἐξ ἐκείνου λαμβάνουσι τὰ ἔθη καὶ τὰ ἐπιτηδεύματα, καθ᾽ ὅσον δυνατὸν θεοῦ ἀνθρώπῳ μετασχεῖν· καὶ τούτων δὴ τὸν ἐρώμενον αἰτιώμενοι ἔτι τε μᾶλλον ἀγαπῶσι, κἂν ἐκ Διὸς ἀρύτωσιν ὥσπερ αἱ βάκχαι, ἐπὶ τὴν τοῦ ἐρωμένου ψυχὴν ἐπαντλοῦντες ποιοῦσιν ὡς δυνατὸν [253b] ὁμοιότατον τῷ σφετέρῳ θεῷ. ὅσοι δ᾽ αὖ μεθ᾽ Ἥρας εἵποντο, βασιλικὸν ζητοῦσι, καὶ εὑρόντες περὶ τοῦτον πάντα δρῶσιν τὰ

Nestes versos, sem dúvida, um pode crer, pode não crer; todavia, quanto à causa e ao estado dos amantes, eis o que precisamente se dá.

Se então foi dos acompanhantes de Zeus o que se deixou prender, com mais firmeza pode carregar o fardo do deus cujo nome em sua asa ele tem; quantos porém foram servos de Ares e com ele faziam o circuito, quando por amor se prendem e pensam sofrer alguma injustiça do amado, são inclinados ao crime e prontos ao sacrifício não só de si mesmos como dos namorados. [252d] E assim, conforme cada deus de cujo coro foi membro, honrando-o e imitando-o quanto possível cada um vive, enquanto não estiver corrompido e aqui viver a primeira geração, e é neste sentido que com os amados se relaciona e se comporta. Portanto, o amor dos belos jovens cada um o escolhe do seu jeito, e como se fosse propriamente um deus o jovem, cada um fabrica e adorna para si uma imagem dele, como [252e] para honrá-la e render-lhe secreto culto. Aqueles então que foram do séquito de Zeus procuram que algum Zeus seja de alma o por eles amado; examinam se ele é de natureza amigo do saber e apto à liderança, e quando o encontram e o amam, tudo fazem para que assim ele seja. Se portanto anteriormente não se empenharam na tarefa, agora que lhe puseram as mãos aprendem de onde puderem e por si mesmos prosseguem, e uma vez na pista por si mesmos logram descobrir [253a] a natureza do deus que lhes é próprio, à força de intensamente olharem na direção do deus, e quando o atingem pela memória e por ele se deixam possuir, dele tomam os hábitos e as ocupações, tanto quanto é possível a um homem ter de um deus; e as causas disso atribuindo ao amado, ainda mais o estimam, e embora tirem da fonte de Zeus como as bacantes, sobre a alma do amado eles entornam e o fazem o mais possível [253b] semelhante ao deus que lhes é próprio. Quando por outro lado com Hera seguiram, um tipo régio procuram e, depois que o encontram, com ele em tudo agem do mesmo

αὐτά. οἱ δὲ Ἀπόλλωνός τε καὶ ἑκάστου τῶν θεῶν οὕτω κατὰ τὸν θεὸν ἰόντες ζητοῦσι τὸν σφέτερον παῖδα πεφυκέναι, καὶ ὅταν κτήσωνται, μιμούμενοι αὐτοί τε καὶ τὰ παιδικὰ πείθοντες καὶ ῥυθμίζοντες εἰς τὸ ἐκείνου ἐπιτήδευμα καὶ ἰδέαν ἄγουσιν, ὅση ἑκάστῳ δύναμις, οὐ φθόνῳ οὐδ' ἀνελευθέρῳ δυσμενείᾳ χρώμενοι πρὸς τὰ παιδικά, ἀλλ' εἰς ὁμοιότητα [253c] αὐτοῖς καὶ τῷ θεῷ ὃν ἂν τιμῶσι πᾶσαν πάντως ὅτι μάλιστα πειρώμενοι ἄγειν οὕτω ποιοῦσι. προθυμία μὲν οὖν τῶν ὡς ἀληθῶς ἐρώντων καὶ τελετή, ἐάν γε διαπράξωνται ὃ προθυμοῦνται ᾗ λέγω, οὕτω καλή τε καὶ εὐδαιμονικὴ ὑπὸ τοῦ δι' ἔρωτα μανέντος φίλου τῷ φιληθέντι γίγνεται, ἐὰν αἱρεθῇ· ἁλίσκεται δὲ δὴ ὁ αἱρεθεὶς τοιῷδε τρόπῳ.

καθάπερ ἐν ἀρχῇ τοῦδε τοῦ μύθου τριχῇ διείλομεν ψυχὴν ἑκάστην, ἱππομόρφω μὲν δύο τινὲ εἴδη, ἡνιοχικὸν δὲ εἶδος [253d] τρίτον, καὶ νῦν ἔτι ἡμῖν ταῦτα μενέτω. τῶν δὲ δὴ ἵππων ὁ μέν, φαμέν, ἀγαθός, ὁ δ' οὔ· ἀρετὴ δὲ τίς τοῦ ἀγαθοῦ ἢ κακοῦ κακία, οὐ διείπομεν, νῦν δὲ λεκτέον. ὁ μὲν τοίνυν αὐτοῖν ἐν τῇ καλλίονι στάσει ὢν τό τε εἶδος ὀρθὸς καὶ διηρθρωμένος, ὑψαύχην, ἐπίγρυπος, λευκὸς ἰδεῖν, μελανόμματος, τιμῆς ἐραστὴς μετὰ σωφροσύνης τε καὶ αἰδοῦς, καὶ ἀληθινῆς δόξης ἑταῖρος, ἄπληκτος, κελεύσματι μόνον καὶ [253e] λόγῳ ἡνιοχεῖται· ὁ δ' αὖ σκολιός, πολύς, εἰκῇ συμπεφορημένος, κρατεραύχην, βραχυτράχηλος, σιμοπρόσωπος, μελάγχρως, γλαυκόμματος, ὕφαιμος, ὕβρεως καὶ ἀλαζονείας ἑταῖρος, περὶ ὦτα λάσιος, κωφός, μάστιγι μετὰ κέντρων μόγις ὑπείκων. ὅταν δ' οὖν ὁ ἡνίοχος ἰδὼν τὸ ἐρωτικὸν ὄμμα, πᾶσαν αἰσθήσει διαθερμήνας τὴν ψυχήν, γαργαλισμοῦ τε καὶ πόθου [254a] κέντρων ὑποπλησθῇ, ὁ μὲν εὐπειθὴς τῷ ἡνιόχῳ τῶν ἵππων, ἀεί τε καὶ τότε αἰδοῖ βιαζόμενος, ἑαυτὸν κατέχει μὴ ἐπιπηδᾶν τῷ ἐρωμένῳ· ὁ δὲ οὔτε κέντρων ἡνιοχικῶν οὔτε μάστιγος ἔτι ἐντρέπεται, σκιρτῶν δὲ βίᾳ φέρεται, καὶ πάντα πράγματα παρέχων τῷ σύζυγί

modo. E os que foram de Apolo, bem como os de cada um dos deuses, andando conforme o deus, procuram que assim seja o natural do seu menino, e quando o conquistam, imitando eles mesmos o deus e persuadindo e disciplinando o namorado levam-no à ocupação e ideia daquele deus, conforme o poder de cada um, sem ter-lhe inveja nem ignóbil malquerença, mas ao contrário, tentando levá-lo o mais possível a uma semelhança [253c] consigo mesmo e com o deus que honram, total e absoluta, assim é que agem. Por conseguinte, a aspiração dos verdadeiros amantes, a sua iniciação se conseguem aquilo a que aspiram pelo modo como estou dizendo, eis com que beleza e felicidade se produz para o amado que o amigo em delírio de amor tenha conquistado; e deixa-se prender o que é conquistado, do seguinte modo:

Como no início deste mito em três partes dividimos cada alma, duas em forma de cavalo e a terceira em forma de [253d] cocheiro, também agora fiquemos ainda com este esquema. Dos cavalos, então, um dizemos que é bom e o outro, não; porém que virtude é a do bom ou que maldade a do mau, não explicamos mas agora carece fazê-lo. Aquele que dos dois é de mais bela postura, e de forma ereta e articulada, tem colo alto, focinho acurvado, cor branca, olhos negros, de honra com prudência e reserva ele é amante e de verídica opinião companheiro, e sem violência, com apenas encorajamento e [253e] palavra se deixa guiar; o outro, ao contrário, é torto, massudo, desconforme, tem colo grosso, cerviz curta, rosto chato, cor negra, olhos turvos, e é sanguíneo, de insolência e jactância companheiro, peludo de orelhas, surdo ao açoite e ao aguilhão dificilmente cedendo. Quando portanto o cocheiro, à vista do amoroso vulto, toda a alma aquecida com a sensação, enche a medida com as picadas [254a] do prurido e do desejo, o cavalo que lhe é dócil, como sempre também agora forçado pelo pudor, contém-se para não saltar sobre o amado; o outro porém não mais atende nem às esporas nem à chibata do cocheiro, mas arrancan-

τε καὶ ἡνιόχῳ ἀναγκάζει ἰέναι τε πρὸς τὰ παιδικὰ καὶ μνείαν ποιεῖσθαι τῆς τῶν ἀφροδισίων χάριτος. τὼ δὲ κατ' ἀρχὰς μὲν ἀντιτείνετον [254b] ἀγανακτοῦντε, ὡς δεινὰ καὶ παράνομα ἀναγκαζομένω· τελευτῶντε δέ, ὅταν μηδὲν ᾖ πέρας κακοῦ, πορεύεσθον ἀγομένω, εἴξαντε καὶ ὁμολογήσαντε ποιήσειν τὸ κελευόμενον. καὶ πρὸς αὐτῷ τ' ἐγένοντο καὶ εἶδον τὴν ὄψιν τὴν τῶν παιδικῶν ἀστράπτουσαν. ἰδόντος δὲ τοῦ ἡνιόχου ἡ μνήμη πρὸς τὴν τοῦ κάλλους φύσιν ἠνέχθη, καὶ πάλιν εἶδεν αὐτὴν μετὰ σωφροσύνης ἐν ἁγνῷ βάθρῳ βεβῶσαν· ἰδοῦσα δὲ ἔδεισέ τε καὶ σεφθεῖσα ἀνέπεσεν ὑπτία, καὶ ἅμα ἠναγκάσθη εἰς [254c] τοὐπίσω ἑλκύσαι τὰς ἡνίας οὕτω σφόδρα, ὥστ' ἐπὶ τὰ ἰσχία ἄμφω καθίσαι τὼ ἵππω, τὸν μὲν ἑκόντα διὰ τὸ μὴ ἀντιτείνειν, τὸν δὲ ὑβριστὴν μάλ' ἄκοντα. ἀπελθόντε δὲ ἀπωτέρω, ὁ μὲν ὑπ' αἰσχύνης τε καὶ θάμβους ἱδρῶτι πᾶσαν ἔβρεξε τὴν ψυχήν, ὁ δὲ λήξας τῆς ὀδύνης, ἣν ὑπὸ τοῦ χαλινοῦ τε ἔσχεν καὶ τοῦ πτώματος, μόγις ἐξαναπνεύσας ἐλοιδόρησεν ὀργῇ, πολλὰ κακίζων τόν τε ἡνίοχον καὶ τὸν ὁμόζυγα ὡς δειλίᾳ τε καὶ ἀνανδρίᾳ λιπόντε τὴν τάξιν καὶ [254d] ὁμολογίαν· καὶ πάλιν οὐκ ἐθέλοντας προσιέναι ἀναγκάζων μόγις συνεχώρησεν δεομένων εἰς αὖθις ὑπερβαλέσθαι. ἐλθόντος δὲ τοῦ συντεθέντος χρόνου οὗ ἀμνημονεῖν προσποιουμένω ἀναμιμνῄσκων, βιαζόμενος, χρεμετίζων, ἕλκων ἠνάγκασεν αὖ προσελθεῖν τοῖς παιδικοῖς ἐπὶ τοὺς αὐτοὺς λόγους, καὶ ἐπειδὴ ἐγγὺς ἦσαν, ἐγκύψας καὶ ἐκτείνας τὴν κέρκον, ἐνδακὼν τὸν χαλινόν, μετ' ἀναιδείας ἕλκει· ὁ δ' [254e] ἡνίοχος ἔτι μᾶλλον ταὐτὸν πάθος παθών, ὥσπερ ἀπὸ ὕσπληγος ἀναπεσών, ἔτι μᾶλλον τοῦ ὑβριστοῦ ἵππου ἐκ τῶν ὀδόντων βίᾳ ὀπίσω σπάσας τὸν χαλινόν, τήν τε κακηγόρον γλῶτταν καὶ τὰς γνάθους καθῄμαξεν καὶ τὰ σκέλη τε καὶ τὰ ἰσχία πρὸς τὴν γῆν ἐρείσας ὀδύναις ἔδωκεν. ὅταν δὲ ταὐτὸν πολλάκις πάσχων ὁ πονηρὸς τῆς ὕβρεως λήξῃ, ταπεινωθεὶς ἕπεται ἤδη τῇ τοῦ ἡνιόχου προνοίᾳ, καὶ ὅταν ἴδῃ τὸν καλόν, φόβῳ

do violentamente ele se lança e, causando todo aborrecimento ao companheiro de jugo e ao cocheiro, ele os força a ir ao namorado e lhe fazer menção das afrodisíacas delícias. Os dois no começo resistem [254b] indignados, como se forçados a terríveis e ilegítimos atos; acabam todavia, quando não mais tem limite o mal, por se deixar levar adiante, cedendo e consentindo em fazer o que lhes é exigido. E assim ei-los bem perto, a verem o vulto do namorado, coruscante. Tão logo o viu o cocheiro, sua memória transporta-se à essência da beleza e de novo a contempla, acompanhada por sabedoria e erguida em sagrado trono; tão logo a viu, de temor e veneração ele cai para trás e ao mesmo tempo é forçado [254c] a puxar as rédeas com tanta energia, que senta os dois cavalos, um a gosto por não resistir, mas o outro muito a contragosto. Afastados os dois para mais longe, enquanto um de vergonha e espanto banha de suor toda a alma, o outro, cessada a dor que teve com o freio e a queda, mal retoma o fôlego e insulta colérico, maltratando o cocheiro e o companheiro de jugo, como se por covardia e pusilanimidade abandonado o posto e [254d] o acordo; e de novo forçando a relutância deles em avançar, mal cede ao seu pedido de adiar a investida. Mas chegado o tempo aprazado, se os dois fingem esquecer ele os relembra, força, relincha e puxando os obriga de novo a se dirigirem ao namorado para as mesmas conversas, e quando estão perto, arqueando-se e esticando o rabo, mordendo o freio, com despudor ele puxa; e o [254e] cocheiro, ainda mais sentindo o mesmo sentimento, como por uma barreira repelido, ainda com mais força repuxando dos dentes do insolente cavalo o freio, ensanguenta-lhe a língua injuriosa e as mandíbulas e, pondo-lhe por terra as pernas e a garupa, "entrega-o à dor". E quando, sofrendo muitas vezes o mesmo tratamento, o mau cavalo desiste da insolência, humilhado segue doravante a previdência do cocheiro, e quando vê o belo jovem, de medo ele se perde; e assim acontece que já a alma do amante segue o namorado

διόλλυται· ὥστε συμβαίνει τότ᾽ ἤδη τὴν τοῦ ἐραστοῦ ψυχὴν τοῖς παιδικοῖς αἰδουμένην τε καὶ δεδιυῖαν [255a] ἕπεσθαι. ἅτε οὖν πᾶσαν θεραπείαν ὡς ἰσόθεος θεραπευόμενος οὐχ ὑπὸ σχηματιζομένου τοῦ ἐρῶντος ἀλλ᾽ ἀληθῶς τοῦτο πεπονθότος, καὶ αὐτὸς ὢν φύσει φίλος τῷ θεραπεύοντι, ἐὰν ἄρα καὶ ἐν τῷ πρόσθεν ὑπὸ συμφοιτητῶν ἤ τινων ἄλλων διαβεβλημένος ᾖ, λεγόντων ὡς αἰσχρὸν ἐρῶντι πλησιάζειν, καὶ διὰ τοῦτο ἀπωθῇ τὸν ἐρῶντα, προϊόντος δὲ ἤδη τοῦ χρόνου ἥ τε ἡλικία καὶ τὸ χρεὼν ἤγαγεν εἰς [255b] τὸ προσέσθαι αὐτὸν εἰς ὁμιλίαν· οὐ γὰρ δήποτε εἵμαρται κακὸν κακῷ φίλον οὐδ᾽ ἀγαθὸν μὴ φίλον ἀγαθῷ εἶναι. προσεμένου δὲ καὶ λόγον καὶ ὁμιλίαν δεξαμένου, ἐγγύθεν ἡ εὔνοια γιγνομένη τοῦ ἐρῶντος ἐκπλήττει τὸν ἐρώμενον διαισθανόμενον ὅτι οὐδ᾽ οἱ σύμπαντες ἄλλοι φίλοι τε καὶ οἰκεῖοι μοῖραν φιλίας οὐδεμίαν παρέχονται πρὸς τὸν ἔνθεον φίλον. ὅταν δὲ χρονίζῃ τοῦτο δρῶν καὶ πλησιάζῃ μετὰ τοῦ ἅπτεσθαι ἔν τε γυμνασίοις καὶ ἐν ταῖς ἄλλαις ὁμιλίαις, [255c] τότ᾽ ἤδη ἡ τοῦ ῥεύματος ἐκείνου πηγή, ὃν ἵμερον Ζεὺς Γανυμήδους ἐρῶν ὠνόμασε, πολλὴ φερομένη πρὸς τὸν ἐραστήν, ἡ μὲν εἰς αὐτὸν ἔδυ, ἡ δ᾽ ἀπομεστουμένου ἔξω ἀπορρεῖ· καὶ οἷον πνεῦμα ἤ τις ἠχὼ ἀπὸ λείων τε καὶ στερεῶν ἁλλομένη πάλιν ὅθεν ὡρμήθη φέρεται, οὕτω τὸ τοῦ κάλλους ῥεῦμα πάλιν εἰς τὸν καλὸν διὰ τῶν ὀμμάτων ἰόν, ᾗ πέφυκεν ἐπὶ τὴν ψυχὴν ἰέναι ἀφικόμενον καὶ ἀναπτερῶσαν, [255d] τὰς διόδους τῶν πτερῶν ἄρδει τε καὶ ὥρμησε πτεροφυεῖν τε καὶ τὴν τοῦ ἐρωμένου αὖ ψυχὴν ἔρωτος ἐνέπλησεν. ἐρᾷ μὲν οὖν, ὅτου δὲ ἀπορεῖ· καὶ οὔθ᾽ ὅτι πέπονθεν οἶδεν οὐδ᾽ ἔχει φράσαι, ἀλλ᾽ οἷον ἀπ᾽ ἄλλου ὀφθαλμίας ἀπολελαυκὼς πρόφασιν εἰπεῖν οὐκ

com recato e temor. [255a] Por conseguinte, com todo cuidado servido como o igual de um deus pelo amante que não está fingindo, mas verdadeiramente sentindo este afeto, e ele próprio sendo por natureza amigo do que o está servindo, se já antes tiver sido incriminado por camaradas ou outras pessoas, que lhe diziam ser feio aproximar-se de um amante, e se por isso repelir o amante, com o andar do tempo todavia a idade e a necessidade o levarão [255b] a admiti-lo em companhia; pois jamais, está fixado pelo destino, um mau é amigo de um mau, nem um bom deixa de ser amigo de um bom. E depois que o admitiu e acolheu sua palavra e companhia, de perto manifestando-se a benevolência do amante põe fora de si o amado, apercebido de que, nem mesmo todos juntos, os outros amigos e familiares proporcionam uma parte de amizade que é nula em face da que lhe tem o amigo possuído por um deus. E quando ele passa um tempo assim e do amigo se aproxima, em contatos nos ginásios e reuniões, [255c] então é que o manancial daquele fluxo, que Zeus quando estava amando Ganimedes[47] denominou "vaga do desejo",[48] abundantemente trazido ao amante em parte mergulha nele, em parte transbordando escorre para fora; e como um sopro ou um eco, de lisos e duros planos rebatido, de volta ao ponto de onde partiu se transporta, assim o fluxo da beleza, de volta indo ao belo jovem através dos olhos, por onde naturalmente vai à alma tendo chegado e excitado as asas, [255d] irriga os condutos destas e as impele a emplumar-se, com o que a alma do amado enche-se de amor. Está amando então, mas a quem, eis a dificuldade; nem mesmo o que se passa consigo ele sabe, e não pode explicar, mas é como se do outro tivesse pegado uma oftalmia: nada pode alegar que expli-

---

[47] Nome de um príncipe de Troia, de grande beleza, por quem Zeus se apaixonou e elevou ao Olimpo, atribuindo-lhe a função de "copeiro dos deuses".

[48] Ver 251c-e, nota 45.

ἔχει, ὥσπερ δὲ ἐν κατόπτρῳ ἐν τῷ ἐρῶντι ἑαυτὸν ὁρῶν λέληθεν. καὶ ὅταν μὲν ἐκεῖνος παρῇ, λήγει κατὰ ταὐτὰ ἐκείνῳ τῆς ὀδύνης, ὅταν δὲ ἀπῇ, κατὰ ταὐτὰ αὖ ποθεῖ καὶ ποθεῖται, εἴδωλον [255e] ἔρωτος ἀντέρωτα ἔχων· καλεῖ δὲ αὐτὸν καὶ οἴεται οὐκ ἔρωτα ἀλλὰ φιλίαν εἶναι. ἐπιθυμεῖ δὲ ἐκείνῳ παραπλησίως μέν, ἀσθενεστέρως δέ, ὁρᾶν, ἅπτεσθαι, φιλεῖν, συγκατακεῖσθαι· καὶ δή, οἷον εἰκός, ποιεῖ τὸ μετὰ τοῦτο ταχὺ ταῦτα. ἐν οὖν τῇ συγκοιμήσει τοῦ μὲν ἐραστοῦ ὁ ἀκόλαστος ἵππος ἔχει ὅτι λέγῃ πρὸς τὸν ἡνίοχον, καὶ ἀξιοῖ ἀντὶ πολλῶν πόνων [256a] σμικρὰ ἀπολαῦσαι· ὁ δὲ τῶν παιδικῶν ἔχει μὲν οὐδὲν εἰπεῖν, σπαργῶν δὲ καὶ ἀπορῶν περιβάλλει τὸν ἐραστὴν καὶ φιλεῖ, ὡς σφόδρ᾽ εὔνουν ἀσπαζόμενος, ὅταν τε συγκατακέωνται, οἷός ἐστι μὴ ἂν ἀπαρνηθῆναι τὸ αὑτοῦ μέρος χαρίσασθαι τῷ ἐρῶντι, εἰ δεηθείη τυχεῖν· ὁ δὲ ὁμόζυξ αὖ μετὰ τοῦ ἡνιόχου πρὸς ταῦτα μετ᾽ αἰδοῦς καὶ λόγου ἀντιτείνει. ἐὰν μὲν δὴ οὖν εἰς τεταγμένην τε δίαιταν καὶ φιλοσοφίαν νικήσῃ τὰ βελτίω τῆς διανοίας ἀγαγόντα, μακάριον μὲν [256b] καὶ ὁμονοητικὸν τὸν ἐνθάδε βίον διάγουσιν, ἐγκρατεῖς αὑτῶν καὶ κόσμιοι ὄντες, δουλωσάμενοι μὲν ᾧ κακία ψυχῆς ἐνεγίγνετο, ἐλευθερώσαντες δὲ ᾧ ἀρετή· τελευτήσαντες δὲ δὴ ὑπόπτεροι καὶ ἐλαφροὶ γεγονότες τῶν τριῶν παλαισμάτων τῶν ὡς ἀληθῶς Ὀλυμπιακῶν ἓν νενικήκασιν, οὗ μεῖζον ἀγαθὸν οὔτε σωφροσύνη ἀνθρωπίνη οὔτε θεία μανία δυνατὴ πορίσαι ἀνθρώπῳ. ἐὰν δὲ δὴ διαίτῃ φορτικωτέρᾳ τε καὶ [256c] ἀφιλοσόφῳ, φιλοτίμῳ δὲ χρήσωνται, τάχ᾽ ἄν που ἐν μέθαις ἤ τινι ἄλλῃ ἀμελείᾳ τὼ ἀκολάστω αὐτοῖν ὑποζυγίω λαβόντε τὰς ψυχὰς ἀφρούρους, συναγαγόντε εἰς ταὐτόν, τὴν ὑπὸ τῶν πολλῶν μακαριστὴν αἵρεσιν εἱλέσθην τε καὶ

que e, como em espelho vendo-se no amante, ele não percebe. E então quando o amante está presente, cessa do mesmo modo que para aquele a sua dor, mas quando ausente, do mesmo modo também ele tem e inspira saudade, com [255e] um contra-amor[49] que é imagem de amor; e isto ele chama, e assim pensa que é, não amor mas amizade. E o que deseja, aproximadamente ao outro mas menos intensamente, é ver, tocar, beijar, deitar-se junto; e então, como é provável, é o que depois disso acaba logo fazendo. Ao se deitarem, o intemperante cavalo do amante tem o que dizer ao cocheiro e pretende, em troca dos muitos sofrimentos, [256a] gozar pequenos deleites; mas o do namorado nada tem a dizer, intumescido e embaraçado abraça o amante e o beija, como acolhendo a quem muito lhe quer, e sempre que se deitam juntos ele é capaz de não lhe negar sua parte de favor ao amante, se este pedisse para obter; entretanto o companheiro de jugo, juntamente com o cocheiro, a isso resiste com respeito e ponderação. Se então, suponhamos, conduzindo a um regime ordenado e ao amor à sabedoria triunfa o melhor da reflexão, feliz [256b] e harmoniosa a vida aqui eles passam, porque se dominam e são moderados, porque escravizaram o que em sua alma fazia nascer vício e libertaram o que nela origina virtude; chegados então ao termo da vida alígeros e leves, das três lutas que verdadeiramente são olímpicas uma eles venceram, e um bem maior que esse nem sabedoria humana nem divino delírio pode conceder a um homem. Se porém um regime mais grosseiro [256c] praticarem, sem amor à sabedoria e de amor às honras, talvez ocorra que na embriaguez ou em algum outro descuido os dois intemperantes parceiros de jugo, pegando as almas desguarnecidas, unindo-as ao mesmo fim, tomem a decisão felicitada pela maioria e a executem; e

---

[49] A expressão empregada por Sócrates no original remete à divindade personificada *Anteros*, que designa aqui o "contra-amor", entenda-se, o "amor correspondido".

διεπραξάσθην· καὶ διαπραξαμένω τὸ λοιπὸν ἤδη χρῶνται μὲν αὐτῇ, σπανίᾳ δέ, ἅτε οὐ πάσῃ δεδογμένα τῇ διανοίᾳ πράττοντες. φίλω μὲν οὖν καὶ τούτω, ἧττον δὲ ἐκείνων, ἀλλήλοιν [256d] διά τε τοῦ ἔρωτος καὶ ἔξω γενομένω διάγουσι, πίστεις τὰς μεγίστας ἡγουμένω ἀλλήλοιν δεδωκέναι τε καὶ δεδέχθαι, ἃς οὐ θεμιτὸν εἶναι λύσαντας εἰς ἔχθραν ποτὲ ἐλθεῖν. ἐν δὲ τῇ τελευτῇ ἄπτεροι μέν, ὡρμηκότες δὲ πτεροῦσθαι ἐκβαίνουσι τοῦ σώματος, ὥστε οὐ σμικρὸν ἆθλον τῆς ἐρωτικῆς μανίας φέρονται· εἰς γὰρ σκότον καὶ τὴν ὑπὸ γῆς πορείαν οὐ νόμος ἐστὶν ἔτι ἐλθεῖν τοῖς κατηργμένοις ἤδη τῆς ὑπουρανίου πορείας, ἀλλὰ φανὸν βίον διάγοντας εὐδαιμονεῖν [256e] μετ' ἀλλήλων πορευομένους, καὶ ὁμοπτέρους ἔρωτος χάριν, ὅταν γένωνται, γενέσθαι.

ταῦτα τοσαῦτα, ὦ παῖ, καὶ θεῖα οὕτω σοι δωρήσεται ἡ παρ' ἐραστοῦ φιλία· ἡ δὲ ἀπὸ τοῦ μὴ ἐρῶντος οἰκειότης, σωφροσύνῃ θνητῇ κεκραμένη, θνητά τε καὶ φειδωλὰ οἰκονομοῦσα, ἀνελευθερίαν ὑπὸ πλήθους ἐπαινουμένην ὡς ἀρετὴν [257a] τῇ φίλῃ ψυχῇ ἐντεκοῦσα, ἐννέα χιλιάδας ἐτῶν περὶ γῆν κυλινδουμένην αὐτὴν καὶ ὑπὸ γῆς ἄνουν παρέξει.

αὕτη σοι, ὦ φίλε Ἔρως, εἰς ἡμετέραν δύναμιν ὅτι καλλίστη καὶ ἀρίστη δέδοταί τε καὶ ἐκτέτεισται παλινῳδία, τά τε ἄλλα καὶ τοῖς ὀνόμασιν ἠναγκασμένη ποιητικοῖς τισιν διὰ Φαῖδρον εἰρῆσθαι. ἀλλὰ τῶν προτέρων τε συγγνώμην καὶ τῶνδε χάριν ἔχων, εὐμενὴς καὶ ἵλεως τὴν ἐρωτικήν μοι τέχνην ἣν ἔδωκας μήτε ἀφέλῃ μήτε πηρώσῃς δι' ὀργήν, δίδου τ' ἔτι μᾶλλον ἢ νῦν παρὰ τοῖς καλοῖς τίμιον εἶναι. [257b] ἐν τῷ πρόσθεν δ' εἴ τι λόγῳ σοι ἀπηχὲς εἴπομεν Φαῖδρός τε καὶ ἐγώ, Λυσίαν τὸν τοῦ λόγου πατέρα αἰτιώμενος παῦε τῶν τοιούτων λόγων, ἐπὶ φιλοσοφίαν δέ, ὥσπερ ἀδελφὸς αὐτοῦ Πολέμαρχος τέτραπται, τρέψον, ἵνα καὶ ὁ ἐραστὴς ὅδε αὐτοῦ μηκέτι ἐπαμφοτερίζῃ καθάπερ νῦν, ἀλλ' ἁπλῶς πρὸς ἔρωτα μετὰ φιλοσόφων λόγων τὸν βίον ποιῆται.

tendo executado, a seguir dela se utilizem, mas raramente, por fazerem o que não foi decidido com toda reflexão. Amigos sem dúvida são também estes dois, mas menos que aqueles, e um para o outro [256d] vivem em seu tempo de amor e, dele saídos, estimam que mutuamente deram e receberam as maiores confianças, que não lhes é lícito desfazer para um dia se odiarem. Porém ao término da vida, sem asas mas não sem esforço empreendido para tê-las, saem eles do corpo, e assim não é pequeno o prêmio que levam do amoroso delírio; pois às trevas e à viagem subterrânea não é lei irem ainda os que já começaram a viagem infraceleste, mas ao contrário, passando uma vida luminosa, serem felizes [256e] viajando um com o outro e juntos criarem asas por graça do amor, quando criarem.

Esta a grandeza, ó menino, e a divindade dos dons que te fará a amizade do amante; enquanto o convívio do não amante, de mortal sabedoria temperado, mortais poupanças economizando, uma mesquinharia por muitos louvada como virtude [257a] na alma amiga gerando, por nove mil anos em volta da terra e sob a terra a fará rolar irrefletida.

Eis para ti, caro Amor, na medida de nossa força a mais bela e melhor palinódia, ao mesmo tempo oferta e expiação, "em geral e sobretudo no vocabulário" forçada por Fedro a se formular poeticamente; ao primeiro discurso concedendo indulgência e favor ao segundo, benévolo e propício, a arte amorosa que me deste não a retires nem a mutiles com tua cólera, e dá que ainda agora entre os belos eu seja acreditado. [257b] E se antes em conversa Fedro e eu dissemos algo chocante para ti, incrimina a Lísias, pai do discurso; faze-lhe cessar tais discursos e para o amor da sabedoria orienta-o, como já está orientado o seu irmão Polemarco, a fim de que este seu amante não seja ambíguo como agora, mas simplesmente ao amor devote a vida com discursos de amor à sabedoria.

ΦΑΙΔΡΟΣ

συνεύχομαί σοι, ὦ Σώκρατες, εἴπερ ἄμεινον ταῦθ' [257c] ἡμῖν εἶναι, ταῦτα γίγνεσθαι. τὸν λόγον δέ σου πάλαι θαυμάσας ἔχω, ὅσῳ καλλίω τοῦ προτέρου ἀπηργάσω· ὥστε ὀκνῶ μή μοι ὁ Λυσίας ταπεινὸς φανῇ, ἐὰν ἄρα καὶ ἐθελήσῃ πρὸς αὐτὸν ἄλλον ἀντιπαρατεῖναι. καὶ γάρ τις αὐτόν, ὦ θαυμάσιε, ἔναγχος τῶν πολιτικῶν τοῦτ' αὐτὸ λοιδορῶν ὠνείδιζε, καὶ διὰ πάσης τῆς λοιδορίας ἐκάλει λογογράφον· τάχ' οὖν ἂν ὑπὸ φιλοτιμίας ἐπίσχοι ἡμῖν ἂν τοῦ γράφειν.

ΣΩΚΡΑΤΗΣ

γελοῖόν γ', ὦ νεανία, τὸ δόγμα λέγεις, καὶ τοῦ [257d] ἑταίρου συχνὸν διαμαρτάνεις, εἰ αὐτὸν οὕτως ἡγῇ τινα ψοφοδεᾶ. ἴσως δὲ καὶ τὸν λοιδορούμενον αὐτῷ οἴει ὀνειδίζοντα λέγειν ἃ ἔλεγεν.

ΦΑΙΔΡΟΣ

ἐφαίνετο γάρ, ὦ Σώκρατες· καὶ σύνοισθά που καὶ αὐτὸς ὅτι οἱ μέγιστον δυνάμενοί τε καὶ σεμνότατοι ἐν ταῖς πόλεσιν αἰσχύνονται λόγους τε γράφειν καὶ καταλείπειν συγγράμματα ἑαυτῶν, δόξαν φοβούμενοι τοῦ ἔπειτα χρόνου, μὴ σοφισταὶ καλῶνται.

ΣΩΚΡΑΤΗΣ

γλυκὺς ἀγκών, ὦ Φαῖδρε, λέληθέν σε ὅτι ἀπὸ τοῦ [257e]

FEDRO

À tua prece associo-me, ó Sócrates: se isto é melhor [257c] para nós, que isto se efetue. E teu discurso há muito tenho estado a admirá-lo, tão mais belo que o anterior o fizeste; e assim, receio que Lísias me apareça bem reduzido, se porventura ainda queira competir com outro; pois aliás é o que ainda há pouco, ó admirável, um dos políticos insultando-o lhe censurava, e ao longo de todo o seu insulto o chamava de logógrafo;[50] talvez então, por questão de honra, ele se abstenha de escrever.

SÓCRATES

Engraçado, ó jovem, o parecer que formulas. E sobre o [257d] teu amigo completamente te enganas, se o imaginas assim temeroso de barulho. E talvez o que o insultava pensas que era censurando que dizia o que dizia.

FEDRO

Pois era evidente, ó Sócrates. E sem dúvida tu mesmo sabes que os mais poderosos nas cidades envergonham-se de escrever discursos e deixar escritos seus, com medo da opinião da posteridade, de serem chamados sofistas.

SÓCRATES

Esqueceste, ó Fedro, que doce rodeio é o que [257e] di-

---

[50] Heródoto chamou "logógrafos" aos seus predecessores na composição de discursos em prosa, e Tucídides (*História das guerras do Peloponeso*, I, 21) acrescentou o seu nome à lista, incluindo também o de Heródoto. Todavia, Platão usa aqui o termo com um sentido pejorativo, corrente para designar os compositores de discursos, a quem os cidadãos recorriam, mediante paga, geralmente para defenderem nos tribunais os seus interesses.

μακροῦ ἀγκῶνος τοῦ κατὰ Νεῖλον ἐκλήθη· καὶ πρὸς τῷ ἀγκῶνι λανθάνει σε ὅτι οἱ μέγιστον φρονοῦντες τῶν πολιτικῶν μάλιστα ἐρῶσι λογογραφίας τε καὶ καταλείψεως συγγραμμάτων, οἵ γε καὶ ἐπειδάν τινα γράφωσι λόγον, οὕτως ἀγαπῶσι τοὺς ἐπαινέτας, ὥστε προσπαραγράφουσι πρώτους οἳ ἂν ἑκασταχοῦ ἐπαινῶσιν αὐτούς.

ΦΑΙΔΡΟΣ

πῶς λέγεις τοῦτο; οὐ γὰρ μανθάνω. [258a]

ΣΩΚΡΑΤΗΣ

οὐ μανθάνεις ὅτι ἐν ἀρχῇ ἀνδρὸς πολιτικοῦ συγγράμματι πρῶτος ὁ ἐπαινέτης γέγραπται.

ΦΑΙΔΡΟΣ

πῶς;

ΣΩΚΡΑΤΗΣ

'ἔδοξέ' πού φησιν 'τῇ βουλῇ' ἢ 'τῷ δήμῳ' ἢ ἀμφοτέροις, καὶ 'ὃς καὶ ὃς εἶπεν' — τὸν αὑτὸν δὴ λέγων μάλα σεμνῶς καὶ ἐγκωμιάζων ὁ συγγραφεύς — ἔπειτα λέγει δὴ μετὰ τοῦτο, ἐπιδεικνύμενος τοῖς ἐπαινέταις τὴν ἑαυτοῦ σοφίαν, ἐνίοτε πάνυ μακρὸν ποιησάμενος σύγγραμμα· ἤ σοι ἄλλο τι φαίνεται τὸ τοιοῦτον ἢ λόγος συγγεγραμμένος; [258b]

ΦΑΙΔΡΟΣ

οὐκ ἔμοιγε.

zem do longo rodeio do Nilo;[51] e, além do rodeio, não percebes que, entre os políticos, os que mais se prezam são os que mais amam a logografia e o legado de seus escritos, eles que, quando escrevem algum discurso, tanto estimam os aprovadores que acrescentam em parágrafo primeiramente os que em cada tópico os aprovam.

FEDRO

Que queres dizer com isto? Não entendo. [258a]

SÓCRATES

Não entendes que, no princípio do que um político escreveu, primeiro está quem o aprova?

FEDRO

Como?

SÓCRATES

"Aprouve ao Senado" é o que em alguma parte diz, ou então "à Assembleia", ou então a um e outro, e ainda "o qual disse" — e é de si mesmo que muito solenemente fala e se elogia o escritor — e a seguir ele discorre, demonstrando aos aprovadores sua própria sabedoria, às vezes em composição que é bem longa; ou para ti não é evidente que tal composição não é outra coisa senão um discurso escrito? [258b]

FEDRO

Nenhuma outra, para mim pelo menos.

---

[51] Com a expressão "doce rodeio", Sócrates talvez aluda à prática corrente entre os políticos, logo a seguir insinuada, de dizerem o contrário daquilo que fazem. A ironia é de algum modo obscura, como mostra o pedido de explicação de Fedro (258a), a que Sócrates atenderá.

ΣΩΚΡΑΤΗΣ

οὐκοῦν ἐὰν μὲν οὗτος ἐμμένῃ, γεγηθὼς ἀπέρχεται ἐκ τοῦ θεάτρου ὁ ποιητής· ἐὰν δὲ ἐξαλειφθῇ καὶ ἄμοιρος γένηται λογογραφίας τε καὶ τοῦ ἄξιος εἶναι συγγράφειν, πενθεῖ αὐτός τε καὶ οἱ ἑταῖροι.

ΦΑΙΔΡΟΣ

καὶ μάλα.

ΣΩΚΡΑΤΗΣ

δῆλόν γε ὅτι οὐχ ὡς ὑπερφρονοῦντες τοῦ ἐπιτηδεύματος, ἀλλ᾽ ὡς τεθαυμακότες.

ΦΑΙΔΡΟΣ

πάνυ μὲν οὖν.

ΣΩΚΡΑΤΗΣ

τί δέ; ὅταν ἱκανὸς γένηται ῥήτωρ ἢ βασιλεύς, ὥστε [258c] λαβὼν τὴν Λυκούργου ἢ Σόλωνος ἢ Δαρείου δύναμιν ἀθάνατος γενέσθαι λογογράφος ἐν πόλει, ἆρ᾽ οὐκ ἰσόθεον ἡγεῖται αὐτός τε αὑτὸν ἔτι ζῶν, καὶ οἱ ἔπειτα γιγνόμενοι ταὐτὰ ταῦτα περὶ αὐτοῦ νομίζουσι, θεώμενοι αὐτοῦ τὰ συγγράμματα;

ΦΑΙΔΡΟΣ

καὶ μάλα.

SÓCRATES

Se portanto o discurso fica em cena, cheio de júbilo retira-se do teatro o seu autor; se porém é riscado e ele fica sem direito à logografia e à dignidade de escritor, enluta-se ele e os amigos também.

FEDRO

E quanto!

SÓCRATES

E evidentemente não porque desprezam tal prática, mas ao contrário, porque admiram.

FEDRO

Perfeitamente.

SÓCRATES

Mas então? Quando se torna consumado orador ou rei, de sorte que [258c] tomando o poder de um Licurgo, de um Sólon, de um Dario,[52] vem a ser um imortal logógrafo na cidade, não se julga ele igual a um deus, ainda em vida? E também os pósteros, não é isso mesmo que a seu respeito estabelecem quando contemplam os seus escritos?

FEDRO

É bem isso.

---

[52] Nomes de legisladores que Platão respeita e frequentemente nomeia. Licurgo de Esparta (VIII-VII a.C.), a quem é atribuída a fundação da maioria das instituições espartanas. Sólon de Atenas (VII-VI a.C.), criador da legislação que pôs fim à guerra civil na cidade e lançou as bases sobre as quais seria edificada a democracia ateniense. Dario I, o Grande (VI-V a.C.), imperador persa a quem se deveu a ordenação e organização do Império, e o responsável pela construção dos palácios de Susa e Persépolis, cujas ruínas podem ainda hoje ser visitadas.

ΣΩΚΡΑΤΗΣ

οἴει τινὰ οὖν τῶν τοιούτων, ὅστις καὶ ὁπωστιοῦν δύσνους Λυσίᾳ, ὀνειδίζειν αὐτὸ τοῦτο ὅτι συγγράφει;

ΦΑΙΔΡΟΣ

οὔκουν εἰκός γε ἐξ ὧν σὺ λέγεις· καὶ γὰρ ἂν τῇ ἑαυτοῦ ἐπιθυμίᾳ, ὡς ἔοικεν, ὀνειδίζοι. [258d]

ΣΩΚΡΑΤΗΣ

τοῦτο μὲν ἄρα παντὶ δῆλον, ὅτι οὐκ αἰσχρὸν αὐτό γε τὸ γράφειν λόγους.

ΦΑΙΔΡΟΣ

τί γάρ;

ΣΩΚΡΑΤΗΣ

ἀλλ᾽ ἐκεῖνο οἶμαι αἰσχρὸν ἤδη, τὸ μὴ καλῶς λέγειν τε καὶ γράφειν ἀλλ᾽ αἰσχρῶς τε καὶ κακῶς.

ΦΑΙΔΡΟΣ

δῆλον δή.

ΣΩΚΡΑΤΗΣ

τίς οὖν ὁ τρόπος τοῦ καλῶς τε καὶ μὴ γράφειν; δεόμεθά τι, ὦ Φαῖδρε, Λυσίαν τε περὶ τούτων ἐξετάσαι καὶ ἄλλον ὅστις πώποτέ τι γέγραφεν ἢ γράψει, εἴτε πολιτικὸν σύγγραμμα εἴτε ἰδιωτικόν, ἐν μέτρῳ ὡς ποιητὴς ἢ ἄνευ μέτρου ὡς ἰδιώτης; [258e]

ΦΑΙΔΡΟΣ

ἐρωτᾷς εἰ δεόμεθα; τίνος μὲν οὖν ἕνεκα κἄν τις ὡς εἰπεῖν ζῴη, ἀλλ᾽ ἢ τῶν τοιούτων ἡδονῶν ἕνεκα; οὐ γάρ που ἐκείνων γε ὧν προλυπηθῆναι δεῖ ἢ μηδὲ

SÓCRATES

Pensas então que um homem desses, não importa quem ou que malquerença tenha contra Lísias, censura-lhe precisamente o fato de ser escritor?

FEDRO

Não é o provável, ao menos pelo que estás dizendo; pois ao próprio desejo, como parece, ele estaria censurando. [258d]

SÓCRATES

Eis então o que para todo mundo é claro, que não é feio em si o escrever discursos.

FEDRO

Por quê, com efeito?

SÓCRATES

Mas o que já é feio, penso, é discursar e escrever de um modo que não seja belo, mas feio e mau.

FEDRO

Claro, sim.

SÓCRATES

Qual então o jeito de escrever belamente ou não? Acaso precisamos, Fedro, consultar Lísias sobre isso, ou qualquer outro que jamais tenha escrito ou venha a escrever, seja um discurso político ou privado, em metro como faz um poeta ou sem metro como um prosador? [258e]

FEDRO

Perguntas se precisamos? Mas que motivo um teria mesmo de viver se não fosse em vista de tais prazeres? Pois sem dúvida não se trata daqueles que um sofrimento deve prece-

ἡσθῆναι, ὃ δὴ ὀλίγου πᾶσαι αἱ περὶ τὸ σῶμα ἡδοναὶ ἔχουσι· διὸ καὶ δικαίως ἀνδραποδώδεις κέκληνται.

ΣΩΚΡΑΤΗΣ

σχολὴ μὲν δή, ὡς ἔοικε· καὶ ἅμα μοι δοκοῦσιν ὡς ἐν τῷ πνίγει ὑπὲρ κεφαλῆς ἡμῶν οἱ τέττιγες ᾄδοντες καὶ [259a] ἀλλήλοις διαλεγόμενοι καθορᾶν καὶ ἡμᾶς. εἰ οὖν ἴδοιεν καὶ νὼ καθάπερ τοὺς πολλοὺς ἐν μεσημβρίᾳ μὴ διαλεγομένους ἀλλὰ νυστάζοντας καὶ κηλουμένους ὑφ᾽ αὑτῶν δι᾽ ἀργίαν τῆς διανοίας, δικαίως ἂν καταγελῷεν, ἡγούμενοι ἀνδράποδ᾽ ἄττα σφίσιν ἐλθόντα εἰς τὸ καταγώγιον ὥσπερ προβάτια μεσημβριάζοντα περὶ τὴν κρήνην εὕδειν· ἐὰν δὲ ὁρῶσι διαλεγομένους καὶ παραπλέοντάς σφας ὥσπερ Σειρῆνας [259b] ἀκηλήτους, ὃ γέρας παρὰ θεῶν ἔχουσιν ἀνθρώποις διδόναι, τάχ᾽ ἂν δοῖεν ἀγασθέντες.

ΦΑΙΔΡΟΣ

ἔχουσι δὲ δὴ τί τοῦτο; ἀνήκοος γάρ, ὡς ἔοικε, τυγχάνω ὤν.

ΣΩΚΡΑΤΗΣ

οὐ μὲν δὴ πρέπει γε φιλόμουσον ἄνδρα τῶν τοιούτων ἀνήκοον εἶναι. λέγεται δ᾽ ὥς ποτ᾽ ἦσαν οὗτοι ἄνθρωποι τῶν πρὶν μούσας γεγονέναι, γενομένων δὲ Μουσῶν καὶ φανείσης ᾠδῆς οὕτως ἄρα τινὲς τῶν τότε ἐξεπλάγησαν ὑφ᾽ ἡδονῆς, [259c] ὥστε ᾄδοντες ἠμέλησαν σίτων τε καὶ ποτῶν, καὶ ἔλαθον τελευτήσαντες αὑτούς· ἐξ ὧν τὸ τεττίγων γένος μετ᾽ ἐκεῖνο φύεται, γέρας τοῦτο παρὰ Μουσῶν λαβόν, μηδὲν τροφῆς δεῖσθαι γενόμενον, ἀλλ᾽ ἄσιτόν τε καὶ ἄποτον εὐθὺς ᾄδειν, ἕως ἂν τελευτήσῃ, καὶ μετὰ ταῦτα ἐλθὸν παρὰ μούσας

der, sem o que nem mesmo haveria prazer; e é isso precisamente que quase todos os prazeres corporais comportam, pelo que justamente os chamam servis.

SÓCRATES

Pois bem, folga nós temos, ao que parece. E ao mesmo tempo se me afigura que as cigarras, assim no mormaço sobre nossas cabeças cantando e [259a] entre si conversando, de cima estão a nos olhar. Se então elas vissem que também nós dois, como o comum dos homens ao meio-dia, não conversamos, mas ao contrário, cochilamos e, por inércia intelectual, cedemos ao seu encantamento, com justiça iriam rir de nós, julgando que alguns escravos vieram ao seu refúgio e, como carneiros no repouso da sesta, dormem em volta da fonte; se porém elas nos virem a conversar e nosso barco as costear como a Sereias, [259b] livre de seus encantamentos, o privilégio que elas têm dos deuses para dar aos homens talvez então elas nos deem, admiradas.

FEDRO

E que privilégio é esse? Está aí uma coisa de que provavelmente jamais ouvi falar.

SÓCRATES

Em verdade não fica bem um amigo das Musas não ter ouvido falar de tais coisas. Ora, dizem que outrora as cigarras eram homens, dos que existiam antes de nascerem as Musas; nascidas estas e revelado o canto, alguns deles tanto se enlevaram de prazer [259c] que, a cantar, descuidaram de comida e bebida e não notaram que tinham morrido; deles é que a raça das cigarras depois daquilo deriva a sua natureza, tendo das Musas recebido este privilégio, de não carecer de nenhum alimento uma vez nascida, mas sem comida nem bebida logo pôr-se a cantar, até morrer, e depois ir ter com as

ἀπαγγέλλειν τίς τίνα αὐτῶν τιμᾷ τῶν ἐνθάδε. Τερψιχόρᾳ μὲν οὖν τοὺς ἐν τοῖς χοροῖς τετιμηκότας αὐτὴν ἀπαγγέλλοντες [259d] ποιοῦσι προσφιλεστέρους, τῇ δὲ Ἐρατοῖ τοὺς ἐν τοῖς ἐρωτικοῖς, καὶ ταῖς ἄλλαις οὕτως, κατὰ τὸ εἶδος ἑκάστης τιμῆς· τῇ δὲ πρεσβυτάτῃ Καλλιόπῃ καὶ τῇ μετ᾽ αὐτὴν Οὐρανίᾳ τοὺς ἐν φιλοσοφίᾳ διάγοντάς τε καὶ τιμῶντας τὴν ἐκείνων μουσικὴν ἀγγέλλουσιν, αἳ δὴ μάλιστα τῶν Μουσῶν περί τε οὐρανὸν καὶ λόγους οὖσαι θείους τε καὶ ἀνθρωπίνους ἱᾶσιν καλλίστην φωνήν. πολλῶν δὴ οὖν ἕνεκα λεκτέον τι καὶ οὐ καθευδητέον ἐν τῇ μεσημβρίᾳ.

ΦΑΙΔΡΟΣ

λεκτέον γὰρ οὖν. [259e]

ΣΩΚΡΑΤΗΣ

οὐκοῦν, ὅπερ νῦν προυθέμεθα σκέψασθαι, τὸν λόγον ὅπῃ καλῶς ἔχει λέγειν τε καὶ γράφειν καὶ ὅπῃ μή, σκεπτέον.

ΦΑΙΔΡΟΣ

δῆλον.

ΣΩΚΡΑΤΗΣ

ἆρ᾽ οὖν οὐχ ὑπάρχειν δεῖ τοῖς εὖ γε καὶ καλῶς ῥηθησομένοις τὴν τοῦ λέγοντος διάνοιαν εἰδυῖαν τὸ ἀληθὲς ὧν ἂν ἐρεῖν πέρι μέλλῃ;

Musas[53] e lhes anunciar quem as honra aqui e a qual delas. Assim, a Terpsícore anunciando os que a honraram nos coros de dança, [259d] fazem deles os seus prediletos, e a Erato os que se ocuparam nas questões de amor; e as demais assim também, segundo a forma de cada uma ser honrada. A mais velha porém, Calíope, e a que vem depois dela, Urânia, os que elas anunciam são aqueles que passam a vida a filosofar e que honram a música das duas; pois são elas que, sendo sobre o céu e os discursos divinos e humanos, emitem a mais bela voz. Muitos portanto são os motivos para conversar e não adormecer ao meio-dia.

FEDRO

Conversemos então. [259e]

SÓCRATES

Por conseguinte, o que há pouco propusemos a exame, o discurso, por onde é belo discursar e por onde não, eis o que carece examinar.

FEDRO

Claro.

SÓCRATES

Será então que não deve ser fundamental, para o que bem e belamente vai ser dito, que o pensamento do que discorre saiba a verdade do que está para dizer?[54]

---

[53] Hesíodo, na *Teogonia* (75-9), elenca as nove Musas, das quais Sócrates nomeia a seguir quatro: Terpsícore (dança), Erato (poesia amorosa), Calíope (poesia épica), Urânia ("celestial": Astronomia); esse é ainda um dos epítetos de Afrodite (deusa do amor, do sexo, da fertilidade).

[54] A pergunta discretamente anuncia o enfoque no tema da "verdade", que se estende por toda esta segunda parte do diálogo.

ΦΑΙΔΡΟΣ

οὑτωσὶ περὶ τούτου ἀκήκοα, ὦ φίλε Σώκρατες, οὐκ [260a] εἶναι ἀνάγκην τῷ μέλλοντι ῥήτορι ἔσεσθαι τὰ τῷ ὄντι δίκαια μανθάνειν ἀλλὰ τὰ δόξαντ᾽ ἂν πλήθει οἵπερ δικάσουσιν, οὐδὲ τὰ ὄντως ἀγαθὰ ἢ καλὰ ἀλλ᾽ ὅσα δόξει· ἐκ γὰρ τούτων εἶναι τὸ πείθειν ἀλλ᾽ οὐκ ἐκ τῆς ἀληθείας.

ΣΩΚΡΑΤΗΣ

'οὔτοι ἀπόβλητον ἔπος' εἶναι δεῖ, ὦ Φαῖδρε, ὃ ἂν εἴπωσι σοφοί, ἀλλὰ σκοπεῖν μή τι λέγωσι· καὶ δὴ καὶ τὸ νῦν λεχθὲν οὐκ ἀφετέον.

ΦΑΙΔΡΟΣ

ὀρθῶς λέγεις.

ΣΩΚΡΑΤΗΣ

ὧδε δὴ σκοπῶμεν αὐτό.

ΦΑΙΔΡΟΣ

πῶς; [260b]

ΣΩΚΡΑΤΗΣ

εἴ σε πείθοιμι ἐγὼ πολεμίους ἀμύνειν κτησάμενον ἵππον, ἄμφω δὲ ἵππον ἀγνοοῖμεν, τοσόνδε μέντοι τυγχάνοιμι εἰδὼς περὶ σοῦ, ὅτι Φαῖδρος ἵππον ἡγεῖται τὸ τῶν ἡμέρων ζῴων μέγιστα ἔχον ὦτα —

FEDRO

Eis o que sobre isso ouvi, caro Sócrates: que não [260a] é necessário ao que vai ser orador que aprenda o essencialmente justo, mas o que pareceu à multidão, que precisamente vai julgar; nem o essencialmente bom ou belo, mas o que lhe parecer; pois é disso que se deriva o persuadir, não da verdade.

SÓCRATES

"Não é de se rejeitar a palavra",[55] não deve ser, ó Fedro, a que os sábios pronunciam, mas sim de se examinar se algo dizem; e precisamente o que há pouco foi dito não se deve largar.

FEDRO

Estás certo.

SÓCRATES

Eis então como devemos examiná-lo.

FEDRO

Como? [260b]

SÓCRATES

Se eu te persuadisse a adquirir um cavalo para combater o inimigo, mas ambos ignorássemos o cavalo e no entanto apenas isto eu me encontrasse sabendo a teu respeito, que Fedro julga o cavalo ser, dos animais domésticos, o que tem maiores orelhas...

---

[55] A formulação remete à *Ilíada* (por exemplo, II, 361: "não rejeitarás a palavra").

ΦΑΙΔΡΟΣ

γελοῖόν γ᾽ ἄν, ὦ Σώκρατες, εἴη.

ΣΩΚΡΑΤΗΣ

οὔπω γε· ἀλλ᾽ ὅτε δὴ σπουδῇ σε πείθοιμι, συντιθεὶς λόγον ἔπαινον κατὰ τοῦ ὄνου, ἵππον ἐπονομάζων καὶ λέγων ὡς παντὸς ἄξιον τὸ θρέμμα οἴκοι τε κεκτῆσθαι καὶ ἐπὶ στρατιᾶς, ἀποπολεμεῖν τε χρήσιμον καὶ πρός γ᾽ ἐνεγκεῖν δυνατὸν [260c] σκεύη καὶ ἄλλα πολλὰ ὠφέλιμον.

ΦΑΙΔΡΟΣ

παγγέλοιόν γ᾽ ἂν ἤδη εἴη.

ΣΩΚΡΑΤΗΣ

ἆρ᾽ οὖν οὐ κρεῖττον γελοῖον καὶ φίλον ἢ δεινόν τε καὶ ἐχθρὸν εἶναι ἢ φίλον;

ΦΑΙΔΡΟΣ

φαίνεται.

ΣΩΚΡΑΤΗΣ

ὅταν οὖν ὁ ῥητορικὸς ἀγνοῶν ἀγαθὸν καὶ κακόν, λαβὼν πόλιν ὡσαύτως ἔχουσαν πείθῃ, μὴ περὶ ὄνου σκιᾶς ὡς ἵππου τὸν ἔπαινον ποιούμενος, ἀλλὰ περὶ κακοῦ ὡς ἀγαθοῦ, δόξας δὲ πλήθους μεμελετηκὼς πείσῃ κακὰ πράττειν ἀντ᾽ ἀγαθῶν, ποῖόν τιν᾽ ἂν οἴει μετὰ ταῦτα τὴν ῥητορικὴν [260d] καρπὸν ὧν ἔσπειρε θερίζειν;

ΦΑΙΔΡΟΣ

οὐ πάνυ γε ἐπιεικῆ.

ΣΩΚΡΑΤΗΣ

ἆρ᾽ οὖν, ὦ ἀγαθέ, ἀγροικότερον τοῦ δέοντος

FEDRO

Ridículo seria, Sócrates!

SÓCRATES

Ainda não; mas quando eu me empenhasse em te persuadir, compondo um discurso de elogio ao asno, dando-lhe o nome de cavalo e explicando que é uma criação de valor inestimável para se ter em casa e em campanha, útil para dele se combater, capaz de transportar [260c] equipamentos, vantajoso em muitas outras coisas...

FEDRO

Ah! Seria agora o cúmulo do ridículo!

SÓCRATES

Mas não é preferível ridículo e amigo a temível e inimigo?

FEDRO

Evidente.

SÓCRATES

Quando então o orador, ignorando o bom e o mau, pega uma cidade em igual estado e lhe persuade não sobre uma sombra de asno, que é de um cavalo que está fazendo o elogio, mas sobre o mau, que é bom, e exercitado nas opiniões da multidão persuade a praticar o mal em vez do bem, que espécie de fruto pensas que a retórica, [260d] depois disso, possa colher do que semeou?

FEDRO

Um fruto nada apreciável.

SÓCRATES

Será então, ó bom, que fomos mais rudes que o devido

λελοιδορήκαμεν τὴν τῶν λόγων τέχνην; ἡ δ᾽ ἴσως ἂν εἴποι· 'τί ποτ', ὦ θαυμάσιοι, ληρεῖτε; ἐγὼ γὰρ οὐδέν' ἀγνοοῦντα τἀληθὲς ἀναγκάζω μανθάνειν λέγειν, ἀλλ', εἴ τι ἐμὴ συμβουλή, κτησάμενον ἐκεῖνο οὕτως ἐμὲ λαμβάνειν· τόδε δ᾽ οὖν μέγα λέγω, ὡς ἄνευ ἐμοῦ τῷ τὰ ὄντα εἰδότι οὐδέν τι μᾶλλον ἔσται πείθειν τέχνῃ.' [260e]

ΦΑΙΔΡΟΣ

οὐκοῦν δίκαια ἐρεῖ, λέγουσα ταῦτα;

ΣΩΚΡΑΤΗΣ

φημί, ἐὰν οἵ γ᾽ ἐπιόντες αὐτῇ λόγοι μαρτυρῶσιν εἶναι τέχνῃ. ὥσπερ γὰρ ἀκούειν δοκῶ τινων προσιόντων καὶ διαμαρτυρομένων λόγων, ὅτι ψεύδεται καὶ οὐκ ἔστι τέχνη ἀλλ᾽ ἄτεχνος τριβή· τοῦ δὲ λέγειν, φησὶν ὁ Λάκων, ἔτυμος τέχνη ἄνευ τοῦ ἀληθείας ἧφθαι οὔτ᾽ ἔστιν οὔτε μή ποτε ὕστερον γένηται. [261a]

ΦΑΙΔΡΟΣ

τούτων δεῖ τῶν λόγων, ὦ Σώκρατες· ἀλλὰ δεῦρο αὐτοὺς παράγων ἐξέταζε τί καὶ πῶς λέγουσιν.

ΣΩΚΡΑΤΗΣ

πάριτε δή, θρέμματα γενναῖα, καλλίπαιδά τε Φαῖδρον πείθετε ὡς ἐὰν μὴ ἱκανῶς φιλοσοφήσῃ, οὐδὲ ἱκανός ποτε λέγειν ἔσται περὶ οὐδενός. ἀποκρινέσθω δὴ ὁ Φαῖδρος.

ΦΑΙΔΡΟΣ

ἐρωτᾶτε.

ΣΩΚΡΑΤΗΣ

ἆρ᾽ οὖν οὐ τὸ μὲν ὅλον ἡ ῥητορικὴ ἂν εἴη τέχνη ψυχαγωγία τις διὰ λόγων, οὐ μόνον ἐν

vilipendiando a arte dos discursos? Ela talvez dissesse: "Que estais aí, admiráveis criaturas, a parolar? Pois eu a ninguém que desconheça a verdade forço que aprenda a discursar; mas, se algo vale o meu conselho, que antes adquiram-na e então me venham tomar. E eis então o que enfaticamente afirmo, que, sem mim, o que conheça o ser das coisas nada ganhará com isso para persuadir com arte". [260e]

FEDRO

E não dirá o que é justo dizendo isto?

SÓCRATES

É o que afirmo, se no entanto os argumentos que se apresentam atestarem por ela que é uma arte. Pois me parece como que ouvir outros, vindo a seguir e contestando, que ela mente e não é arte, mas inerte rotina; "mas do falar, diz o Lacônio, uma arte autêntica sem o toque da verdade, nem existe nem jamais existirá". [261a]

FEDRO

Desses argumentos precisamos, Sócrates; vamos, traze-os para cá e examina sobre o quê, e como discorrem.

SÓCRATES

Vinde então, nobres criaturas, e persuadi a Fedro, pai de belos filhos, que se ele não filosofar dignamente, também jamais será digno de discursar sobre nada. Que Fedro então responda.

FEDRO

Perguntai.

SÓCRATES

Porventura, em seu todo, não seria a arte retórica uma "psicagogia", um conduzir a alma por palavras, não ape-

δικαστηρίοις καὶ ὅσοι ἄλλοι δημόσιοι σύλλογοι, ἀλλὰ καὶ ἐν ἰδίοις, ἡ αὐτὴ σμικρῶν [261b] τε καὶ μεγάλων πέρι, καὶ οὐδὲν ἐντιμότερον τό γε ὀρθὸν περὶ σπουδαῖα ἢ περὶ φαῦλα γιγνόμενον; ἢ πῶς σὺ ταῦτ' ἀκήκοας;

ΦΑΙΔΡΟΣ

οὐ μὰ τὸν Δί' οὐ παντάπασιν οὕτως, ἀλλὰ μάλιστα μέν πως περὶ τὰς δίκας λέγεταί τε καὶ γράφεται τέχνῃ, λέγεται δὲ καὶ περὶ δημηγορίας· ἐπὶ πλέον δὲ οὐκ ἀκήκοα.

ΣΩΚΡΑΤΗΣ

ἀλλ' ἦ τὰς Νέστορος καὶ Ὀδυσσέως τέχνας μόνον περὶ λόγων ἀκήκοας, ἃς ἐν Ἰλίῳ σχολάζοντες συνεγραψάτην, τῶν δὲ Παλαμήδους ἀνήκοος γέγονας; [261c]

ΦΑΙΔΡΟΣ

καὶ ναὶ μὰ Δί' ἔγωγε τῶν Νέστορος, εἰ μὴ Γοργίαν Νέστορά τινα κατασκευάζεις, ἤ τινα Θρασύμαχόν τε καὶ Θεόδωρον Ὀδυσσέα.

nas em tribunais e em quantos outros conselhos públicos, mas também nos de caráter privado, a mesma em pequenos [261b] e grandes assuntos, e em nada é mais honroso o seu emprego, se correto, em coisas sérias que em banais?[56] Ou como ouviste falar dessas questões?

FEDRO

Não, por Zeus, absolutamente não foi assim, mas ao contrário, que é principalmente nos processos judiciários que se discursa e escreve, e também se discursa em deliberações da Assembleia; mais do que isso não ouvi dizer.

SÓCRATES

Mas então as artes de Nestor e Ulisses foi só o que sobre argumentos ouviste? E quanto às de Palamedes não chegaste a ouvir? [261c]

FEDRO

E nem mesmo, por Zeus, as de Nestor, eu não; a não ser que de Górgias estejas fazendo algum Nestor ou de Ulisses algum Trasímaco ou Teodoro.[57]

---

[56] O passo sela a definição da arte retórica, que será examinada a seguir de diversos pontos de vista. Deve-se notar a revisão da perspectiva hostil, pela qual é empreendida a crítica da Retórica no *Górgias* (449c ss.; nomeadamente 452e: "[A Retórica produz] a persuasão pelos discursos tanto dos juízes, nos tribunais, como dos membros do Conselho, no Conselho (*Boulê*), como do povo, na Assembleia (*Ekklêsia*), como de cada um, em qualquer reunião de cidadãos...").

[57] Górgias é um famoso sofista e um mestre da Retórica, nascido em Leontini, na Sicília (V-IV a.C.), a quem Platão dedicou o diálogo com o seu nome. Trasímaco de Calcedônia (V a.C.) é o mais importante dos interlocutores de Sócrates, na *República*, I, que defende a tese de que a justiça é a "lei do mais forte" (338c, 343 ss.).

ΣΩΚΡΑΤΗΣ

ἴσως. ἀλλὰ γὰρ τούτους ἐῶμεν· σὺ δ᾽ εἰπέ, ἐν δικαστηρίοις οἱ ἀντίδικοι τί δρῶσιν; οὐκ ἀντιλέγουσιν μέντοι; ἢ τί φήσομεν;

ΦΑΙΔΡΟΣ

τοῦτ᾽ αὐτό.

ΣΩΚΡΑΤΗΣ

περὶ τοῦ δικαίου τε καὶ ἀδίκου;

ΦΑΙΔΡΟΣ

ναί.

ΣΩΚΡΑΤΗΣ

οὐκοῦν ὁ τέχνῃ τοῦτο δρῶν ποιήσει φανῆναι τὸ [261d] αὐτὸ τοῖς αὐτοῖς τοτὲ μὲν δίκαιον, ὅταν δὲ βούληται, ἄδικον;

ΦΑΙΔΡΟΣ

τί μήν;

ΣΩΚΡΑΤΗΣ

καὶ ἐν δημηγορίᾳ δὴ τῇ πόλει δοκεῖν τὰ αὐτὰ τοτὲ μὲν ἀγαθά, τοτὲ δ᾽ αὖ τἀναντία;

ΦΑΙΔΡΟΣ

οὕτως.

ΣΩΚΡΑΤΗΣ

τὸν οὖν Ἐλεατικὸν Παλαμήδην λέγοντα οὐκ ἴσμεν τέχνῃ, ὥστε φαίνεσθαι τοῖς ἀκούουσι τὰ αὐτὰ ὅμοια καὶ

SÓCRATES

Talvez. Mas deixemos estes; e tu dize-me: nos tribunais, que fazem as partes contrárias? Não é verdade que elas contradizem? Ou que diremos?

FEDRO

Isso mesmo.

SÓCRATES

Sobre o justo e o injusto?

FEDRO

Sim.

SÓCRATES

E não é certo que, quem pratica isto com arte, fará que apareça a [261d] mesma coisa às mesmas pessoas, ora justa, quando quiser, ora injusta?

FEDRO

Por que não?

SÓCRATES

E, quando em discurso na Assembleia, que à cidade pareçam as mesmas coisas, ora boas, ora o contrário?

FEDRO

É assim.

SÓCRATES

Ora, o Palamedes eleático[58] não sabemos que discorria com tanta arte que aos seus ouvintes as mesmas coisas pare-

---

[58] Referência a Zenão (*c.* 490-460 a.C.), filósofo da escola eleática,

ἀνόμοια, καὶ ἓν καὶ πολλά, μένοντά τε αὖ καὶ φερόμενα;

ΦΑΙΔΡΟΣ

μάλα γε.

ΣΩΚΡΑΤΗΣ

οὐκ ἄρα μόνον περὶ δικαστήριά τέ ἐστιν ἡ ἀντιλογικὴ [261e] καὶ περὶ δημηγορίαν, ἀλλ', ὡς ἔοικε, περὶ πάντα τὰ λεγόμενα μία τις τέχνη, εἴπερ ἔστιν, αὕτη ἂν εἴη, ᾗ τις οἷός τ' ἔσται πᾶν παντὶ ὁμοιοῦν τῶν δυνατῶν καὶ οἷς δυνατόν, καὶ ἄλλου ὁμοιοῦντος καὶ ἀποκρυπτομένου εἰς φῶς ἄγειν.

ΦΑΙΔΡΟΣ

πῶς δὴ τὸ τοιοῦτον λέγεις;

ΣΩΚΡΑΤΗΣ

τῇδε δοκῶ ζητοῦσιν φανεῖσθαι. ἀπάτη πότερον ἐν πολὺ διαφέρουσι γίγνεται μᾶλλον ἢ ὀλίγον; [262a]

ΦΑΙΔΡΟΣ

ἐν τοῖς ὀλίγον.

ΣΩΚΡΑΤΗΣ

ἀλλά γε δὴ κατὰ σμικρὸν μεταβαίνων μᾶλλον λήσεις ἐλθὼν ἐπὶ τὸ ἐναντίον ἢ κατὰ μέγα.

ΦΑΙΔΡΟΣ

πῶς δ' οὔ;

ciam semelhantes e dessemelhantes, uma só e múltiplas, e ainda imotas e movidas?

FEDRO

É bem isso.

SÓCRATES

Assim, não é apenas nos tribunais e na eloquência que existe a arte da contradição, [261e] mas ao que parece em tudo que se diz uma só arte, se é que existe, seria esta pela qual alguém será capaz, não só de assimilar toda coisa a qualquer outra, das que é possível à que é possível, como também, se um outro assimila escondendo, de trazer isso à luz.

FEDRO

Como é que dizes tal coisa?

SÓCRATES

Procurando neste sentido penso que se verá: a ilusão é no muito diferente que se produz ou no pouco? [262a]

FEDRO

No pouco.

SÓCRATES

Sim, é certo: se pouco a pouco transpões, mais despercebido irás na direção contrária que a grandes passos.

FEDRO

Como não?

---

célebre por seus argumentos paradoxais; segundo Diógenes Laércio, foi chamado por Aristóteles de "inventor da dialética".

ΣΩΚΡΑΤΗΣ

δεῖ ἄρα τὸν μέλλοντα ἀπατήσειν μὲν ἄλλον, αὐτὸν δὲ μὴ ἀπατήσεσθαι, τὴν ὁμοιότητα τῶν ὄντων καὶ ἀνομοιότητα ἀκριβῶς διειδέναι.

ΦΑΙΔΡΟΣ

ἀνάγκη μὲν οὖν.

ΣΩΚΡΑΤΗΣ

ἦ οὖν οἷός τε ἔσται, ἀλήθειαν ἀγνοῶν ἑκάστου, τὴν τοῦ ἀγνοουμένου ὁμοιότητα σμικράν τε καὶ μεγάλην ἐν τοῖς ἄλλοις διαγιγνώσκειν; [262b]

ΦΑΙΔΡΟΣ

ἀδύνατον.

ΣΩΚΡΑΤΗΣ

οὐκοῦν τοῖς παρὰ τὰ ὄντα δοξάζουσι καὶ ἀπατωμένοις δῆλον ὡς τὸ πάθος τοῦτο δι᾽ ὁμοιοτήτων τινῶν εἰσερρύη.

ΦΑΙΔΡΟΣ

γίγνεται γοῦν οὕτως.

ΣΩΚΡΑΤΗΣ

ἔστιν οὖν ὅπως τεχνικὸς ἔσται μεταβιβάζειν κατὰ σμικρὸν διὰ τῶν ὁμοιοτήτων ἀπὸ τοῦ ὄντος ἑκάστοτε ἐπὶ τοὐναντίον ἀπάγων, ἢ αὐτὸς τοῦτο διαφεύγειν, ὁ μὴ ἐγνωρικὼς ὃ ἔστιν ἕκαστον τῶν ὄντων;

ΦΑΙΔΡΟΣ

οὐ μή ποτε. [262c]

SÓCRATES

Precisa então o que vai iludir outro, e sem a si próprio se iludir, rigorosamente conhecer a semelhança e dessemelhança dos seres.

FEDRO

É necessário, sim.

SÓCRATES

Será então que ele é capaz, se ignora a verdade de cada ser, de nos outros distinguir a semelhança do ignorado, grande ou pequena? [262b]

FEDRO

Impossível.

SÓCRATES

Por conseguinte, nos que opinam por fora das coisas e se iludem, é claro que este efeito se insinuou através de certas semelhanças.

FEDRO

É bem assim que se dá.

SÓCRATES

É possível então que tenha a arte de transferir pouco a pouco, por semelhanças fazendo em cada passo passar do ser ao seu contrário, ou de ele mesmo evitar isso, aquele que não tem conhecimento do que é cada um dos seres?

FEDRO

Não, jamais. [262c]

ΣΩΚΡΑΤΗΣ

λόγων ἄρα τέχνην, ὦ ἑταῖρε, ὁ τὴν ἀλήθειαν μὴ εἰδώς, δόξας δὲ τεθηρευκώς, γελοίαν τινά, ὡς ἔοικε, καὶ ἄτεχνον παρέξεται.

ΦΑΙΔΡΟΣ

κινδυνεύει.

ΣΩΚΡΑΤΗΣ

βούλει οὖν ἐν τῷ Λυσίου λόγῳ ὃν φέρεις, καὶ ἐν οἷς ἡμεῖς εἴπομεν ἰδεῖν τι ὧν φαμεν ἀτέχνων τε καὶ ἐντέχνων εἶναι;

ΦΑΙΔΡΟΣ

πάντων γέ που μάλιστα, ὡς νῦν γε ψιλῶς πως λέγομεν, οὐκ ἔχοντες ἱκανὰ παραδείγματα.

ΣΩΚΡΑΤΗΣ

καὶ μὴν κατὰ τύχην γέ τινα, ὡς ἔοικεν, ἐρρηθήτην [262d] τὼ λόγω ἔχοντέ τι παράδειγμα, ὡς ἂν ὁ εἰδὼς τὸ ἀληθὲς προσπαίζων ἐν λόγοις παράγοι τοὺς ἀκούοντας. καὶ ἔγωγε, ὦ Φαῖδρε, αἰτιῶμαι τοὺς ἐντοπίους θεούς· ἴσως δὲ καὶ οἱ τῶν Μουσῶν προφῆται οἱ ὑπὲρ κεφαλῆς ᾠδοὶ ἐπιπεπνευκότες ἂν ἡμῖν εἶεν τοῦτο τὸ γέρας· οὐ γάρ που ἔγωγε τέχνης τινὸς τοῦ λέγειν μέτοχος.

ΦΑΙΔΡΟΣ

ἔστω ὡς λέγεις· μόνον δήλωσον ὃ φῄς.

ΣΩΚΡΑΤΗΣ

ἴθι δή μοι ἀνάγνωθι τὴν τοῦ Λυσίου λόγου ἀρχήν. [262e]

SÓCRATES

Então, amigo, uma arte de discursos que apresentar aquele que não conhece a verdade, mas andou à caça de opiniões, é uma arte irrisória, ao que parece, e nem mesmo é arte.

FEDRO

Bem pode ser.

SÓCRATES

Queres então, no discurso de Lísias que trazes contigo e nos que nós pronunciamos, ver algum caso do que declaramos sem arte ou com arte?

FEDRO

Mais que tudo, sim, pois agora falamos um tanto no seco, sem ter exemplos convenientes.

SÓCRATES

Aliás, foi de fato uma sorte, parece, que tenham sido proferidos [262d] os dois discursos, com um exemplo de como o que conhece o verídico poderia, jogando com palavras, seduzir os ouvintes. Eu, por mim, Fedro, responsabilizo os deuses locais; e pode ser que também as intérpretes das Musas, as cantoras sobre nossas cabeças, tenham-nos insuflado este privilégio; pois certamente não sou eu dotado de nenhuma arte de falar.

FEDRO

Seja como dizes, contanto que mostres o que afirmas.

SÓCRATES

Vamos então, lê-me o começo do discurso de Lísias. [262e]

ΦΑΙΔΡΟΣ

'περὶ μὲν τῶν ἐμῶν πραγμάτων ἐπίστασαι, καὶ ὡς νομίζω συμφέρειν ἡμῖν τούτων γενομένων, ἀκήκοας. ἀξιῶ δὲ μὴ διὰ τοῦτο ἀτυχῆσαι ὧν δέομαι, ὅτι οὐκ ἐραστὴς ὢν σοῦ τυγχάνω. ὡς ἐκείνοις μὲν τότε μεταμέλει' —

ΣΩΚΡΑΤΗΣ

παῦσαι. τί δὴ οὖν οὗτος ἁμαρτάνει καὶ ἄτεχνον ποιεῖ λεκτέον· ἦ γάρ; [263a]

ΦΑΙΔΡΟΣ

ναί.

ΣΩΚΡΑΤΗΣ

ἆρ' οὖν οὐ παντὶ δῆλον τό γε τοιόνδε, ὡς περὶ μὲν ἔνια τῶν τοιούτων ὁμονοητικῶς ἔχομεν, περὶ δ' ἔνια στασιωτικῶς;

ΦΑΙΔΡΟΣ

δοκῶ μὲν ὃ λέγεις μανθάνειν, ἔτι δ' εἰπὲ σαφέστερον.

ΣΩΚΡΑΤΗΣ

ὅταν τις ὄνομα εἴπῃ σιδήρου ἢ ἀργύρου, ἆρ' οὐ τὸ αὐτὸ πάντες διενοήθημεν;

ΦΑΙΔΡΟΣ

καὶ μάλα.

ΣΩΚΡΑΤΗΣ

τί δ' ὅταν δικαίου ἢ ἀγαθοῦ; οὐκ ἄλλος ἄλλῃ φέρεται, καὶ ἀμφισβητοῦμεν ἀλλήλοις τε καὶ ἡμῖν αὐτοῖς;

FEDRO

"Sobre os meus negócios estás instruído, e como julgo ser de nosso interesse que eles se efetuem, foi o que ouviste; e pretendo não ser por isto que malogrem os meus pedidos, por não ser teu amante. Assim aqueles um dia se arrependem..."

SÓCRATES

Para. Em que então este não acerta e sem arte compõe é preciso dizer — ou não? [263a]

FEDRO

É, sim.

SÓCRATES

Ora, não há uma coisa pelo menos que para todo mundo é clara, e é que, em tais questões, sobre alguns pontos estamos de acordo, mas sobre outros em desacordo?

FEDRO

Pareço compreender o que dizes, mas fala ainda mais claro.

SÓCRATES

Quando alguém diz o nome de ferro ou de prata, porventura não é o mesmo que todos compreendemos?

FEDRO

É bem isso.

SÓCRATES

Mas quando é o nome de justo ou de injusto? Não é cada um de nós diferentemente levado, e mutuamente nos contestamos e até conosco mesmo?

ΦΑΙΔΡΟΣ

πάνυ μὲν οὖν. [263b]

ΣΩΚΡΑΤΗΣ

ἐν μὲν ἄρα τοῖς συμφωνοῦμεν, ἐν δὲ τοῖς οὔ.

ΦΑΙΔΡΟΣ

οὕτω.

ΣΩΚΡΑΤΗΣ

ποτέρωθι οὖν εὐαπατητότεροί ἐσμεν, καὶ ἡ ῥητορικὴ ἐν ποτέροις μεῖζον δύναται;

ΦΑΙΔΡΟΣ

δῆλον ὅτι ἐν οἷς πλανώμεθα.

ΣΩΚΡΑΤΗΣ

οὐκοῦν τὸν μέλλοντα τέχνην ῥητορικὴν μετιέναι πρῶτον μὲν δεῖ ταῦτα ὁδῷ διῃρῆσθαι, καὶ εἰληφέναι τινὰ χαρακτῆρα ἑκατέρου τοῦ εἴδους, ἐν ᾧ τε ἀνάγκη τὸ πλῆθος πλανᾶσθαι καὶ ἐν ᾧ μή. [263c]

ΦΑΙΔΡΟΣ

καλὸν γοῦν ἄν, ὦ Σώκρατες, εἶδος εἴη κατανενοηκὼς ὁ τοῦτο λαβών.

ΣΩΚΡΑΤΗΣ

ἔπειτά γε οἶμαι πρὸς ἑκάστῳ γιγνόμενον μὴ λανθάνειν ἀλλ᾽ ὀξέως αἰσθάνεσθαι περὶ οὗ ἂν μέλλῃ ἐρεῖν ποτέρου ὂν τυγχάνει τοῦ γένους.

ΦΑΙΔΡΟΣ

τί μήν;

FEDRO

Inteiramente. [263b]

SÓCRATES

Em uns casos então concordamos, mas em outros não?

FEDRO

É isso.

SÓCRATES

Assim, de que lado somos mais sujeitos à ilusão e em qual dos dois tipos de casos a retórica pode mais?

FEDRO

Evidentemente naquele em que divagamos.

SÓCRATES

Por conseguinte, o que vai lidar com arte retórica, primeiro deve ter separado em regra estes dois tipos e apreendido alguns caracteres de cada um, tanto daquele em que necessariamente a gente divaga como daquele em que não. [263c]

FEDRO

Bela ideia, pelo menos, ó Sócrates, teria em sua mente percebido o que pegou isto.

SÓCRATES

E depois, penso eu, diante de cada caso não esquecer, mas ao contrário, agudamente sentir a respeito do que vai falar, qual o gênero a que pertence.

FEDRO

Por que não?

ΣΩΚΡΑΤΗΣ

τί οὖν; τὸν ἔρωτα πότερον φῶμεν εἶναι τῶν ἀμφισβητησίμων ἢ τῶν μή;

ΦΑΙΔΡΟΣ

τῶν ἀμφισβητησίμων δήπου· ἢ οἴει ἄν σοι ἐγχωρῆσαι εἰπεῖν ἃ νυνδὴ εἶπες περὶ αὐτοῦ, ὡς βλάβη τέ ἐστι τῷ ἐρωμένῳ καὶ ἐρῶντι, καὶ αὖθις ὡς μέγιστον ὂν τῶν ἀγαθῶν τυγχάνει; [263d]

ΣΩΚΡΑΤΗΣ

ἄριστα λέγεις· ἀλλ' εἰπὲ καὶ τόδε — ἐγὼ γάρ τοι διὰ τὸ ἐνθουσιαστικὸν οὐ πάνυ μέμνημαι — εἰ ὡρισάμην ἔρωτα ἀρχόμενος τοῦ λόγου.

ΦΑΙΔΡΟΣ

νὴ Δία ἀμηχάνως γε ὡς σφόδρα.

ΣΩΚΡΑΤΗΣ

φεῦ, ὅσῳ λέγεις τεχνικωτέρας Νύμφας τὰς Ἀχελῴου καὶ Πᾶνα τὸν Ἑρμοῦ Λυσίου τοῦ Κεφάλου πρὸς λόγους εἶναι. ἢ οὐδὲν λέγω, ἀλλὰ καὶ ὁ Λυσίας ἀρχόμενος τοῦ ἐρωτικοῦ ἠνάγκασεν ἡμᾶς ὑπολαβεῖν τὸν ἔρωτα ἕν τι τῶν ὄντων ὃ [263e] αὐτὸς ἐβουλήθη, καὶ πρὸς τοῦτο ἤδη συνταξάμενος πάντα τὸν ὕστερον λόγον διεπεράνατο; βούλει πάλιν ἀναγνῶμεν τὴν ἀρχὴν αὐτοῦ;

SÓCRATES

Pois bem, e o amor? Devemos afirmar que é das coisas sujeitas a discordância, ou das que não são?

FEDRO

Das que são sujeitas, é claro; se não, pensas que te seria possível dizer o que há pouco disseste dele, que é um dano para amado e amante, e, revirando, que é porventura o maior dos bens? [263d]

SÓCRATES

Ótimo! Mas dize-me ainda o seguinte — pois eu, pelo entusiasmo, não estou bem lembrado —, se eu defini o amor quando comecei o discurso.

FEDRO

Sim, por Zeus, com inexorável rigor.

SÓCRATES

Ih! Quão superior afirmas a arte das Ninfas, filhas de Aqueloo,[59] e de Pã, filho de Hermes,[60] em face da de Lísias, filho de Céfalo! Ou nada estou a dizer e foi Lísias que, iniciando o discurso erótico, forçou-nos a conceber o Amor como um dos seres que [263e] ele próprio quis e, já em vista disso tendo coordenado tudo, a sequência do discurso ele levou a termo? Queres que de novo leiamos o princípio dele?

---

[59] Aqueloo, deus-rio, filho de Oceano e de Tétis, que desaguava na boca do golfo de Corinto, e separava a Acarnânia da Etólia.

[60] Hermes é um dos olímpicos, mais conhecido como o deus dos comerciantes e dos ladrões; Pã é o deus dos campos e bosques. No final do diálogo, Sócrates dirige-lhe uma comovente prece.

ΦΑΙΔΡΟΣ

εἰ σοί γε δοκεῖ· ὃ μέντοι ζητεῖς οὐκ ἔστ᾽ αὐτόθι.

ΣΩΚΡΑΤΗΣ

λέγε, ἵνα ἀκούσω αὐτοῦ ἐκείνου.

ΦΑΙΔΡΟΣ

'περὶ μὲν τῶν ἐμῶν πραγμάτων ἐπίστασαι, καὶ ὡς νομίζω συμφέρειν ἡμῖν τούτων γενομένων, ἀκήκοας. ἀξιῶ [264a] δὲ μὴ διὰ τοῦτο ἀτυχῆσαι ὧν δέομαι, ὅτι οὐκ ἐραστὴς ὢν σοῦ τυγχάνω. ὡς ἐκείνοις μὲν τότε μεταμέλει ὧν ἂν εὖ ποιήσωσιν, ἐπειδὰν τῆς ἐπιθυμίας παύσωνται·' —

ΣΩΚΡΑΤΗΣ

ἦ πολλοῦ δεῖν ἔοικε ποιεῖν ὅδε γε ὃ ζητοῦμεν, ὃς οὐδὲ ἀπ᾽ ἀρχῆς ἀλλ᾽ ἀπὸ τελευτῆς ἐξ ὑπτίας ἀνάπαλιν διανεῖν ἐπιχειρεῖ τὸν λόγον, καὶ ἄρχεται ἀφ᾽ ὧν πεπαυμένος ἂν ἤδη ὁ ἐραστὴς λέγοι πρὸς τὰ παιδικά. ἢ οὐδὲν εἶπον, Φαῖδρε, φίλη κεφαλή; [264b]

ΦΑΙΔΡΟΣ

ἔστιν γέ τοι δή, ὦ Σώκρατες, τελευτή, περὶ οὗ τὸν λόγον ποιεῖται.

ΣΩΚΡΑΤΗΣ

τί δὲ τἆλλα; οὐ χύδην δοκεῖ βεβλῆσθαι τὰ τοῦ λόγου; ἢ φαίνεται τὸ δεύτερον εἰρημένον ἔκ τινος ἀνάγκης δεύτερον δεῖν τεθῆναι, ἤ τι ἄλλο τῶν ῥηθέντων; ἐμοὶ μὲν γὰρ ἔδοξεν, ὡς μηδὲν εἰδότι, οὐκ ἀγεννῶς τὸ ἐπιὸν εἰρῆσθαι τῷ γράφοντι· σὺ δ᾽ ἔχεις τινὰ ἀνάγκην

FEDRO

Se é o que te parece; mas o que procuras não está aí.

SÓCRATES

Lê, para que eu ouça dele próprio.

FEDRO

"Sobre os meus negócios estás instruído, e como julgo ser do nosso interesse que eles se efetuem foi o que ouviste; e pretendo [264a] não ser por isso que malogrem os meus pedidos, por não ser teu amante. Assim aqueles um dia se arrependem do bem que porventura tenham feito, quando cessar o desejo —"

SÓCRATES

É, longe parece estar de fazer o que procuramos quem não do começo mas do fim, nadando de costas e para trás, tenta atravessar o discurso e começa a partir do que, já cessado o amor, o amante diria ao namorado. Ou não é nada o que eu disse, Fedro, cabeça querida?[61] [264b]

FEDRO

É mesmo, Sócrates, é bem um fim por onde ele começou a fazer o discurso.

SÓCRATES

E quanto ao resto? Não te parecem confusamente jogados os seus elementos? Ou se evidencia que o segundo, por alguma necessidade, deve ter sido posto em segundo lugar, mais do que qualquer outro dos que foram expostos? A mim pareceu-me, em minha ignorância, que não sem bravura está formulado o que vinha ao escritor; tu, porém, conheces al-

---

[61] Na sua origem, a expressão é homérica (*Ilíada*, VIII, 281). Platão usa-a no *Eutidemo* (293e) e no *Górgias* (313c).

λογογραφικὴν ᾗ ταῦτα ἐκεῖνος οὕτως ἐφεξῆς παρ' ἄλληλα ἔθηκεν;

ΦΑΙΔΡΟΣ

χρηστὸς εἶ, ὅτι με ἡγῇ ἱκανὸν εἶναι τὰ ἐκείνου [264c] οὕτως ἀκριβῶς διιδεῖν.

ΣΩΚΡΑΤΗΣ

ἀλλὰ τόδε γε οἶμαί σε φάναι ἄν, δεῖν πάντα λόγον ὥσπερ ζῷον συνεστάναι σῶμά τι ἔχοντα αὐτὸν αὑτοῦ, ὥστε μήτε ἀκέφαλον εἶναι μήτε ἄπουν, ἀλλὰ μέσα τε ἔχειν καὶ ἄκρα, πρέποντα ἀλλήλοις καὶ τῷ ὅλῳ γεγραμμένα.

ΦΑΙΔΡΟΣ

πῶς γὰρ οὔ;

ΣΩΚΡΑΤΗΣ

σκέψαι τοίνυν τὸν τοῦ ἑταίρου σου λόγον εἴτε οὕτως εἴτε ἄλλως ἔχει, καὶ εὑρήσεις τοῦ ἐπιγράμματος οὐδὲν διαφέροντα, ὃ Μίδᾳ τῷ Φρυγί φασίν τινες ἐπιγεγράφθαι. [264d]

ΦΑΙΔΡΟΣ

ποῖον τοῦτο, καὶ τί πεπονθός;

ΣΩΚΡΑΤΗΣ

ἔστι μὲν τοῦτο τόδε —

'χαλκῆ παρθένος εἰμί, Μίδα δ' ἐπὶ σήματι κεῖμαι.
ὄφρ' ἂν ὕδωρ τε νάῃ καὶ δένδρεα μακρὰ τεθήλῃ,
αὐτοῦ τῇδε μένουσα πολυκλαύτου ἐπὶ τύμβου,
ἀγγελέω παριοῦσι Μίδας ὅτι τῇδε τέθαπται.' [264e]

guma necessidade discursiva pela qual Lísias dispôs assim estes elementos, seguidamente uns ao lado dos outros?

FEDRO

Bondade tua, se me julgas capaz de [264c] com tanta precisão discernir as suas intenções.

SÓCRATES

Mas eis o que, penso eu, tu poderias afirmar: que deve todo discurso constituir-se como um ser animado, tendo um corpo que seja o seu, de modo a não ficar sem pé nem cabeça, mas ter partes centrais e extremas, escritas de modo a se ajustarem entre si e com o todo.

FEDRO

Como não?

SÓCRATES

Examina então se o discurso do teu amigo é assim ou diferente, e descobrirás que em nada ele difere do epigrama que, dizem, foi escrito por Midas, o frígio. [264d]

FEDRO

Qual é e o que houve com ele?

SÓCRATES

É o seguinte:

"Brônzea virgem eu sou, de Midas na tumba repouso.
Enquanto correr água e árvores grandes crescerem
aqui mesmo fixada sobre o pranteado túmulo
aos passantes direi: Midas aqui está sepultado."[62] [264e]

---

[62] Versos 1-2, 5-6, do epitáfio de Midas, atribuído a Cleóbulo por Diógenes Laércio (I, 6, 89-90).

ὅτι δ' οὐδὲν διαφέρει αὐτοῦ πρῶτον ἢ ὕστατόν τι λέγεσθαι, ἐννοεῖς που, ὡς ἐγᾦμαι.

ΦΑΙΔΡΟΣ

σκώπτεις τὸν λόγον ἡμῶν, ὦ Σώκρατες.

ΣΩΚΡΑΤΗΣ

τοῦτον μὲν τοίνυν, ἵνα μὴ σὺ ἄχθῃ, ἐάσωμεν — καίτοι συχνά γε ἔχειν μοι δοκεῖ παραδείγματα πρὸς ἅ τις βλέπων ὀνίναιτ' ἄν, μιμεῖσθαι αὐτὰ ἐπιχειρῶν μὴ πάνυ τι — εἰς δὲ τοὺς ἑτέρους λόγους ἴωμεν. ἦν γάρ τι ἐν αὐτοῖς, ὡς δοκῶ, προσῆκον ἰδεῖν τοῖς βουλομένοις περὶ λόγων σκοπεῖν. [265a]

ΦΑΙΔΡΟΣ

τὸ ποῖον δὴ λέγεις;

ΣΩΚΡΑΤΗΣ

ἐναντίω που ἤστην· ὁ μὲν γὰρ ὡς τῷ ἐρῶντι, ὁ δ' ὡς τῷ μὴ δεῖ χαρίζεσθαι, ἐλεγέτην.

ΦΑΙΔΡΟΣ

καὶ μάλ' ἀνδρικῶς.

ΣΩΚΡΑΤΗΣ

ᾤμην σε τἀληθὲς ἐρεῖν, ὅτι μανικῶς· ὃ μέντοι ἐζήτουν ἐστὶν αὐτὸ τοῦτο. μανίαν γάρ τινα ἐφήσαμεν εἶναι τὸν ἔρωτα. ἦ γάρ;

ΦΑΙΔΡΟΣ

ναί.

Ora, que em nada difere que uma frase dele se diga em primeiro ou último lugar bem o percebes, suponho.

FEDRO

Estás zombando do nosso discurso, ó Sócrates.

SÓCRATES

Deixemo-lo então para não te aborreceres — embora ele tenha, parece-me, abundantes exemplos que muito aproveitaria ter em vista sem tentar imitá-los —, e passemos aos outros discursos. Pois havia algo neles, penso eu, que é conveniente ver quando se quer examinar a eloquência. [265a]

FEDRO

Do que especificamente estás falando?

SÓCRATES

Os dois eram de algum modo contrários: pois diziam um que ao amante, e o outro que ao não amante, é preciso favorecer.

FEDRO

E com que virilidade!

SÓCRATES

Eu pensava que dirias a verdadeira palavra: com que delírio! Sim, o que de fato eu procurava é isso mesmo. Um delírio, eis o que dissemos ser o amor, não é?

FEDRO

É, sim.

ΣΩΚΡΑΤΗΣ

μανίας δέ γε εἴδη δύο, τὴν μὲν ὑπὸ νοσημάτων ἀνθρωπίνων, τὴν δὲ ὑπὸ θείας ἐξαλλαγῆς τῶν εἰωθότων νομίμων γιγνομένην. [265b]

ΦΑΙΔΡΟΣ

πάνυ γε.

ΣΩΚΡΑΤΗΣ

τῆς δὲ θείας τεττάρων θεῶν τέτταρα μέρη διελόμενοι, μαντικὴν μὲν ἐπίπνοιαν Ἀπόλλωνος θέντες, Διονύσου δὲ τελεστικήν, Μουσῶν δ᾽ αὖ ποιητικήν, τετάρτην δὲ ἀφροδίτης καὶ Ἔρωτος, ἐρωτικὴν μανίαν ἐφήσαμέν τε ἀρίστην εἶναι, καὶ οὐκ οἶδ᾽ ὅπῃ τὸ ἐρωτικὸν πάθος ἀπεικάζοντες, ἴσως μὲν ἀληθοῦς τινος ἐφαπτόμενοι, τάχα δ᾽ ἂν καὶ ἄλλοσε παραφερόμενοι, κεράσαντες οὐ παντάπασιν ἀπίθανον λόγον, [265c] μυθικόν τινα ὕμνον προσεπαίσαμεν μετρίως τε καὶ εὐφήμως τὸν ἐμόν τε καὶ σὸν δεσπότην ἔρωτα, ὦ Φαῖδρε, καλῶν παίδων ἔφορον.

ΦΑΙΔΡΟΣ

καὶ μάλα ἔμοιγε οὐκ ἀηδῶς ἀκοῦσαι.

ΣΩΚΡΑΤΗΣ

τόδε τοίνυν αὐτόθεν λάβωμεν, ὡς ἀπὸ τοῦ ψέγειν πρὸς τὸ ἐπαινεῖν ἔσχεν ὁ λόγος μεταβῆναι.

ΦΑΙΔΡΟΣ

πῶς δὴ οὖν αὐτὸ λέγεις;

ΣΩΚΡΑΤΗΣ

ἐμοὶ μὲν φαίνεται τὰ μὲν ἄλλα τῷ ὄντι παιδιᾷ πεπαῖσθαι· τούτων δέ τινων ἐκ τύχης ῥηθέντων δυοῖν εἰδοῖν, [265d] εἰ αὐτοῖν τὴν δύναμιν τέχνῃ λαβεῖν δύναιτό τις, οὐκ ἄχαρι.

SÓCRATES

Mas do delírio há duas espécies, uma por doenças humanas, e outra por divino transporte que nos faz sair das normas habituais. [265b]

FEDRO

Perfeitamente.

SÓCRATES

Quanto à divina nós a dividimos em quatro partes de quatro deuses, e a inspiração divinatória atribuindo a Apolo, a Dioniso a mística, às Musas a poética e a quarta a Afrodite e Eros; dissemos que o delírio amoroso era o mais excelente e, não sei por onde imaginando a emoção amorosa, talvez tocando em alguma verdade, talvez desviando-nos em outra direção, misturamos um discurso não sem força persuasiva, [265c] uma espécie de hino mítico em que festejamos com moderação e respeito o senhor teu e meu, ó Fedro, Eros que vela por sobre os belos moços.

FEDRO

E que absolutamente não me desagradou ouvir.

SÓCRATES

Eis portanto o que disso mesmo devemos tirar, como foi que da censura o discurso pôde passar ao elogio.

FEDRO

Como é que o entendes?

SÓCRATES

Para mim é evidente que tudo mais foi realmente uma brincadeira que se fez; mas de algumas dessas coisas por acaso ditas, [265d] se a função delas alguém pudesse tecnicamente apreender não seria desinteressante.

ΦΑΙΔΡΟΣ

τίνων δή;

ΣΩΚΡΑΤΗΣ

εἰς μίαν τε ἰδέαν συνορῶντα ἄγειν τὰ πολλαχῇ διεσπαρμένα, ἵνα ἕκαστον ὁριζόμενος δῆλον ποιῇ περὶ οὗ ἂν ἀεὶ διδάσκειν ἐθέλῃ. ὥσπερ τὰ νυνδὴ περὶ Ἔρωτος — ὃ ἔστιν ὁρισθέν — εἴτ᾽ εὖ εἴτε κακῶς ἐλέχθη, τὸ γοῦν σαφὲς καὶ τὸ αὐτὸ αὐτῷ ὁμολογούμενον διὰ ταῦτα ἔσχεν εἰπεῖν ὁ λόγος.

ΦΑΙΔΡΟΣ

τὸ δ᾽ ἕτερον δὴ εἶδος τί λέγεις, ὦ Σώκρατες; [265e]

ΣΩΚΡΑΤΗΣ

τὸ πάλιν κατ᾽ εἴδη δύνασθαι διατέμνειν κατ᾽ ἄρθρα ᾗ πέφυκεν, καὶ μὴ ἐπιχειρεῖν καταγνύναι μέρος μηδέν, κακοῦ μαγείρου τρόπῳ χρώμενον· ἀλλ᾽ ὥσπερ ἄρτι τὼ λόγω τὸ μὲν ἄφρον τῆς διανοίας ἕν τι κοινῇ εἶδος ἐλαβέτην, ὥσπερ [266a] δὲ σώματος ἐξ ἑνὸς διπλᾶ καὶ ὁμώνυμα πέφυκε, σκαιά, τὰ δὲ δεξιὰ κληθέντα, οὕτω καὶ τὸ τῆς παρανοίας ὡς ἓν ἐν ἡμῖν πεφυκὸς εἶδος ἡγησαμένω τὼ λόγω, ὁ μὲν τὸ ἐπ᾽ ἀριστερὰ τεμνόμενος μέρος, πάλιν τοῦτο τέμνων οὐκ ἐπανῆκεν πρὶν ἐν αὐτοῖς ἐφευρὼν ὀνομαζόμενον σκαιόν τινα ἔρωτα ἐλοιδόρησεν μάλ᾽ ἐν δίκῃ, ὁ δ᾽ εἰς τὰ ἐν δεξιᾷ τῆς μανίας ἀγαγὼν ἡμᾶς, ὁμώνυμον μὲν ἐκείνῳ, θεῖον δ᾽ αὖ τινα ἔρωτα

FEDRO

Quais são elas?[63]

SÓCRATES

Primeiro, a uma só ideia em visão de conjunto levar o que está disperso em multiplicidade, para que definindo cada unidade se ponha em claro aquilo que em cada caso se quer ensinar. Tal como o que há pouco se fez com Amor: definido o que é, a seguir dele se disse bem ou mal, e pelo menos clareza e coerência interna por esse motivo pôde o discurso conseguir.

FEDRO

E a outra forma, que dizes dela, Sócrates? [265e]

SÓCRATES

O oposto: por espécies poder recortar segundo as articulações naturais e tentar não quebrar nenhuma parte, como faz um mau cozinheiro; mas ao contrário, como há pouco os dois discursos tomaram a demência do pensamento em uma forma única, e tal como [266a] de um só corpo nascem membros duplos e homônimos chamados esquerdos e direitos, assim o fato da paranoia, depois de considerarem os dois discursos como uma espécie naturalmente única em nós, um deles, cortando pela esquerda uma parte e de novo outra, não desistiu antes de ter achado nestas um certo amor esquerdo, que vilipendiou com muita justiça, enquanto o outro, levando-nos às partes à direita do delírio, descobrindo e [266b]

[63] Aqui Sócrates alude a um método de orientação da pesquisa (ver 249b-c), ora no sentido da "coleção" da multiplicidade na unidade (265d), ora no sentido da "divisão" da unidade "nas suas articulações naturais" (265e-266b). Sobre o cuidado a ter nas divisões, ver *Político*, 262a-e.

ἐφευρὼν καὶ [266b] προτεινάμενος ἐπῄνεσεν ὡς μεγίστων αἴτιον ἡμῖν ἀγαθῶν.

ΦΑΙΔΡΟΣ

ἀληθέστατα λέγεις.

ΣΩΚΡΑΤΗΣ

τούτων δὴ ἔγωγε αὐτός τε ἐραστής, ὦ Φαῖδρε, τῶν διαιρέσεων καὶ συναγωγῶν, ἵνα οἷός τε ὦ λέγειν τε καὶ φρονεῖν· ἐάν τέ τιν᾽ ἄλλον ἡγήσωμαι δυνατὸν εἰς ἓν καὶ ἐπὶ πολλὰ πεφυκόθ᾽ ὁρᾶν, τοῦτον διώκω 'κατόπισθε μετ᾽ ἴχνιον ὥστε θεοῖο.' καὶ μέντοι καὶ τοὺς δυναμένους αὐτὸ δρᾶν εἰ μὲν ὀρθῶς ἢ μὴ προσαγορεύω, θεὸς οἶδε, καλῶ δὲ [266c] οὖν μέχρι τοῦδε διαλεκτικούς. τὰ δὲ νῦν παρὰ σοῦ τε καὶ Λυσίου μαθόντας εἰπὲ τί χρὴ καλεῖν· ἢ τοῦτο ἐκεῖνό ἐστιν ἡ λόγων τέχνη, ᾗ Θρασύμαχός τε καὶ οἱ ἄλλοι χρώμενοι σοφοὶ μὲν αὐτοὶ λέγειν γεγόνασιν, ἄλλους τε ποιοῦσιν, οἳ ἂν δωροφορεῖν αὐτοῖς ὡς βασιλεῦσιν ἐθέλωσιν;

ΦΑΙΔΡΟΣ

βασιλικοὶ μὲν ἄνδρες, οὐ μὲν δὴ ἐπιστήμονές γε ὧν ἐρωτᾷς. ἀλλὰ τοῦτο μὲν τὸ εἶδος ὀρθῶς ἔμοιγε δοκεῖς καλεῖν, διαλεκτικὸν καλῶν· τὸ δὲ ῥητορικὸν δοκεῖ μοι διαφεύγειν ἔθ᾽ ἡμᾶς. [266d]

ΣΩΚΡΑΤΗΣ

πῶς φῄς; καλόν πού τι ἂν εἴη, ὃ τούτων ἀπολειφθὲν ὅμως τέχνῃ λαμβάνεται; πάντως δ᾽ οὐκ ἀτιμαστέον αὐτὸ σοί τε καὶ ἐμοί, λεκτέον δὲ τί μέντοι καὶ ἔστι τὸ λειπόμενον τῆς ῥητορικῆς.

apresentando homônimo daquele um certo amor divino, elogiou-o como o responsável para nós dos maiores bens.

FEDRO

Verdadeiríssimo o que dizes!

SÓCRATES

Disso é que eu mesmo sou amante, ó Fedro, dessas divisões e conjunções que me qualifiquem para falar e pensar; e se algum outro eu considero capaz de ver um naturalmente sobre muitos, a este eu o persigo "atrás de seus passos como aos de um deus".[64] E o que é certo também é que os capazes de fazer isto, deus sabe se os designo corretamente ou não, mas [266c] até o momento os chamo dialéticos. Agora porém, quanto aos que aprendem contigo e com Lísias, como se deve chamá-los? Ou é bem aquilo a arte dos discursos, o de que Trasímaco e os outros se servem e com que se tornaram eles próprios sábios e eloquentes e tornam outros, os que lhes queiram dar presentes, como se fossem reis?

FEDRO

Régios senhores de fato, mas não conhecedores do que estás a perguntar. Mas se esta espécie corretamente me pareces designá-la, chamando-a dialética, a retórica, ao contrário, parece-me que ainda nos escapa. [266d]

SÓCRATES

Como? Acaso algum belo estudo haveria que, embora privado destas condições, todavia se aprende com técnica? Absolutamente não devemos tu e eu desprezá-lo, mas dizer o que é mesmo o que sobra da retórica.

---

[64] A partir de Homero (*Odisseia*, V, 193).

ΦΑΙΔΡΟΣ

καὶ μάλα που συχνά, ὦ Σώκρατες, τά γ᾽ ἐν τοῖς βιβλίοις τοῖς περὶ λόγων τέχνης γεγραμμένοις.

ΣΩΚΡΑΤΗΣ

καὶ καλῶς γε ὑπέμνησας. προοίμιον μὲν οἶμαι πρῶτον ὡς δεῖ τοῦ λόγου λέγεσθαι ἐν ἀρχῇ· ταῦτα λέγεις — ἦ γάρ; — τὰ κομψὰ τῆς τέχνης; [266e]

ΦΑΙΔΡΟΣ

ναί.

ΣΩΚΡΑΤΗΣ

δεύτερον δὲ δὴ διήγησίν τινα μαρτυρίας τ᾽ ἐπ᾽ αὐτῇ, τρίτον τεκμήρια, τέταρτον εἰκότα· καὶ πίστωσιν οἶμαι καὶ ἐπιπίστωσιν λέγειν τόν γε βέλτιστον λογοδαίδαλον Βυζάντιον ἄνδρα.

ΦΑΙΔΡΟΣ

τὸν χρηστὸν λέγεις Θεόδωρον; [267a]

ΣΩΚΡΑΤΗΣ

τί μήν; καὶ ἔλεγχόν γε καὶ ἐπεξέλεγχον ὡς ποιητέον ἐν κατηγορίᾳ τε καὶ ἀπολογίᾳ. τὸν δὲ κάλλιστον Πάριον Εὐηνὸν ἐς μέσον οὐκ ἄγομεν,

FEDRO

Um monte de coisas, sem dúvida, ó Sócrates, pelo menos o que está nos livros que sobre a arte dos discursos foram escritos.

SÓCRATES

E bem fizeste em lembrar. Primeiro um proêmio, penso, que é como se deve começar um discurso; a isso é que chamas — não é verdade? — as finuras da arte. [266e]

FEDRO

Sim.

SÓCRATES

Em segundo lugar uma exposição com apoio de testemunhos, em terceiro os indícios, em quarto as probabilidades; e também a comprovação, penso eu, e o suplemento de comprovação, pelo menos no dizer do homem de Bizâncio, este excelente burilador de discursos.

FEDRO

É do bom Teodoro[65] que estás falando? [267a]

SÓCRATES

Que importa? E ainda a refutação e o suplemento de refutação, como se devem fazer tanto na acusação como na defesa. E o belíssimo Eveno de Paros[66] não o traremos à liça?

---

[65] Teodoro de Bizâncio (V-IV a.C.), referido por Aristóteles na *Retórica* (II, 23, 29; sobretudo III, 13, 5).

[66] Nomeado na *Apologia*, a par de Górgias e Hípias, como detentor do saber que lhe permite, mediante pagamento, ensinar a virtude aos homens (19d-20c), o sofista e poeta Eveno (V-IV a.C.) reaparece no *Fédon* (60d) em conversa com Cebes acerca do inaudito interesse de Sócrates, na prisão, pela composição poética.

ὃς ὑποδήλωσίν τε πρῶτος ηὗρεν καὶ παρεπαίνους — οἱ δ᾽ αὐτὸν καὶ παραψόγους φασὶν ἐν μέτρῳ λέγειν μνήμης χάριν — σοφὸς γὰρ ἁνήρ. Τεισίαν δὲ Γοργίαν τε ἐάσομεν εὕδειν, οἳ πρὸ τῶν ἀληθῶν τὰ εἰκότα εἶδον ὡς τιμητέα μᾶλλον, τά τε αὖ σμικρὰ μεγάλα καὶ τὰ μεγάλα σμικρὰ φαίνεσθαι ποιοῦσιν διὰ ῥώμην λόγου, [267b] καινά τε ἀρχαίως τά τ᾽ ἐναντία καινῶς, συντομίαν τε λόγων καὶ ἄπειρα μήκη περὶ πάντων ἀνηῦρον; ταῦτα δὲ ἀκούων ποτέ μου Πρόδικος ἐγέλασεν, καὶ μόνος αὐτὸς ηὑρηκέναι ἔφη ὧν δεῖ λόγων τέχνην· δεῖν δὲ οὔτε μακρῶν οὔτε βραχέων ἀλλὰ μετρίων.

ΦΑΙΔΡΟΣ

σοφώτατά γε, ὦ Πρόδικε.

ΣΩΚΡΑΤΗΣ

Ἱππίαν δὲ οὐ λέγομεν; οἶμαι γὰρ ἂν σύμψηφον αὐτῷ καὶ τὸν Ἠλεῖον ξένον γενέσθαι.

ΦΑΙΔΡΟΣ

τί δ᾽ οὔ;

Foi ele quem primeiro descobriu a insinuação e os elementos indiretos — e uns dizem que as censuras indiretas ele pôs em versos mnemotécnicos, pois é um sábio o homem. E Tísias[67] e Górgias, vamos deixá-los dormir, eles que preferentemente ao verídico viram o provável como o que mais se deve honrar; que então o pequeno fazem aparecer grande e o grande pequeno por força da palavra; [267b] que o novo revestem com o arcaico e o seu contrário com o novo; e que tanto uma concisão discursiva quanto um alongamento indefinido sobre todo assunto descobriram? Isto ouvindo de mim certa vez, Pródico[68] sorriu e disse que só ele tinha descoberto quais discursos requer a arte; que ela os requer nem longos nem breves, mas comedidos.

FEDRO

Sabedoria máxima a de Pródico!

SÓCRATES

E de Hípias[69] não falamos? Penso que votaria com Pródico o nosso hóspede de Élis.

FEDRO

Por que não?

---

[67] Mestre de Retórica (V a.C.), de quem Lísias e Górgias foram discípulos.

[68] Pródico de Ceos (V-IV a.C.) foi um importante sofista, referido por Platão em muitos diálogos, nomeadamente *Apologia* (19e), *Crátilo* (384b), *Eutidemo* (277e), *Hípias maior* (282c) e *Protágoras* (315d), notável pelo seu ensinamento sobre a "correção dos nomes" (ὀρθοέπεια).

[69] Hípias de Élis (V a.C.), importante sofista, a quem Platão dedicou dois diálogos com o seu nome. Frequentemente vítima do sarcasmo do Mestre da Academia, distingue-se dos outros sofistas pelo seu tom solene e pela inclusão de temáticas científicas no seu currículo de estudos (*Protágoras*, 315c, 318d-e).

ΣΩΚΡΑΤΗΣ

τὰ δὲ Πώλου πῶς φράσωμεν αὖ μουσεῖα λόγων — ὡς [267c] διπλασιολογίαν καὶ γνωμολογίαν καὶ εἰκονολογίαν — ὀνομάτων τε Λικυμνίων ἃ ἐκείνῳ ἐδωρήσατο πρὸς ποίησιν εὐεπείας;

ΦΑΙΔΡΟΣ

Πρωταγόρεια δέ, ὦ Σώκρατες, οὐκ ἦν μέντοι τοιαῦτ᾽ ἄττα;

ΣΩΚΡΑΤΗΣ

ὀρθοέπειά γέ τις, ὦ παῖ, καὶ ἄλλα πολλὰ καὶ καλά. τῶν γε μὴν οἰκτρογόων ἐπὶ γῆρας καὶ πενίαν ἑλκομένων λόγων κεκρατηκέναι τέχνῃ μοι φαίνεται τὸ τοῦ Χαλκηδονίου σθένος, ὀργίσαι τε αὖ πολλοὺς ἅμα δεινὸς ἀνὴρ [267d] γέγονεν, καὶ πάλιν ὠργισμένοις ἐπᾴδων κηλεῖν, ὡς ἔφη· διαβάλλειν τε καὶ ἀπολύσασθαι διαβολὰς ὁθενδὴ κράτιστος. τὸ δὲ δὴ τέλος τῶν λόγων κοινῇ πᾶσιν ἔοικε συνδεδογμένον εἶναι, ᾧ τινες μὲν ἐπάνοδον, ἄλλοι δ᾽ ἄλλο τίθενται ὄνομα.

SÓCRATES

E quanto a Polos,[70] que diremos então do seu museu de fórmulas discursivas, como [267c] a expressão redobrada, a sentenciosa, a imagética? E ainda o seu vocabulário de Licínio, presente que este lhe deu para a boa linguagem?

FEDRO

Mas não é de Protágoras,[71] ó Sócrates, que havia algum estudo desse tipo?

SÓCRATES

Uma correta linguagem, menino, e muitas outras belezas. E quanto aos discursos gemidos, sobre velhice e pobreza arrastados, quem domina nesta arte é a meu ver o colosso de Calcedônia,[72] homem terrível, ao mesmo tempo capaz de enfurecer uma multidão [267d] e em seguida com seus encantamentos acalmar sua fúria, como disse; e tanto para caluniar como para destruir calúnias de onde quer que venham, poderosíssimo. E quanto ao término dos discursos parece que em comum todos decidiram qual seja, mas uns o chamam de recapitulação e outros lhe dão outro nome.

---

[70] Polos de Agrigento (V a.C.) foi discípulo de Górgias, tendo sido referido por Aristóteles (*Metafísica*, I, 1, 981a4-5) pela sua associação da "experiência" à "arte" (τέχνη). É examinado e refutado por Sócrates no *Górgias* (461b-481b), que aí defende a tese segundo a qual a retórica não é uma arte, mas mera "adulação". No mesmo sentido vão as comparações com a medicina, a tragédia e a música, a seguir desenvolvidas.

[71] Considerado o mais famoso dos sofistas, Protágoras (V a.C.) ocupa o foco da pesquisa platônica no diálogo *Protágoras*; seu nome é empregado também na primeira parte do *Teeteto* (152-79) para suportar a defesa de teses sensistas, relativistas e infalibilistas, que Platão precisa refutar para defender a concepção de "dialética" que propõe no *Sofista*.

[72] Trasímaco (ver nota 57).

ΦΑΙΔΡΟΣ

τὸ ἐν κεφαλαίῳ ἕκαστα λέγεις ὑπομνῆσαι ἐπὶ τελευτῆς τοὺς ἀκούοντας περὶ τῶν εἰρημένων;

ΣΩΚΡΑΤΗΣ

ταῦτα λέγω, καὶ εἴ τι σὺ ἄλλο ἔχεις εἰπεῖν λόγων τέχνης πέρι.

ΦΑΙΔΡΟΣ

σμικρά γε καὶ οὐκ ἄξια λέγειν. [268a]

ΣΩΚΡΑΤΗΣ

ἐῶμεν δὴ τά γε σμικρά· ταῦτα δὲ ὑπ᾽ αὐγὰς μᾶλλον ἴδωμεν, τίνα καὶ πότ᾽ ἔχει τὴν τῆς τέχνης δύναμιν.

ΦΑΙΔΡΟΣ

καὶ μάλα ἐρρωμένην, ὦ Σώκρατες, ἔν γε δὴ πλήθους συνόδοις.

ΣΩΚΡΑΤΗΣ

ἔχει γάρ. ἀλλ᾽, ὦ δαιμόνιε, ἰδὲ καὶ σὺ εἰ ἄρα καὶ σοὶ φαίνεται διεστηκὸς αὐτῶν τὸ ἦτριον ὥσπερ ἐμοί.

ΦΑΙΔΡΟΣ

δείκνυε μόνον.

ΣΩΚΡΑΤΗΣ

εἰπὲ δή μοι· εἴ τις προσελθὼν τῷ ἑταίρῳ σου Ἐρυξιμάχῳ ἢ τῷ πατρὶ αὐτοῦ Ἀκουμενῷ εἴποι ὅτι 'ἐγὼ ἐπίσταμαι τοιαῦτ᾽ ἄττα σώμασι προσφέρειν, ὥστε θερμαίνειν [268b] τ᾽ ἐὰν βούλωμαι καὶ ψύχειν, καὶ ἐὰν μὲν δόξῃ μοι, ἐμεῖν ποιεῖν, ἐὰν δ᾽ αὖ, κάτω διαχωρεῖν, καὶ ἄλλα πάμπολλα τοιαῦτα· καὶ ἐπιστάμενος αὐτὰ ἀξιῶ

FEDRO

Falas do resumo em que no fim o orador lembra aos ouvintes cada ponto do que foi dito.

SÓCRATES

É disso que falo. E se tens algo mais a dizer ainda sobre a arte dos discursos...

FEDRO

Ah, ninharias, e que não valem menção. [268a]

SÓCRATES

Deixemos então as ninharias; mas estas coisas que eu disse, vejamos com mais clareza qual é e quando elas têm o poder da arte.

FEDRO

Um poder bem forte, Sócrates, pelo menos nas reuniões populares.

SÓCRATES

Têm, sim. Mas, ó divino, vê também tu se acaso não te parece, como a mim, que o seu tecido é esgarçado.

FEDRO

Mostra-me.

SÓCRATES

Dize-me então: se alguém chegasse ao teu amigo Eriximaco ou ao pai dele Acúmeno e lhe dissesse: "Eu sei tais coisas aplicar aos corpos que eles aquecem [268b] ou esfriam como eu queira, ou ainda, se me der vontade, faço-os vomitar ou evacuar; e muitos efeitos assim. E por saber isso estimo que sou capaz de curar e de tornar capaz um outro a

ἰατρικὸς εἶναι καὶ ἄλλον ποιεῖν ᾧ ἂν τὴν τούτων ἐπιστήμην παραδῶ,' τί ἂν οἴει ἀκούσαντας εἰπεῖν;

ΦΑΙΔΡΟΣ

τί δ' ἄλλο γε ἢ ἐρέσθαι εἰ προσεπίσταται καὶ οὕστινας δεῖ καὶ ὁπότε ἕκαστα τούτων ποιεῖν, καὶ μέχρι ὁπόσου;

ΣΩΚΡΑΤΗΣ

εἰ οὖν εἴποι ὅτι 'οὐδαμῶς· ἀλλ' ἀξιῶ τὸν ταῦτα [268c] παρ' ἐμοῦ μαθόντα αὐτὸν οἷόν τ' εἶναι ποιεῖν ἃ ἐρωτᾷς;'

ΦΑΙΔΡΟΣ

εἰπεῖν ἂν οἶμαι ὅτι μαίνεται ἄνθρωπος, καὶ ἐκ βιβλίου ποθὲν ἀκούσας ἢ περιτυχὼν φαρμακίοις ἰατρὸς οἴεται γεγονέναι, οὐδὲν ἐπαΐων τῆς τέχνης.

ΣΩΚΡΑΤΗΣ

τί δ' εἰ Σοφοκλεῖ αὖ προσελθὼν καὶ Εὐριπίδῃ τις λέγοι ὡς ἐπίσταται περὶ σμικροῦ πράγματος ῥήσεις παμμήκεις ποιεῖν καὶ περὶ μεγάλου πάνυ σμικράς, ὅταν τε βούληται οἰκτράς, καὶ τοὐναντίον αὖ φοβερὰς καὶ ἀπειλητικὰς ὅσα τ' [268d] ἄλλα τοιαῦτα, καὶ διδάσκων αὐτὰ τραγῳδίας ποίησιν οἴεται παραδιδόναι;

ΦΑΙΔΡΟΣ

καὶ οὗτοι ἄν, ὦ Σώκρατες, οἶμαι καταγελῷεν εἴ τις οἴεται τραγῳδίαν ἄλλο τι εἶναι ἢ τὴν τούτων σύστασιν πρέπουσαν ἀλλήλοις τε καὶ τῷ ὅλῳ συνισταμένην.

quem eu transmita o conhecimento dessas coisas"; que pensas que diriam os que o tivessem ouvido?

FEDRO

Que outra coisa senão que perguntariam se, além disso, ele sabe também quais os que deve tratar, e quando fazer cada uma dessas coisas, e até que ponto?

SÓCRATES

Se ele então respondesse: "De modo nenhum; entretanto, eu estimo que quem [268c] de mim aprendeu é qualificado no que perguntas".

FEDRO

Diriam, imagino, que o homem está louco e que, por ter de algum livro ouvido falar ou casualmente ter-se deparado com alguns remédios, ele se imagina um médico, sem nada conhecer da arte.

SÓCRATES

E se a Sófocles então alguém chegasse, ou a Eurípides, e lhes dissesse que sabe sobre pequena matéria compor bem longas frases e sobre grande bem curtas, e lastimosas quando quisesse assim como, ao contrário, terríveis e ameaçadoras, e tudo [268d] mais assim; e que ensinando isso ele imagina transmitir composição trágica?

FEDRO

Também estes, Sócrates, penso que se ririam de quem imagina que tragédia é outra coisa que não arranjo desses elementos, que à relação de uns com os outros e à composição do todo convém.

ΣΩΚΡΑΤΗΣ

ἀλλ᾽ οὐκ ἂν ἀγροίκως γε οἶμαι λοιδορήσειαν, ἀλλ᾽ ὥσπερ ἂν μουσικὸς ἐντυχὼν ἀνδρὶ οἰομένῳ ἁρμονικῷ εἶναι, ὅτι δὴ τυγχάνει ἐπιστάμενος ὡς οἷόν τε ὀξυτάτην καὶ βαρυτάτην [268e] χορδὴν ποιεῖν, οὐκ ἀγρίως εἴποι ἄν· 'ὦ μοχθηρέ, μελαγχολᾷς,' ἀλλ᾽ ἅτε μουσικὸς ὢν πρᾳότερον ὅτι 'ὦ ἄριστε, ἀνάγκη μὲν καὶ ταῦτ᾽ ἐπίστασθαι τὸν μέλλοντα ἁρμονικὸν ἔσεσθαι, οὐδὲν μὴν κωλύει μηδὲ σμικρὸν ἁρμονίας ἐπαΐειν τὸν τὴν σὴν ἕξιν ἔχοντα· τὰ γὰρ πρὸ ἁρμονίας ἀναγκαῖα μαθήματα ἐπίστασαι ἀλλ᾽ οὐ τὰ ἁρμονικά.'

ΦΑΙΔΡΟΣ

ὀρθότατά γε. [269a]

ΣΩΚΡΑΤΗΣ

οὐκοῦν καὶ ὁ Σοφοκλῆς τόν σφισιν ἐπιδεικνύμενον τὰ πρὸ τραγῳδίας ἂν φαίη ἀλλ᾽ οὐ τὰ τραγικά, καὶ ὁ Ἀκουμενὸς τὰ πρὸ ἰατρικῆς ἀλλ᾽ οὐ τὰ ἰατρικά.

ΦΑΙΔΡΟΣ

παντάπασι μὲν οὖν.

ΣΩΚΡΑΤΗΣ

τί δὲ τὸν μελίγηρυν Ἄδραστον οἰόμεθα ἢ καὶ Περικλέα, εἰ ἀκούσειαν ὧν νυνδὴ ἡμεῖς διῇμεν τῶν

SÓCRATES

Mas não grosseiramente, penso eu, iriam eles censurá-lo, e sim fazer como um músico que se encontrasse com um homem convencido de ser harmonista por saber como fazer a corda emitir o mais agudo som e o mais grave, [268e] e que não lhe diria brutalmente, "Coitado, tens o miolo mole", mas ao contrário, como o músico, com mais brandura lhe falaria: "ó excelente, sem dúvida é necessário também isso conhecer o que pretende ser harmonista, mas nada impede que nem mesmo pouco entenda de harmonia o que tem a tua habilidade; pois o que antes da harmonia é necessário conhecer tu conheces, mas não as regras da harmonia".

FEDRO

Certíssimo, sim. [269a]

SÓCRATES

E também Sófocles, ao que diante deles assim expusesse, diria tratar-se do anterior à tragédia mas não da tragédia, e também Acúmeno, do anterior à medicina mas não da medicina.

FEDRO

Perfeitamente.

SÓCRATES

E que pensamos do melissonante Adrasto[73] ou então de Péricles,[74] se ouvissem o que agora percorríamos dos belíssi-

---

[73] Referência irônica a um alvo não conhecido, explorando um verso de Tirteu (frag. 9, 7, Bergk), possivelmente identificado com o orador Antifonte.

[74] O político ateniense Péricles é por vezes considerado um dos mais notáveis oradores gregos (269e), apesar das críticas que lhe são dirigidas por Platão (*Górgias*, 515d-516e; *Menêxeno*, 235e).

παγκάλων τεχνημάτων — βραχυλογιῶν τε καὶ εἰκονολογιῶν καὶ ὅσα ἄλλα διελθόντες ὑπ' αὐγὰς ἔφαμεν εἶναι σκεπτέα — πότερον [269b] χαλεπῶς ἂν αὐτούς, ὥσπερ ἐγώ τε καὶ σύ, ὑπ' ἀγροικίας ῥῆμά τι εἰπεῖν ἀπαίδευτον εἰς τοὺς ταῦτα γεγραφότας τε καὶ διδάσκοντας ὡς ῥητορικὴν τέχνην, ἢ ἅτε ἡμῶν ὄντας σοφωτέρους κἂν νῷν ἐπιπλῆξαι εἰπόντας· 'ὦ Φαῖδρέ τε καὶ Σώκρατες, οὐ χρὴ χαλεπαίνειν ἀλλὰ συγγιγνώσκειν, εἴ τινες μὴ ἐπιστάμενοι διαλέγεσθαι ἀδύνατοι ἐγένοντο ὁρίσασθαι τί ποτ' ἔστιν ῥητορική, ἐκ δὲ τούτου τοῦ πάθους τὰ πρὸ τῆς τέχνης ἀναγκαῖα μαθήματα ἔχοντες ῥητορικὴν ᾠήθησαν [269c] ηὑρηκέναι, καὶ ταῦτα δὴ διδάσκοντες ἄλλους ἡγοῦνταί σφισιν τελέως ῥητορικὴν δεδιδάχθαι, τὸ δὲ ἕκαστα τούτων πιθανῶς λέγειν τε καὶ τὸ ὅλον συνίστασθαι, οὐδὲν ἔργον ὄν, αὐτοὺς δεῖν παρ' ἑαυτῶν τοὺς μαθητὰς σφῶν πορίζεσθαι ἐν τοῖς λόγοις'.

ΦΑΙΔΡΟΣ

ἀλλὰ μήν, ὦ Σώκρατες, κινδυνεύει γε τοιοῦτόν τι εἶναι τὸ τῆς τέχνης ἣν οὗτοι οἱ ἄνδρες ὡς ῥητορικὴν διδάσκουσίν τε καὶ γράφουσιν, καὶ ἔμοιγε δοκεῖς ἀληθῆ εἰρηκέναι· ἀλλὰ δὴ τὴν τοῦ τῷ ὄντι ῥητορικοῦ τε καὶ πιθανοῦ [269d] τέχνην πῶς καὶ πόθεν ἄν τις δύναιτο πορίσασθαι;

ΣΩΚΡΑΤΗΣ

τὸ μὲν δύνασθαι, ὦ Φαῖδρε, ὥστε ἀγωνιστὴν τέλεον γενέσθαι, εἰκός — ἴσως δὲ καὶ ἀναγκαῖον — ἔχειν ὥσπερ τἆλλα· εἰ μέν σοι ὑπάρχει φύσει ῥητορικῷ εἶναι, ἔσῃ ῥήτωρ ἐλλόγιμος, προσλαβὼν ἐπιστήμην τε καὶ μελέτην, ὅτου δ' ἂν ἐλλείπῃς τούτων, ταύτῃ ἀτελὴς ἔσῃ.

mos artifícios, as expressões concisas e as figuradas, e quanto mais depois dizíamos que se devia examinar em plena luz? Porventura [269b] com impaciência eles diriam, como eu e tu por rusticidade, alguma palavra indelicada aos que isto escreveram e ensinaram como arte retórica? Ou antes, por serem mais sábios, eles nos tocariam dizendo: "Ó Fedro e Sócrates, não se deve ter impaciência, mas sim indulgência com os que, não conhecendo a dialética, foram incapazes de definir o que é retórica e por efeito disto imaginaram, tendo os conhecimentos que antes da arte são necessários, que haviam descoberto a retórica, [269c] e ensinando estes conhecimentos julgam que por eles foi ensinada com perfeição a retórica, e que o falar convincentemente de cada um desses tópicos e com eles compor o todo é um trabalho de nada, devendo os próprios discípulos por si mesmos conseguir os seus discursos?".

FEDRO

Pois na verdade, ó Sócrates, arrisca ser algo assim o que de arte estes homens ensinam e escrevem como retórica, e me parece que disseste; mas então a arte do que realmente é retórico e convincente, [269d] como e onde poderia alguém consegui-la?

SÓCRATES

O poder alguém, ó Fedro, tornar-se um perfeito agonista[75] dá-se aqui provavelmente — e talvez necessariamente — como em tudo mais: se é de tua natureza ser retórico, serás orador famoso se a isto acrescentares ciência e exercício; mas se qualquer destas condições te faltar, serás um orador im-

---

[75] "Agonista" designa, na Grécia antiga, o atleta ou lutador que tomava parte nos jogos; aqui, "perfeito agonista" designa o orador exímio, alguém capaz de lutar também por meio da palavra.

ὅσον δὲ αὐτοῦ τέχνη, οὐχ ᾗ Λυσίας τε καὶ Θρασύμαχος πορεύεται δοκεῖ μοι φαίνεσθαι ἡ μέθοδος.

ΦΑΙΔΡΟΣ

ἀλλὰ πῇ δή; [269e]

ΣΩΚΡΑΤΗΣ

κινδυνεύει, ὦ ἄριστε, εἰκότως ὁ Περικλῆς πάντων τελεώτατος εἰς τὴν ῥητορικὴν γενέσθαι.

ΦΑΙΔΡΟΣ

τί δή;

ΣΩΚΡΑΤΗΣ

πᾶσαι ὅσαι μεγάλαι τῶν τεχνῶν προσδέονται [270a] ἀδολεσχίας καὶ μετεωρολογίας φύσεως πέρι· τὸ γὰρ ὑψηλόνουν τοῦτο καὶ πάντῃ τελεσιουργὸν ἔοικεν ἐντεῦθέν ποθεν εἰσιέναι. ὃ καὶ Περικλῆς πρὸς τῷ εὐφυὴς εἶναι ἐκτήσατο· προσπεσὼν γὰρ οἶμαι τοιούτῳ ὄντι Ἀναξαγόρᾳ, μετεωρολογίας ἐμπλησθεὶς καὶ ἐπὶ φύσιν νοῦ τε καὶ διανοίας ἀφικόμενος, ὧν δὴ πέρι τὸν πολὺν λόγον ἐποιεῖτο Ἀναξαγόρας, ἐντεῦθεν εἵλκυσεν ἐπὶ τὴν τῶν λόγων τέχνην τὸ πρόσφορον αὐτῇ.

perfeito. E quanto à arte desse poder, não é por onde Lísias e Trasímaco caminham que me parece surgir o método.

FEDRO

Mas por onde então? [269e]

SÓCRATES

Há risco, ó excelente, de que provavelmente foi Péricles de todos o mais perfeito orador.

FEDRO

Por quê?

SÓCRATES

Todas as artes que são grandes ainda precisam [270a] de muita conversa e alta divagação sobre a natureza; pois esta sublimidade de pensamento e perfeição de trabalho parece que é daí que advêm. E foi o que Péricles, de acréscimo ao seu natural talento, adquiriu; pois tendo caído, penso, no caminho de Anaxágoras,[76] que era um homem assim, de alta divagação ele se encheu, e à natureza da mente e do que não é mente chegou, sobre o que justamente fazia Anáxagoras o seu abundante discurso, e daí é que tirou para a arte dos seus discursos o que era apropriado.

---

[76] Anaxágoras de Clazômenas (V a.C.) é o fisiólogo grego de quem nos chegaram os primeiros discursos em prosa *Peri Physeôs* ("Sobre a Natureza"; ver *Apologia*, 26d-e). É diversas vezes citado por Platão e, em particular, criticado no *Fédon* (97b ss.) por ter separado o *Nous*, considerando-o "a causa de todas as coisas e o ordenador do cosmos" (*diakosmôn*: 97c), visando ao bem (ou seja, à explicação pela causa final), para cair depois nas velhas explicações dos fisiólogos ("pelo ar, pelo éter, pela água" etc.: 98b-c). Também Aristóteles lhe faz detida menção (*Física*, I, 4), mostrando derivar dele a explicação das coisas pelos seus componentes infinitamente divisíveis, e isolando a tese capital do materialismo, segundo a qual "cada coisa é o que nela predomina" (*Física*, I, 4, 1087b5: DK59B12: última linha).

ΦΑΙΔΡΟΣ

πῶς τοῦτο λέγεις; [270b]

ΣΩΚΡΑΤΗΣ

ὁ αὐτός που τρόπος τέχνης ἰατρικῆς ὅσπερ καὶ ῥητορικῆς.

ΦΑΙΔΡΟΣ

πῶς δή;

ΣΩΚΡΑΤΗΣ

ἐν ἀμφοτέραις δεῖ διελέσθαι φύσιν, σώματος μὲν ἐν τῇ ἑτέρᾳ, ψυχῆς δὲ ἐν τῇ ἑτέρᾳ, εἰ μέλλεις, μὴ τριβῇ μόνον καὶ ἐμπειρίᾳ ἀλλὰ τέχνῃ, τῷ μὲν φάρμακα καὶ τροφὴν προσφέρων ὑγίειαν καὶ ῥώμην ἐμποιήσειν, τῇ δὲ λόγους τε καὶ ἐπιτηδεύσεις νομίμους πειθὼ ἣν ἂν βούλῃ καὶ ἀρετὴν παραδώσειν.

ΦΑΙΔΡΟΣ

τὸ γοῦν εἰκός, ὦ Σώκρατες, οὕτως. [270c]

ΣΩΚΡΑΤΗΣ

ψυχῆς οὖν φύσιν ἀξίως λόγου κατανοῆσαι οἴει δυνατὸν εἶναι ἄνευ τῆς τοῦ ὅλου φύσεως;

ΦΑΙΔΡΟΣ

εἰ μὲν Ἱπποκράτει γε τῷ τῶν Ἀσκληπιαδῶν δεῖ τι πιθέσθαι, οὐδὲ περὶ σώματος ἄνευ τῆς μεθόδου ταύτης.

FEDRO

Que queres dizer com isso? [270b]

SÓCRATES

O mesmo, sem dúvida, é o modo de proceder na arte médica e na retórica.

FEDRO

Mas como?

SÓCRATES

Em ambas carece distinguir natureza, de corpo, na primeira, e de alma, na segunda, se vais, não apenas com rotina e experiência, mas com arte, a um remédios e regime aplicar e assim saúde e vigor nele produzir, e à outra, discursos e ocupações conforme a lei, e assim transmitir-lhe a convicção e virtude que quiseres.

FEDRO

É pelo menos verossímil, Sócrates, que assim seja. [270c]

SÓCRATES

Mas a natureza da alma, pensas que é possível concebê-la sem a natureza do todo?

FEDRO

Ora, se em Hipócrates e nos Asclepíadas[77] se deve confiar, nem mesmo do corpo se pode tratar sem este método.

---

[77] "Asclepíada" é o título usado por diversos médicos gregos, na Antiguidade, nomeadamente pelo patrono dos médicos, Hipócrates de Cós (460-370 a.C.).

ΣΩΚΡΑΤΗΣ

καλῶς γάρ, ὦ ἑταῖρε, λέγει· χρὴ μέντοι πρὸς τῷ Ἱπποκράτει τὸν λόγον ἐξετάζοντα σκοπεῖν εἰ συμφωνεῖ.

ΦΑΙΔΡΟΣ

φημί.

ΣΩΚΡΑΤΗΣ

τὸ τοίνυν περὶ φύσεως σκόπει τί ποτε λέγει Ἱπποκράτης τε καὶ ὁ ἀληθὴς λόγος. ἆρ᾽ οὐχ ὧδε δεῖ διανοεῖσθαι [270d] περὶ ὁτουοῦν φύσεως· πρῶτον μέν, ἁπλοῦν ἢ πολυειδές ἐστιν οὗ πέρι βουλησόμεθα εἶναι αὐτοὶ τεχνικοὶ καὶ ἄλλον δυνατοὶ ποιεῖν, ἔπειτα δέ, ἂν μὲν ἁπλοῦν ᾖ, σκοπεῖν τὴν δύναμιν αὐτοῦ, τίνα πρὸς τί πέφυκεν εἰς τὸ δρᾶν ἔχον ἢ τίνα εἰς τὸ παθεῖν ὑπὸ τοῦ, ἐὰν δὲ πλείω εἴδη ἔχῃ, ταῦτα ἀριθμησάμενον, ὅπερ ἐφ᾽ ἑνός, τοῦτ᾽ ἰδεῖν ἐφ᾽ ἑκάστου, τῷ τί ποιεῖν αὐτὸ πέφυκεν ἢ τῷ τί παθεῖν ὑπὸ τοῦ;

ΦΑΙΔΡΟΣ

κινδυνεύει, ὦ Σώκρατες.

ΣΩΚΡΑΤΗΣ

ἡ γοῦν ἄνευ τούτων μέθοδος ἐοίκοι ἂν ὥσπερ [270e] τυφλοῦ πορείᾳ. ἀλλ᾽ οὐ μὴν ἀπεικαστέον τόν γε τέχνῃ μετιόντα ὁτιοῦν τυφλῷ οὐδὲ κωφῷ, ἀλλὰ δῆλον ὡς, ἄν τῴ τις τέχνῃ λόγους διδῷ, τὴν οὐσίαν δείξει ἀκριβῶς τῆς φύσεως τούτου πρὸς ὃ τοὺς λόγους προσοίσει· ἔσται δέ που ψυχὴ τοῦτο.

ΦΑΙΔΡΟΣ

τί μήν; [271a]

SÓCRATES

E belamente ele o diz, companheiro. É preciso entretanto, além de Hipócrates, inquirir a razão e se ela é consonante com o seu dizer.

FEDRO

Sim.

SÓCRATES

No que portanto concerne à natureza, examina o que é bem o que diz Hipócrates e a razão. Porventura não é assim que se deve refletir [270d] sobre a natureza do que quer que seja? Primeiro, é simples ou multiforme aquilo de que pretendemos ser nós mesmos técnicos e em outro ser capazes de fazer o mesmo? Depois, se for simples, examinar a sua potência, qual a que por natureza ele tem com relação a quê para o agir, ou qual para sofrer por ação de quê? Se, porém, for de muitas formas, enumerá-las e justamente o que se viu na forma única ver agora em cada uma, por que é de sua natureza fazer o quê, ou sofrer o quê, por ação de quê?

FEDRO

É bem possível, Sócrates.

SÓCRATES

O certo em todo caso é que sem isso o método teria aparência [270e] de um caminhar de cego. Ora, não deve o que procede com arte em qualquer pesquisa imaginar como um cego ou um surdo; e é claro que, se com arte alguém ensinar eloquência, mostrará exatamente em sua essência a natureza disso a que o ensinado aplicará os seus discursos. E será isso, sem dúvida, a alma.

FEDRO

Como não? [271a]

ΣΩΚΡΑΤΗΣ

οὐκοῦν ἡ ἅμιλλα αὐτῷ τέταται πρὸς τοῦτο πᾶσα· πειθὼ γὰρ ἐν τούτῳ ποιεῖν ἐπιχειρεῖ. ἦ γάρ;

ΦΑΙΔΡΟΣ

ναί.

ΣΩΚΡΑΤΗΣ

δῆλον ἄρα ὅτι ὁ Θρασύμαχός τε καὶ ὃς ἂν ἄλλος σπουδῇ τέχνην ῥητορικὴν διδῷ, πρῶτον πάσῃ ἀκριβείᾳ γράψει τε καὶ ποιήσει ψυχὴν ἰδεῖν, πότερον ἓν καὶ ὅμοιον πέφυκεν ἢ κατὰ σώματος μορφὴν πολυειδές· τοῦτο γάρ φαμεν φύσιν εἶναι δεικνύναι.

ΦΑΙΔΡΟΣ

παντάπασι μὲν οὖν.

ΣΩΚΡΑΤΗΣ

δεύτερον δέ γε, ὅτῳ τί ποιεῖν ἢ παθεῖν ὑπὸ τοῦ πέφυκεν.

ΦΑΙΔΡΟΣ

τί μήν; [271b]

ΣΩΚΡΑΤΗΣ

τρίτον δὲ δὴ διαταξάμενος τὰ λόγων τε καὶ ψυχῆς γένη καὶ τὰ τούτων παθήματα δίεισι πάσας αἰτίας, προσαρμόττων ἕκαστον ἑκάστῳ καὶ διδάσκων οἵα οὖσα ὑφ᾽ οἵων λόγων δι᾽ ἣν αἰτίαν ἐξ ἀνάγκης ἡ μὲν πείθεται, ἡ δὲ ἀπειθεῖ.

ΦΑΙΔΡΟΣ

κάλλιστα γοῦν ἄν, ὡς ἔοικ᾽, ἔχοι οὕτως.

SÓCRATES

Portanto, o esforço dele é todo dirigido para isso; pois é persuasão que nisso ele tenta produzir. Ou não?

FEDRO

Sim.

SÓCRATES

É claro, portanto, que Trasímaco ou qualquer outro que seriamente ensinar arte retórica, primeiro, com toda exatidão descreverá e fará ver a alma, se é de natureza algo único e homogêneo ou, à maneira de um corpo, multiforme; pois isso é o que dizemos que é mostrar uma natureza.

FEDRO

Perfeitamente, sim.

SÓCRATES

Em segundo lugar: por que lhe é natural fazer o quê, ou sofrer por ação de quê?

FEDRO

Como não? [271b]

SÓCRATES

E, enfim, em terceiro: tendo disposto os gêneros de discurso e de alma assim como as suas afecções, ele percorrerá as causas, adaptando cada um a cada uma, e ensinando qual sendo a alma sob o efeito de quais discursos, por que causa esta é persuadida e esta não.

FEDRO

Belíssimo em todo caso seria, parece, que assim fosse.

ΣΩΚΡΑΤΗΣ

οὔτοι μὲν οὖν, ὦ φίλε, ἄλλως ἐνδεικνύμενον ἢ λεγόμενον τέχνῃ ποτὲ λεχθήσεται ἢ γραφήσεται οὔτε τι [271c] ἄλλο οὔτε τοῦτο. ἀλλ' οἱ νῦν γράφοντες, ὧν σὺ ἀκήκοας, τέχνας λόγων πανοῦργοί εἰσιν καὶ ἀποκρύπτονται, εἰδότες ψυχῆς πέρι παγκάλως· πρὶν ἂν οὖν τὸν τρόπον τοῦτον λέγωσί τε καὶ γράφωσι, μὴ πειθώμεθα αὐτοῖς τέχνῃ γράφειν.

ΦΑΙΔΡΟΣ

τίνα τοῦτον;

ΣΩΚΡΑΤΗΣ

αὐτὰ μὲν τὰ ῥήματα εἰπεῖν οὐκ εὐπετές· ὡς δὲ δεῖ γράφειν, εἰ μέλλει τεχνικῶς ἔχειν καθ' ὅσον ἐνδέχεται, λέγειν ἐθέλω.

ΦΑΙΔΡΟΣ

λέγε δή.

ΣΩΚΡΑΤΗΣ

ἐπειδὴ λόγου δύναμις τυγχάνει ψυχαγωγία οὖσα, [271d] τὸν μέλλοντα ῥητορικὸν ἔσεσθαι ἀνάγκη εἰδέναι ψυχὴ ὅσα εἴδη ἔχει. ἔστιν οὖν τόσα καὶ τόσα, καὶ τοῖα καὶ τοῖα, ὅθεν οἱ μὲν τοιοίδε, οἱ δὲ τοιοίδε γίγνονται· τούτων δὲ δὴ οὕτω διῃρημένων, λόγων αὖ τόσα καὶ τόσα ἔστιν εἴδη, τοιόνδε ἕκαστον. οἱ μὲν οὖν τοιοίδε ὑπὸ τῶν τοιῶνδε λόγων διὰ τήνδε τὴν αἰτίαν ἐς τὰ τοιάδε εὐπειθεῖς, οἱ δὲ τοιοίδε διὰ τάδε δυσπειθεῖς· δεῖ δὴ ταῦτα ἱκανῶς νοήσαντα, μετὰ ταῦτα θεώμενον αὐτὰ ἐν ταῖς πράξεσιν ὄντα τε καὶ

SÓCRATES

Jamais portanto, ó amigo, de outro modo exibido ou discorrido, com arte jamais se dirá nem se escreverá nenhum [271c] [sobre] outro [assunto] nem [sobre] este. Mas os que agora escrevem artes discursivas, os quais tu ouviste falar, são uns ladinos e dissimulam, sabendo muito bem o que concerne à alma. Antes, portanto, que desse modo falem ou escrevam, não deixemos persuadir-nos que escrevem com arte.

FEDRO

Que modo é esse?

SÓCRATES

Quanto às próprias frases, dizê-las não cai bem; mas como se deve escrever para que seja o quanto possível com arte, é o que pretendo dizer.

FEDRO

Diz então.

SÓCRATES

Desde que o poder da fala vem a ser um direcionamento da alma,[78] [271d] aquele que se destina a ser um orador necessariamente deve saber quantas formas a alma tem; elas são tantas e tantas, e de tal e tal espécie, e daí é que estas se tornam de tal natureza, aquelas de tal outra. E estas formas então assim distinguidas, é a vez dos discursos; tantas e tantas são as suas formas e tal é cada uma; tais homens portanto, sob o efeito de tais discursos, por esta determinada causa, a tais convicções facilmente se deixam levar, ao passo que tais outros, por tais precisos motivos, dificilmente se deixam. É preciso então, estas distinções tendo suficientemente pensado, e depois considerando o que elas são na prática e enquan-

---

[78] Ver 261a.

πραττόμενα, [271e] ὀξέως τῇ αἰσθήσει δύνασθαι ἐπακολουθεῖν, ἢ μηδὲν εἶναί πω πλέον αὐτῷ ὧν τότε ἤκουεν λόγων συνών. ὅταν δὲ εἰπεῖν τε ἱκανῶς ἔχῃ οἷος ὑφ' οἵων πείθεται, παραγιγνόμενόν τε δυνατὸς ᾖ διαισθανόμενος ἑαυτῷ ἐνδείκνυσθαι ὅτι [272a] οὗτός ἐστι καὶ αὕτη ἡ φύσις περὶ ἧς τότε ἦσαν οἱ λόγοι, νῦν ἔργῳ παροῦσά οἱ, ᾗ προσοιστέον τούσδε ὧδε τοὺς λόγους ἐπὶ τὴν τῶνδε πειθώ, ταῦτα δ' ἤδη πάντα ἔχοντι, προσλαβόντι καιροὺς τοῦ πότε λεκτέον καὶ ἐπισχετέον, βραχυλογίας τε αὖ καὶ ἐλεινολογίας καὶ δεινώσεως ἑκάστων τε ὅσα ἂν εἴδη μάθῃ λόγων, τούτων τὴν εὐκαιρίαν τε καὶ ἀκαιρίαν διαγνόντι, καλῶς τε καὶ τελέως ἐστὶν ἡ τέχνη ἀπειργασμένη, πρότερον δ' οὔ· ἀλλ' ὅτι ἂν αὐτῶν τις [272b] ἐλλείπῃ λέγων ἢ διδάσκων ἢ γράφων, φῇ δὲ τέχνῃ λέγειν, ὁ μὴ πειθόμενος κρατεῖ. 'τί δὴ οὖν; φήσει ἴσως ὁ συγγραφεύς, ὦ Φαῖδρέ τε καὶ Σώκρατες, δοκεῖ οὕτως; μὴ ἄλλως πως ἀποδεκτέον λεγομένης λόγων τέχνης;'

ΦΑΙΔΡΟΣ

ἀδύνατόν που, ὦ Σώκρατες, ἄλλως· καίτοι οὐ σμικρόν γε φαίνεται ἔργον.

ΣΩΚΡΑΤΗΣ

ἀληθῆ λέγεις. τούτου τοι ἕνεκα χρὴ πάντας τοὺς λόγους ἄνω καὶ κάτω μεταστρέφοντα ἐπισκοπεῖν εἴ τίς πῃ [272c] ῥᾴων καὶ βραχυτέρα

to praticadas, [271e] com viva sensibilidade poder segui-las; senão, ainda nada ele sabe mais que os discursos que então ouvia, quando estudava. Quando, porém, estiver capacitado a dizer qual homem por quais discursos é persuadido, e, ao seu lado o tendo, for capaz de bem o sentir, e de a si mesmo demonstrar que [272a] é este o homem e esta a natureza de que então se falava nas lições, e que agora é realmente que ele está diante de si e que se deve ter esta linguagem, desta maneira, e em vista da persuasão nestes pontos; — para o que isso tudo já domina, e que acrescentou os momentos de falar e de abster-se, e que então da "fala concisa", da "fala piedosa", da "indignação" e quantas formas tenha aprendido de discursos, de tudo isso o oportuno e o inoportuno[79] soube distinguir, com beleza e perfeição está consumada a arte; antes disso, não. E se qualquer um destes pontos [272b] faltar ao que discursa, ensina ou escreve, e ele disser que escreve com arte, aquele que não se convencer é o que prevalece. E então, dirá talvez o nosso escritor: "é assim que vos parece, ó Fedro e Sócrates, ou de outro modo se deve admitir que é definida uma arte de falar?".

FEDRO

Impossível, sem dúvida, ó Sócrates, que seja de outro modo; e no entanto não parece uma pequena tarefa.

SÓCRATES

Verdade o que dizes. E por isso é que é preciso, revirando acima e abaixo todas as teorias, examinar se por algum lado [272c] surge algum mais fácil e mais curto caminho que

---

[79] Dionísio de Halicarnasso, em seu *De compositione verborum*, 12 (*Górgias*, DK82B13), reforça a ideia de que Górgias é supremo como improvisador, assinalando a sua tentativa (quanto a ele próprio falhada) de celebrar a importância da "oportunidade" (καιρός) na declamação dos discursos.

φαίνεται ἐπ᾽ αὐτὴν ὁδός, ἵνα μὴ μάτην πολλὴν ἀπίῃ καὶ τραχεῖαν, ἐξὸν ὀλίγην τε καὶ λείαν. ἀλλ᾽ εἴ τινά πῃ βοήθειαν ἔχεις ἐπακηκοὼς Λυσίου ἤ τινος ἄλλου, πειρῶ λέγειν ἀναμιμνῃσκόμενος.

ΦΑΙΔΡΟΣ

ἕνεκα μὲν πείρας ἔχοιμ᾽ ἄν, ἀλλ᾽ οὔτι νῦν γ᾽ οὕτως ἔχω.

ΣΩΚΡΑΤΗΣ

βούλει οὖν ἐγώ τιν᾽ εἴπω λόγον ὃν τῶν περὶ ταῦτά τινων ἀκήκοα;

ΦΑΙΔΡΟΣ

τί μήν;

ΣΩΚΡΑΤΗΣ

λέγεται γοῦν, ὦ Φαῖδρε, δίκαιον εἶναι καὶ τὸ τοῦ λύκου εἰπεῖν. [272d]

ΦΑΙΔΡΟΣ

καὶ σύ γε οὕτω ποίει.

ΣΩΚΡΑΤΗΣ

φασὶ τοίνυν οὐδὲν οὕτω ταῦτα δεῖν σεμνύνειν οὐδ᾽ ἀνάγειν ἄνω μακρὰν περιβαλλομένους· παντάπασι γάρ, ὃ καὶ κατ᾽ ἀρχὰς εἴπομεν τοῦδε τοῦ λόγου, ὅτι οὐδὲν ἀληθείας μετέχειν δέοι δικαίων ἢ ἀγαθῶν πέρι πραγμάτων, ἢ καὶ ἀνθρώπων γε τοιούτων φύσει ὄντων ἢ τροφῇ, τὸν μέλλοντα ἱκανῶς ῥητορικὸν ἔσεσθαι. τὸ παράπαν γὰρ οὐδὲν ἐν τοῖς δικαστηρίοις τούτων ἀληθείας μέλειν οὐδενί, ἀλλὰ τοῦ πιθανοῦ· [272e] τοῦτο δ᾽ εἶναι τὸ εἰκός, ᾧ δεῖν προσέχειν τὸν μέλλοντα τέχνῃ ἐρεῖν. οὐδὲ γὰρ αὐτὰ τὰ πραχθέντα δεῖν λέγειν ἐνίοτε, ἐὰν μὴ εἰκότως ᾖ

leve até ela, para não se ir inutilmente sobre um longo e áspero, sendo possível ir sobre um breve e aplainado. Mas, se por acaso tens algum meio de nos ajudar, tu que foste ouvinte de Lísias ou de algum outro, tenta dizer-nos reavivando tuas lembranças.

FEDRO

Tentar eu poderia, mas não assim de imediato.

SÓCRATES

Queres então que eu diga uma fala que ouvi de alguns dos que se ocupam disso?

FEDRO

Como não?

SÓCRATES

Diz-se em todo caso, ó Fedro, que é justo até do lobo defender a causa. [272d]

FEDRO

E tu, então, assim faze-o.

SÓCRATES

Afirmam que de modo algum se deve solenizar estas coisas, nem fazer subir tão alto por longa estrada em rodeios. Pois absolutamente, e é o que dissemos no começo dessa conversa, nada com a verdade deveria ter, tratando do justo e do bom nos negócios e também nos homens, que tais são ou por natureza ou por educação, aquele que se destina a ser em grau suficiente um orador. Pois geralmente nos tribunais nenhum cuidado com a verdade dessas coisas ninguém tem, mas sim com o convincente; [272e] e isto é o verossímil, ao qual deve aplicar-se o que se propõe a falar com arte. Pois nem mesmo às vezes o próprio ato se deve mencionar, se não

πεπραγμένα, ἀλλὰ τὰ εἰκότα, ἔν τε κατηγορίᾳ καὶ ἀπολογίᾳ, καὶ πάντως λέγοντα τὸ δὴ εἰκὸς διωκτέον εἶναι, πολλὰ εἰπόντα χαίρειν τῷ ἀληθεῖ· τοῦτο γὰρ διὰ [273a] παντὸς τοῦ λόγου γιγνόμενον τὴν ἅπασαν τέχνην πορίζειν.

ΦΑΙΔΡΟΣ

αὐτά γε, ὦ Σώκρατες, διελήλυθας ἃ λέγουσιν οἱ περὶ τοὺς λόγους τεχνικοὶ προσποιούμενοι εἶναι· ἀνεμνήσθην γὰρ ὅτι ἐν τῷ πρόσθεν βραχέως τοῦ τοιούτου ἐφηψάμεθα, δοκεῖ δὲ τοῦτο πάμμεγα εἶναι τοῖς περὶ ταῦτα.

ΣΩΚΡΑΤΗΣ

ἀλλὰ μὴν τόν γε Τεισίαν αὐτὸν πεπάτηκας ἀκριβῶς· εἰπέτω τοίνυν καὶ τόδε ἡμῖν ὁ Τεισίας, μή τι ἄλλο λέγει [273b] τὸ εἰκὸς ἢ τὸ τῷ πλήθει δοκοῦν.

ΦΑΙΔΡΟΣ

τί γὰρ ἄλλο;

ΣΩΚΡΑΤΗΣ

τοῦτο δή, ὡς ἔοικε, σοφὸν εὑρὼν ἅμα καὶ τεχνικὸν ἔγραψεν ὡς ἐάν τις ἀσθενὴς καὶ ἀνδρικὸς ἰσχυρὸν καὶ δειλὸν συγκόψας, ἱμάτιον ἤ τι ἄλλο ἀφελόμενος, εἰς δικαστήριον ἄγηται, δεῖ δὴ τἀληθὲς μηδέτερον λέγειν, ἀλλὰ τὸν μὲν δειλὸν μὴ ὑπὸ μόνου φάναι τοῦ ἀνδρικοῦ συγκεκόφθαι, τὸν δὲ τοῦτο μὲν ἐλέγχειν ὡς μόνω ἤστην, ἐκείνῳ δὲ καταχρήσασθαι [273c] τῷ 'πῶς δ' ἂν ἐγὼ τοιόσδε τοιῷδε ἐπεχείρησα;' ὁ δ' οὐκ ἐρεῖ δὴ τὴν ἑαυτοῦ κάκην, ἀλλά τι ἄλλο ψεύδεσθαι ἐπιχειρῶν τάχ' ἂν ἔλεγχόν πῃ παραδοίη τῷ ἀντιδίκῳ. καὶ περὶ τἆλλα δὴ

foi com verossimilhança praticado, mas apenas o verossímil, tanto na acusação como na defesa. E em geral quando se discursa é o verossímil que carece perseguir, com muito adeus despedindo o verídico; pois é o verossímil que, formando-se através de [273a] todo o discurso, constitui toda a arte.

FEDRO

Isso mesmo, ó Sócrates, que acabas de explicar é o que dizem os que pretendem ser técnicos de eloquência. Pois me lembrei que já antes tocamos brevemente em tal questão; e parece que isso é de grande importância para os que se ocupam dessas coisas.

SÓCRATES

Entretanto, quanto ao próprio Tísias, tu de ponta a ponta o repisaste; pois bem, que ainda isto nos diga o Tísias, se pelo verossímil ele entende [273b] outra coisa que não o parecer das massas.

FEDRO

Que outra coisa?

SÓCRATES

Eis então, parece, o sábio achado seu e a sua técnica: se um homem fraco e valente, escreveu ele, tendo batido num forte e covarde e dele arrancado a túnica ou alguma outra coisa, for levado ao tribunal, não deve então nem um nem outro dizer a verdade. Ao contrário, o covarde dirá que não foi só pelo valente que foi batido, ao passo que este justamente retrucará que os dois estavam sós e recorrerá ao famoso [273c] argumento: "mas como é que eu, tal como sou, tê-lo-ia atacado tal como ele é?". E o outro não dirá então sua própria covardia, mas tentando uma outra mentira apresentará sem dúvida alguma objeção ao seu adversário. E, quan-

τοιαῦτ᾽ ἄττα ἐστὶ τὰ τέχνῃ λεγόμενα. οὐ γάρ, ὦ Φαῖδρε;

ΦΑΙΔΡΟΣ

τί μήν;

ΣΩΚΡΑΤΗΣ

φεῦ, δεινῶς γ᾽ ἔοικεν ἀποκεκρυμμένην τέχνην ἀνευρεῖν ὁ Τεισίας ἢ ἄλλος ὅστις δή ποτ᾽ ὢν τυγχάνει καὶ ὁπόθεν χαίρει ὀνομαζόμενος. ἀτάρ, ὦ ἑταῖρε, τούτῳ ἡμεῖς πότερον λέγωμεν ἢ μὴ — [273d]

ΦΑΙΔΡΟΣ

τὸ ποῖον;

ΣΩΚΡΑΤΗΣ

ὅτι, ὦ Τεισία, πάλαι ἡμεῖς, πρὶν καὶ σὲ παρελθεῖν, τυγχάνομεν λέγοντες ὡς ἄρα τοῦτο τὸ εἰκὸς τοῖς πολλοῖς δι᾽ ὁμοιότητα τοῦ ἀληθοῦς τυγχάνει ἐγγιγνόμενον· τὰς δὲ ὁμοιότητας ἄρτι διήλθομεν ὅτι πανταχοῦ ὁ τὴν ἀλήθειαν εἰδὼς κάλλιστα ἐπίσταται εὑρίσκειν. ὥστ᾽ εἰ μὲν ἄλλο τι περὶ τέχνης λόγων λέγεις, ἀκούοιμεν ἄν· εἰ δὲ μή, οἷς νυνδὴ διήλθομεν πεισόμεθα, ὡς ἐὰν μή τις τῶν τε ἀκουσομένων [273e] τὰς φύσεις διαριθμήσηται, καὶ κατ᾽ εἴδη τε διαιρεῖσθαι τὰ ὄντα καὶ μιᾷ ἰδέᾳ δυνατὸς ᾖ καθ᾽ ἓν ἕκαστον περιλαμβάνειν, οὔ ποτ᾽ ἔσται τεχνικὸς λόγων πέρι καθ᾽ ὅσον δυνατὸν ἀνθρώπῳ. ταῦτα δὲ οὐ μή ποτε κτήσηται ἄνευ πολλῆς πραγματείας· ἣν οὐχ ἕνεκα τοῦ λέγειν καὶ πράττειν πρὸς ἀνθρώπους δεῖ διαπονεῖσθαι τὸν σώφρονα, ἀλλὰ τοῦ θεοῖς κεχαρισμένα μὲν λέγειν δύνασθαι, κεχαρισμένως δὲ πράττειν τὸ πᾶν εἰς δύναμιν. οὐ γὰρ δὴ ἄρα, ὦ Τεισία, φασὶν οἱ σοφώτεροι ἡμῶν, ὁμοδούλοις δεῖ χαρίζεσθαι [274a] μελετᾶν τὸν νοῦν

to ao mais, é sempre em tais ditos que consiste a arte. Não é mesmo, Fedro?

FEDRO

Como não?

SÓCRATES

Ih, com terrível habilidade parece que uma arte escondida Tísias descobriu, ou qualquer outro que possa ser e como quer que lhe agrade ser chamado. Mas então, ó companheiro, a esse homem devemos dizer ou não...? [273d]

FEDRO

O quê?

SÓCRATES

O seguinte: "Ó Tísias, há muito que nós, antes mesmo de teres intervindo, estamos dizendo que afinal este verossímil vem a formar-se na multidão por semelhança com o verídico; e as semelhanças há pouco explicamos que em toda parte quem melhor sabe achá-las é o que a verdade conhece. Por conseguinte, se outra coisa tens a dizer sobre a arte da eloquência, nós ouviríamos; se não, é no que agora há pouco explicamos que confiaremos, a saber, quem não tiver levado em conta a singularidade de cada natureza entre [273e] os que vão ouvir, e não for capaz de por espécies distinguir os seres e em única ideia abrangê-los por cada espécie, jamais será um técnico em eloquência na medida em que é possível a um homem. E isso jamais conseguirá sem muita aplicação; e não é em vista do falar e agir para os homens que deve penosamente aplicar-se o sábio, mas do poder falar o que aos deuses é grato, e em tudo agir o quanto possível como lhes apraz. Pois não é afinal, ó Tísias, dizem os mais sábios que nós, a companheiros escravos que deve empenhar-se em agradar [274a] o que tem juízo, a não ser acessoriamente, mas

ἔχοντα, ὅτι μὴ πάρεργον, ἀλλὰ δεσπόταις ἀγαθοῖς τε καὶ ἐξ ἀγαθῶν. ὥστ᾽ εἰ μακρὰ ἡ περίοδος, μὴ θαυμάσῃς· μεγάλων γὰρ ἕνεκα περιιτέον, οὐχ ὡς σὺ δοκεῖς. ἔσται μήν, ὡς ὁ λόγος φησίν, ἐάν τις ἐθέλῃ, καὶ ταῦτα κάλλιστα ἐξ ἐκείνων γιγνόμενα.

ΦΑΙΔΡΟΣ

παγκάλως ἔμοιγε δοκεῖ λέγεσθαι, ὦ Σώκρατες, εἴπερ οἷός τέ τις εἴη.

ΣΩΚΡΑΤΗΣ

ἀλλὰ καὶ ἐπιχειροῦντί τοι τοῖς καλοῖς καλὸν καὶ [274b] πάσχειν ὅτι ἄν τῳ συμβῇ παθεῖν.

ΦΑΙΔΡΟΣ

καὶ μάλα.

ΣΩΚΡΑΤΗΣ

οὐκοῦν τὸ μὲν τέχνης τε καὶ ἀτεχνίας λόγων πέρι ἱκανῶς ἐχέτω.

ΦΑΙΔΡΟΣ

τί μήν;

ΣΩΚΡΑΤΗΣ

τὸ δ᾽ εὐπρεπείας δὴ γραφῆς πέρι καὶ ἀπρεπείας, πῇ γιγνόμενον καλῶς ἂν ἔχοι καὶ ὅπῃ ἀπρεπῶς, λοιπόν. ἦ γάρ;

ΦΑΙΔΡΟΣ

ναί.

ΣΩΚΡΑΤΗΣ

οἶσθ᾽ οὖν ὅπῃ μάλιστα θεῷ χαριῇ λόγων πέρι πράττων ἢ λέγων;

sim a senhores que são bons e de bons constituintes? Por conseguinte, se longo é o circuito, não te admires; pois em vista do que é grande, se deve fazer o circuito e não como tu pensas. Será em verdade, como afirma a nossa tese, desde que se queira também, este belíssimo, daqueles resultando".

FEDRO

Belissimamente me parece que seria dito, ó Sócrates, se é que alguém seja capaz.

SÓCRATES

Mas para quem se empenha nas belas empresas é belo também [274b] sofrer o que lhe ocorra sofrer.

FEDRO

Certíssimo.

SÓCRATES

Assim então, quanto a arte e ausência de arte nos discursos, que isto seja o bastante...

FEDRO

Sem dúvida.

SÓCRATES

Mas quanto a conveniência e inconveniência do escrever, por onde é belo que isto se faça e por onde é inconveniente, eis o que ainda resta, não é?

FEDRO

Sim.

SÓCRATES

Sabes então por onde mais a deus agradarás em discursos te ocupando ou deles falando?

ΦΑΙΔΡΟΣ

οὐδαμῶς· σὺ δέ; [274c]

ΣΩΚΡΑΤΗΣ

ἀκοήν γ᾽ ἔχω λέγειν τῶν προτέρων, τὸ δ᾽ ἀληθὲς αὐτοὶ ἴσασιν. εἰ δὲ τοῦτο εὕροιμεν αὐτοί, ἆρά γ᾽ ἂν ἔθ᾽ ἡμῖν μέλοι τι τῶν ἀνθρωπίνων δοξασμάτων;

ΦΑΙΔΡΟΣ

γελοῖον ἤρου· ἀλλ᾽ ἃ φῂς ἀκηκοέναι λέγε.

ΣΩΚΡΑΤΗΣ

ἤκουσα τοίνυν περὶ Ναύκρατιν τῆς Αἰγύπτου γενέσθαι τῶν ἐκεῖ παλαιῶν τινα θεῶν, οὗ καὶ τὸ ὄρνεον ἱερὸν ὃ δὴ καλοῦσιν Ἶβιν· αὐτῷ δὲ ὄνομα τῷ δαίμονι εἶναι Θεύθ. τοῦτον δὴ πρῶτον ἀριθμόν τε καὶ λογισμὸν εὑρεῖν καὶ [274d] γεωμετρίαν καὶ ἀστρονομίαν, ἔτι δὲ πεττείας τε καὶ κυβείας, καὶ δὴ καὶ γράμματα. βασιλέως δ᾽ αὖ τότε ὄντος Αἰγύπτου ὅλης Θαμοῦ περὶ τὴν μεγάλην πόλιν τοῦ ἄνω τόπου ἣν οἱ Ἕλληνες Αἰγυπτίας Θήβας καλοῦσι, καὶ τὸν θεὸν Ἄμμωνα, παρὰ τοῦτον ἐλθὼν ὁ Θεὺθ τὰς τέχνας ἐπέδειξεν, καὶ ἔφη δεῖν διαδοθῆναι τοῖς ἄλλοις Αἰγυπτίοις· ὁ δὲ ἤρετο ἥντινα ἑκάστη ἔχοι ὠφελίαν, διεξιόντος δέ, ὅτι καλῶς ἢ μὴ [274e] καλῶς δοκοῖ

FEDRO

De modo algum; e tu? [274c]

SÓCRATES

Uma história em todo caso posso contar que ouvi dos antigos. O verídico eles conhecem; se o descobríssemos nós mesmos, porventura ainda nos importaria algo de humanas opiniões?

FEDRO

Engraçado o que perguntaste; mas o que afirmas ter ouvido, diz.

SÓCRATES

Pois bem, ouvi dizer que em Náucratis[80] no Egito viveu um dos velhos deuses de lá, cujo pássaro sagrado é o que chamam de íbis, e o nome do próprio deus era Theuth.[81] Foi ele que primeiro descobriu o número e o cálculo, [274d] a geometria e a astronomia, e ainda o gamão e os dados e, enfim, as letras. Ora, rei era então de todo o Egito Thamous, que habitava a grande cidade do alto Nilo que os gregos chamam Tebas do Egito, e Ámmon ao seu deus. A este tendo vindo, Theuth mostrou-lhe suas artes e disse que era preciso transmiti-las aos demais egípcios. O rei perguntou-lhe que utilidade podia ter cada uma; e do que Theuth expunha, conforme ele julgasse bem ou mal [274e] fundamentado, ora fazia a censura, ora o elogio. Muitos então foram os pronunciamen-

---

[80] Cidade do Baixo Egito e porto do rio Nilo, onde no século VII a.C. foi fundada uma importante colônia grega. A partir deste ponto, o diálogo volta-se para a problemática da composição e utilização dos discursos escritos.

[81] Theuth (ou Thoth) é o deus egípcio a quem são atribuídas as invenções que o texto enumera. O faraó Thamous é a seguir identificado com o deus Ámmon.

λέγειν, τὸ μὲν ἔψεγεν, τὸ δ' ἐπῄνει. πολλὰ μὲν δὴ περὶ ἑκάστης τῆς τέχνης ἐπ' ἀμφότερα Θαμοῦν τῷ Θεὺθ λέγεται ἀποφήνασθαι, ἃ λόγος πολὺς ἂν εἴη διελθεῖν· ἐπειδὴ δὲ ἐπὶ τοῖς γράμμασιν ἦν, 'τοῦτο δέ, ὦ βασιλεῦ, τὸ μάθημα,' ἔφη ὁ Θεύθ, 'σοφωτέρους Αἰγυπτίους καὶ μνημονικωτέρους παρέξει· μνήμης τε γὰρ καὶ σοφίας φάρμακον ηὑρέθη.' ὁ δ' εἶπεν· 'ὦ τεχνικώτατε Θεύθ, ἄλλος μὲν τεκεῖν δυνατὸς τὰ τέχνης, ἄλλος δὲ κρῖναι τίν' ἔχει μοῖραν βλάβης τε καὶ ὠφελίας τοῖς μέλλουσι χρῆσθαι· καὶ νῦν [275a] σύ, πατὴρ ὢν γραμμάτων, δι' εὔνοιαν τοὐναντίον εἶπες ἢ δύναται. τοῦτο γὰρ τῶν μαθόντων λήθην μὲν ἐν ψυχαῖς παρέξει μνήμης ἀμελετησίᾳ, ἅτε διὰ πίστιν γραφῆς ἔξωθεν ὑπ' ἀλλοτρίων τύπων, οὐκ ἔνδοθεν αὐτοὺς ὑφ' αὑτῶν ἀναμιμνῃσκομένους· οὔκουν μνήμης ἀλλὰ ὑπομνήσεως φάρμακον ηὗρες. σοφίας δὲ τοῖς μαθηταῖς δόξαν, οὐκ ἀλήθειαν πορίζεις· πολυήκοοι γάρ σοι γενόμενοι ἄνευ διδαχῆς πολυγνώμονες [275b] εἶναι δόξουσιν, ἀγνώμονες ὡς ἐπὶ τὸ πλῆθος ὄντες, καὶ χαλεποὶ συνεῖναι, δοξόσοφοι γεγονότες ἀντὶ σοφῶν.'

ΦΑΙΔΡΟΣ

ὦ Σώκρατες, ῥᾳδίως σὺ Αἰγυπτίους καὶ ὁποδαποὺς ἂν ἐθέλῃς λόγους ποιεῖς.

ΣΩΚΡΑΤΗΣ

οἱ δέ γ', ὦ φίλε, ἐν τῷ τοῦ Διὸς τοῦ Δωδωναίου ἱερῷ δρυὸς λόγους ἔφησαν μαντικοὺς πρώτους γενέσθαι. τοῖς μὲν οὖν τότε, ἅτε οὐκ οὖσι σοφοῖς ὥσπερ ὑμεῖς οἱ νέοι, ἀπέχρη δρυὸς καὶ πέτρας ἀκούειν ὑπ' εὐηθείας, εἰ μόνον [275c] ἀληθῆ λέγοιεν· σοὶ δ' ἴσως διαφέρει τίς ὁ λέγων καὶ ποδαπός. οὐ γὰρ ἐκεῖνο μόνον σκοπεῖς, εἴτε οὕτως εἴτε ἄλλως ἔχει;

tos que sobre cada arte Thamous, dizem, fez a Theuth num e noutro sentido, e longo seria referi-los todos. Mas quando foi a vez das letras, disse Theuth: "Eis, ó rei, o conhecimento que tornará os egípcios mais sábios e mais lembrados; pois de memória e de sabedoria foi encontrado o medicamento". E o rei falou: "Ó tecnicíssimo Theuth, um é o capaz de engendrar os elementos da arte, outro o de julgar a parte de dano e de utilidade que ela tem para os que vão usá-la. E assim é que agora [275a] tu, sendo o pai das letras, por afeição disseste o contrário do que elas podem. Pois isto, nos que o aprenderam, esquecimento em suas almas produzirá com o não exercício da memória, porque, na escrita confiando, é de fora, por alheias impressões e não por eles mesmos, que se recordam; assim, não para memória, mas para recordação achaste um medicamento. E, da sabedoria, aos teus aprendizes transmites uma aparência, não a verdade. Pois, com tua ajuda, muito informados sem ensino, muito avisados [275b] parecerão, quando na maioria dos casos são desavisados, e difíceis de conviver, tornados aparentes sábios em vez de sábios".

FEDRO

Ó Sócrates, facilmente contos egípcios tu fazes — ou de onde quer que queiras.

SÓCRATES

E os que, ó amigo, serviam no santuário de Zeus em Dodona, de um carvalho diziam que as primeiras palavras divinatórias surgiram. Aos homens de então, por não serem sábios como vós os da nova geração, bastava em sua ingenuidade ouvir de um carvalho ou de uma pedra, contanto que [275c] dissessem a verdade. Mas para ti o que talvez importa é saber quem é o que fala e de que país; pois não apenas aquilo examinas, se é assim que se tem ou de outro modo.

ΦΑΙΔΡΟΣ

ὀρθῶς ἐπέπληξας, καί μοι δοκεῖ περὶ γραμμάτων ἔχειν ᾗπερ ὁ Θηβαῖος λέγει.

ΣΩΚΡΑΤΗΣ

οὐκοῦν ὁ τέχνην οἰόμενος ἐν γράμμασι καταλιπεῖν, καὶ αὖ ὁ παραδεχόμενος ὥς τι σαφὲς καὶ βέβαιον ἐκ γραμμάτων ἐσόμενον, πολλῆς ἂν εὐηθείας γέμοι καὶ τῷ ὄντι τὴν Ἄμμωνος μαντείαν ἀγνοοῖ, πλέον τι οἰόμενος εἶναι λόγους [275d] γεγραμμένους τοῦ τὸν εἰδότα ὑπομνῆσαι περὶ ὧν ἂν ᾖ τὰ γεγραμμένα.

ΦΑΙΔΡΟΣ

ὀρθότατα.

ΣΩΚΡΑΤΗΣ

δεινὸν γάρ που, ὦ Φαῖδρε, τοῦτ᾽ ἔχει γραφή, καὶ ὡς ἀληθῶς ὅμοιον ζωγραφίᾳ. καὶ γὰρ τὰ ἐκείνης ἔκγονα ἕστηκε μὲν ὡς ζῶντα, ἐὰν δ᾽ ἀνέρῃ τι, σεμνῶς πάνυ σιγᾷ. ταὐτὸν δὲ καὶ οἱ λόγοι· δόξαις μὲν ἂν ὥς τι φρονοῦντας αὐτοὺς λέγειν, ἐὰν δέ τι ἔρῃ τῶν λεγομένων βουλόμενος μαθεῖν, ἕν τι σημαίνει μόνον ταὐτὸν ἀεί. ὅταν δὲ ἅπαξ [275e] γραφῇ, κυλινδεῖται μὲν πανταχοῦ πᾶς λόγος ὁμοίως παρὰ τοῖς ἐπαΐουσιν, ὡς δ᾽ αὔτως παρ᾽ οἷς οὐδὲν προσήκει, καὶ οὐκ ἐπίσταται λέγειν οἷς δεῖ γε καὶ μή. πλημμελούμενος δὲ καὶ οὐκ ἐν δίκῃ λοιδορηθεὶς τοῦ πατρὸς ἀεὶ δεῖται βοηθοῦ· αὐτὸς γὰρ οὔτ᾽ ἀμύνασθαι οὔτε βοηθῆσαι δυνατὸς αὑτῷ.

ΦΑΙΔΡΟΣ

καὶ ταῦτά σοι ὀρθότατα εἴρηται. [276a]

FEDRO

Corretamente bateste, e me parece que sobre as letras é assim como o Tebano diz.

SÓCRATES

Portanto, o que pensasse uma arte ter deixado em letras, e o que a recolhesse como se algo claro e firme de letras fosse sair, de muita ingenuidade dariam prova e realmente a profecia de Ámmon ignorariam, imaginando que palavras [275d] escritas são mais que um meio para o que sabe relembrar o de que trata o escrito.

FEDRO

Corretíssimo.

SÓCRATES

O que de terrível sem dúvida, ó Fedro, tem a escrita é realmente a sua semelhança com a pintura. E de fato os seres que esta engendra estão como se fossem vivos; porém se lhes perguntas algo, solene e total é o seu silêncio. E o mesmo fazem também os discursos; poderias crer que um pensamento anima o que eles dizem; mas se algo perguntas do que é dito, querendo aprender, uma só coisa apenas eles indicam e a mesma sempre. E uma vez [275e] escrito, fica rolando por toda parte todo discurso, igualmente entre os que sabem como entre aqueles com os quais nada tem a ver, e nunca sabe a quem ele justamente deve falar e a quem não. Transgredido e não com justiça censurado, do pai sempre ele precisa como assistente; pois ele próprio não é capaz nem de se defender nem de se assistir por si mesmo.

FEDRO

Também nisso é corretíssima a tua linguagem. [276a]

ΣΩΚΡΑΤΗΣ

τί δ'; ἄλλον ὁρῶμεν λόγον τούτου ἀδελφὸν γνήσιον, τῷ τρόπῳ τε γίγνεται, καὶ ὅσῳ ἀμείνων καὶ δυνατώτερος τούτου φύεται;

ΦΑΙΔΡΟΣ

τίνα τοῦτον καὶ πῶς λέγεις γιγνόμενον;

ΣΩΚΡΑΤΗΣ

ὃς μετ' ἐπιστήμης γράφεται ἐν τῇ τοῦ μανθάνοντος ψυχῇ, δυνατὸς μὲν ἀμῦναι ἑαυτῷ, ἐπιστήμων δὲ λέγειν τε καὶ σιγᾶν πρὸς οὓς δεῖ.

ΦΑΙΔΡΟΣ

τὸν τοῦ εἰδότος λόγον λέγεις ζῶντα καὶ ἔμψυχον, οὗ ὁ γεγραμμένος εἴδωλον ἄν τι λέγοιτο δικαίως. [276b]

ΣΩΚΡΑΤΗΣ

παντάπασι μὲν οὖν. τόδε δή μοι εἰπέ· ὁ νοῦν ἔχων γεωργός, ὧν σπερμάτων κήδοιτο καὶ ἔγκαρπα βούλοιτο γενέσθαι, πότερα σπουδῇ ἂν θέρους εἰς Ἀδώνιδος κήπους ἀρῶν χαίροι θεωρῶν καλοὺς ἐν ἡμέραισιν ὀκτὼ γιγνομένους, ἢ ταῦτα μὲν δὴ παιδιᾶς τε καὶ ἑορτῆς χάριν δρῴη ἄν, ὅτε καὶ ποιοῖ· ἐφ' οἷς δὲ ἐσπούδακεν, τῇ γεωργικῇ χρώμενος ἂν τέχνῃ, σπείρας εἰς τὸ προσῆκον, ἀγαπῴη ἂν ἐν ὀγδόῳ μηνὶ ὅσα ἔσπειρεν τέλος λαβόντα; [276c]

SÓCRATES

Mas então? Outro discurso devemos considerar, irmão deste e legítimo, e ver de que modo ele se forma e quanto melhor e mais poderoso que este ele é de natureza?

FEDRO

Que dizes ser este e como se forma?

SÓCRATES

O que se escreve com ciência na alma do que aprende, e que pode se defender e sabe falar e calar diante de quem é preciso.

FEDRO

O discurso do que sabe é o que queres dizer, discurso vivo e animado, do qual o escrito um simulacro se poderia dizer com justiça? [276b]

SÓCRATES

Perfeitamente, sim. Dize-me agora o seguinte: o agricultor inteligente, que de suas sementes cuida e delas queira obter frutos, será que seriamente, no verão plantando-as nos jardins de Adônis, gostaria de ver esses jardins se tornarem belos em oito dias?[82] Ou isto, sim, ele faria, mas por brincadeira e graças à festa, e quando o fizesse? Mas para as que lhe interessam, ele se valeria da técnica agrícola e, tendo-as semeado em solo adequado, contente ficaria se em oito meses quanto semeou ao seu termo tivesse chegado. [276c]

---

[82] Com a menção aos "jardins de Adônis", Platão refere-se ao costume, corrente durante as festas de Adônis, de lançar em pequenos vasos sementes que brotavam rapidamente e com a mesma rapidez murchavam. O sentido simbólico da referência à morte prematura do deus é aproveitado por Platão para caracterizar a superficialidade e aparência de saber que a memorização de discursos pode proporcionar.

ΦΑΙΔΡΟΣ

οὕτω που, ὦ Σώκρατες, τὰ μὲν σπουδῇ, τὰ δὲ ὡς ἑτέρως ἂν ᾖ λέγεις ποιοῖ.

ΣΩΚΡΑΤΗΣ

τὸν δὲ δικαίων τε καὶ καλῶν καὶ ἀγαθῶν ἐπιστήμας ἔχοντα τοῦ γεωργοῦ φῶμεν ἧττον νοῦν ἔχειν εἰς τὰ ἑαυτοῦ σπέρματα;

ΦΑΙΔΡΟΣ

ἥκιστά γε.

ΣΩΚΡΑΤΗΣ

οὐκ ἄρα σπουδῇ αὐτὰ ἐν ὕδατι γράψει μέλανι σπείρων διὰ καλάμου μετὰ λόγων ἀδυνάτων μὲν αὑτοῖς λόγῳ βοηθεῖν, ἀδυνάτων δὲ ἱκανῶς τἀληθῆ διδάξαι.

ΦΑΙΔΡΟΣ

οὔκουν δὴ τό γ᾽ εἰκός. [276d]

ΣΩΚΡΑΤΗΣ

οὐ γάρ· ἀλλὰ τοὺς μὲν ἐν γράμμασι κήπους, ὡς ἔοικε, παιδιᾶς χάριν σπερεῖ τε καὶ γράψει, ὅταν δὲ γράφῃ, ἑαυτῷ τε ὑπομνήματα θησαυριζόμενος, εἰς τὸ λήθης γῆρας ἐὰν ἵκηται, καὶ παντὶ τῷ ταὐτὸν ἴχνος μετιόντι, ἡσθήσεταί τε αὐτοὺς θεωρῶν φυομένους ἁπαλούς· ὅταν δὲ ἄλλοι παιδιαῖς ἄλλαις χρῶνται, συμποσίοις τε ἄρδοντες αὑτοὺς ἑτέροις τε ὅσα τούτων ἀδελφά, τότ᾽ ἐκεῖνος, ὡς ἔοικεν, ἀντὶ τούτων οἷς λέγω παίζων διάξει. [276e]

FEDRO

É bem assim, ó Sócrates, que ele faria: uma coisa com seriedade, e a outra diferentemente, assim como dizes.

SÓCRATES

Mas o que tem a ciência do justo e a do belo e bom, devemos afirmar que tem menos inteligência que o agricultor para as que dele mesmo são sementes?

FEDRO

De modo nenhum.

SÓCRATES

Assim, não seriamente as escreverá na água negra,[83] semeando-as pelo caniço com discursos incapazes de assistir-se a si mesmos pela fala, incapazes de ensinar suficientemente a verdade.

FEDRO

Não, pelo menos não é provável. [276d]

SÓCRATES

Não efetivamente. Mas os jardins em letras, como é provável, por brincadeira ele os semeará e escreverá quando escrever, para si mesmo entesourando lembranças para a esquecida velhice, se lá chegar, e para todo aquele que siga a mesma pista. E ele se alegrará vendo crescer as tenras plantas; e enquanto outros utilizam outras diversões, embebidos em banquetes e em quantos outros prazeres são irmãos destes, ele então, como é provável, em vez destes passará sua vida divertindo-se com os que digo. [276e]

---

[83] Provavelmente a expressão refere-se à tinta usada para escrever com um caniço.

ΦΑΙΔΡΟΣ

παγκάλην λέγεις παρὰ φαύλην παιδιάν, ὦ Σώκρατες, τοῦ ἐν λόγοις δυναμένου παίζειν, δικαιοσύνης τε καὶ ἄλλων ὧν λέγεις πέρι μυθολογοῦντα.

ΣΩΚΡΑΤΗΣ

ἔστι γάρ, ὦ φίλε Φαῖδρε, οὕτω· πολὺ δ᾽ οἶμαι καλλίων σπουδὴ περὶ αὐτὰ γίγνεται, ὅταν τις τῇ διαλεκτικῇ τέχνῃ χρώμενος, λαβὼν ψυχὴν προσήκουσαν, φυτεύῃ τε καὶ σπείρῃ μετ᾽ ἐπιστήμης λόγους, οἳ ἑαυτοῖς τῷ τε φυτεύσαντι [277a] βοηθεῖν ἱκανοὶ καὶ οὐχὶ ἄκαρποι ἀλλὰ ἔχοντες σπέρμα, ὅθεν ἄλλοι ἐν ἄλλοις ἤθεσι φυόμενοι τοῦτ᾽ ἀεὶ ἀθάνατον παρέχειν ἱκανοί, καὶ τὸν ἔχοντα εὐδαιμονεῖν ποιοῦντες εἰς ὅσον ἀνθρώπῳ δυνατὸν μάλιστα.

ΦΑΙΔΡΟΣ

πολὺ γὰρ τοῦτ᾽ ἔτι κάλλιον λέγεις.

ΣΩΚΡΑΤΗΣ

νῦν δὴ ἐκεῖνα ἤδη, ὦ Φαῖδρε, δυνάμεθα κρίνειν, τούτων ὡμολογημένων.

ΦΑΙΔΡΟΣ

τὰ ποῖα;

ΣΩΚΡΑΤΗΣ

ὧν δὴ πέρι βουληθέντες ἰδεῖν ἀφικόμεθα εἰς τόδε, ὅπως τὸ Λυσίου τε ὄνειδος ἐξετάσαιμεν τῆς τῶν λόγων [277b] γραφῆς πέρι, καὶ αὐτοὺς τοὺς λόγους οἳ τέχνῃ καὶ ἄνευ τέχνης γράφοιντο. τὸ μὲν οὖν ἔντεχνον καὶ μὴ δοκεῖ μοι δεδηλῶσθαι μετρίως.

ΦΑΙΔΡΟΣ

ἔδοξέ γε δή· πάλιν δὲ ὑπόμνησόν με πῶς.

FEDRO

Belíssima, em face da vulgar, a diversão que dizes, ó Sócrates, a do que em discursos pode se divertir, compondo-os sobre a justiça e o mais de que falas.

SÓCRATES

É realmente assim, ó caro Fedro. Mas creio que muito mais belo é o empenho em torno disso quando alguém, usando a arte dialética, pega uma alma condigna e nela planta e semeia com ciência discursos que a si mesmos e ao que plantou [277a] são capazes de assistir, e, não estéreis, têm uma semente da qual outros, em outros naturais brotando, são capazes de sempre garantir imperecível este efeito, e fazendo no que os tem a maior felicidade que é possível ao homem.

FEDRO

Muito mais belo ainda é isto que dizes.

SÓCRATES

Agora então aquilo, ó Fedro, já podemos decidir, sobre isto tendo concordado.

FEDRO

Aquilo o quê?

SÓCRATES

Sobre o que justamente quisemos ver claro e que nos trouxe até este ponto; como a censura a Lísias por escrever devíamos examinar [277b] e também os próprios discursos que se escreviam com ou sem arte. Ora, quanto ao artístico e ao não artístico parece-me que está convenientemente esclarecido.

FEDRO

De fato pareceu; mas de novo relembra-me como.

ΣΩΚΡΑΤΗΣ

πρὶν ἄν τις τό τε ἀληθὲς ἑκάστων εἰδῇ πέρι ὧν λέγει ἢ γράφει, κατ᾽ αὐτό τε πᾶν ὁρίζεσθαι δυνατὸς γένηται, ὁρισάμενός τε πάλιν κατ᾽ εἴδη μέχρι τοῦ ἀτμήτου τέμνειν ἐπιστηθῇ, περί τε ψυχῆς φύσεως διιδὼν κατὰ ταὐτά, τὸ [277c] προσαρμόττον ἑκάστῃ φύσει εἶδος ἀνευρίσκων, οὕτω τιθῇ καὶ διακοσμῇ τὸν λόγον, ποικίλῃ μὲν ποικίλους ψυχῇ καὶ παναρμονίους διδοὺς λόγους, ἁπλοῦς δὲ ἁπλῇ, οὐ πρότερον δυνατὸν τέχνῃ ἔσεσθαι καθ᾽ ὅσον πέφυκε μεταχειρισθῆναι τὸ λόγων γένος, οὔτε τι πρὸς τὸ διδάξαι οὔτε τι πρὸς τὸ πεῖσαι, ὡς ὁ ἔμπροσθεν πᾶς μεμήνυκεν ἡμῖν λόγος.

ΦΑΙΔΡΟΣ

παντάπασι μὲν οὖν τοῦτό γε οὕτω πως ἐφάνη. [277d]

ΣΩΚΡΑΤΗΣ

τί δ᾽ αὖ περὶ τοῦ καλὸν ἢ αἰσχρὸν εἶναι τὸ λόγους λέγειν τε καὶ γράφειν, καὶ ὅπῃ γιγνόμενον ἐν δίκῃ λέγοιτ᾽ ἂν ὄνειδος ἢ μή, ἆρα οὐ δεδήλωκεν τὰ λεχθέντα ὀλίγον ἔμπροσθεν —

ΦΑΙΔΡΟΣ

τὰ ποῖα;

ΣΩΚΡΑΤΗΣ

ὡς εἴτε Λυσίας ἤ τις ἄλλος πώποτε ἔγραψεν ἢ γράψει ἰδίᾳ ἢ δημοσίᾳ νόμους τιθείς, σύγγραμμα πολιτικὸν γράφων καὶ μεγάλην τινὰ ἐν αὐτῷ βεβαιότητα ἡγούμενος καὶ σαφήνειαν, οὕτω μὲν ὄνειδος τῷ γράφοντι, εἴτε τίς φησιν εἴτε μή· τὸ γὰρ ἀγνοεῖν ὕπαρ τε καὶ ὄναρ δικαίων [277e] καὶ ἀδίκων πέρι καὶ κακῶν καὶ ἀγαθῶν οὐκ

SÓCRATES

Antes que a verdade alguém conheça de cada questão sobre que fale ou escreva, e que se torne capaz de tudo por si mesmo definir, e tendo definido saiba de novo por espécies até o indivisível seccionar, e sobre a natureza da alma tendo-as distinguido por si mesmas [277c] a espécie adequada a cada natureza descubra e assim ponha e disponha o discurso, a uma alma complexa apresentando-o complexo e pan-harmônico e simples a uma simples — não antes disso será possível com arte ser manipulado o quanto é de sua natureza ser o gênero discursivo, nem para algo ensinar nem para em algo persuadir, como a precedente discussão em sua totalidade nos revelou.

FEDRO

Foi absolutamente isto que mais ou menos se evidenciou. [277d]

SÓCRATES

Mas por outro lado, e quanto a ser belo ou feio o proferir e escrever discursos, e ao modo como isto se dá para com justiça se fazer censura ou não? Porventura não o tornou evidente o que há pouco foi dito...?

FEDRO

O quê?

SÓCRATES

Que se Lísias ou algum outro algum dia escreveu ou escrever, em caráter privado ou como homem público instituindo leis, um tratado político, burilando e nele julgando haver uma grande solidez e clareza, assim sem dúvida há censura ao que escreve, que se diga ou não, pois o ignorar em vigília e em sonho o justo [277e] e o injusto e o mau e o bom não

ἐκφεύγει τῇ ἀληθείᾳ μὴ οὐκ ἐπονείδιστον εἶναι, οὐδὲ ἂν ὁ πᾶς ὄχλος αὐτὸ ἐπαινέσῃ.

ΦΑΙΔΡΟΣ

οὐ γὰρ οὖν.

ΣΩΚΡΑΤΗΣ

ὁ δέ γε ἐν μὲν τῷ γεγραμμένῳ λόγῳ περὶ ἑκάστου παιδιάν τε ἡγούμενος πολλὴν ἀναγκαῖον εἶναι, καὶ οὐδένα πώποτε λόγον ἐν μέτρῳ οὐδ᾽ ἄνευ μέτρου μεγάλης ἄξιον σπουδῆς γραφῆναι, οὐδὲ λεχθῆναι ὡς οἱ ῥαψῳδούμενοι ἄνευ ἀνακρίσεως καὶ διδαχῆς πειθοῦς ἕνεκα ἐλέχθησαν, ἀλλὰ τῷ [278a] ὄντι αὐτῶν τοὺς βελτίστους εἰδότων ὑπόμνησιν γεγονέναι, ἐν δὲ τοῖς διδασκομένοις καὶ μαθήσεως χάριν λεγομένοις καὶ τῷ ὄντι γραφομένοις ἐν ψυχῇ περὶ δικαίων τε καὶ καλῶν καὶ ἀγαθῶν ἐν μόνοις ἡγούμενος τό τε ἐναργὲς εἶναι καὶ τέλεον καὶ ἄξιον σπουδῆς· δεῖν δὲ τοὺς τοιούτους λόγους αὐτοῦ λέγεσθαι οἷον ὑεῖς γνησίους εἶναι, πρῶτον μὲν τὸν ἐν αὐτῷ, ἐὰν εὑρεθεὶς ἐνῇ, ἔπειτα εἴ τινες τούτου ἔκγονοί [278b] τε καὶ ἀδελφοὶ ἅμα ἐν ἄλλαισιν ἄλλων ψυχαῖς κατ᾽ ἀξίαν ἐνέφυσαν· τοὺς δὲ ἄλλους χαίρειν ἐῶν — οὗτος δὲ ὁ τοιοῦτος ἀνὴρ κινδυνεύει, ὦ Φαῖδρε, εἶναι οἷον ἐγώ τε καὶ σὺ εὐξαίμεθ᾽ ἂν σέ τε καὶ ἐμὲ γενέσθαι.

ΦΑΙΔΡΟΣ

παντάπασι μὲν οὖν ἔγωγε βούλομαί τε καὶ εὔχομαι ἃ λέγεις.

ΣΩΚΡΑΤΗΣ

οὐκοῦν ἤδη πεπαίσθω μετρίως ἡμῖν τὰ περὶ λόγων· καὶ σύ τε ἐλθὼν φράζε Λυσίᾳ ὅτι νὼ καταβάντε ἐς τὸ Νυμφῶν νᾶμά τε καὶ μουσεῖον ἠκούσαμεν λόγων, οἳ ἐπέστελλον [278c] λέγειν Λυσίᾳ

escapa em verdade de não ser censurável, ainda que em sua totalidade a multidão o louve.

FEDRO

Não, com efeito.

SÓCRATES

Mas o que julga que no discurso escrito, qualquer que seja o seu tema, há necessariamente muito de lúdico; e que nenhum discurso, em verso ou em prosa, jamais vale um grande esforço para o escrever ou recitar, como os rapsodos recitam os seus, sem prévio exame nem intenção didática e em vista de persuadir, mas [278a] realmente os melhores deles constituem um lembrete para os que sabem, enquanto os ensinados e proferidos em vista de aprendizagem, e realmente escritos na alma sobre o justo e o belo e o bom são os únicos em que há clareza e perfeição e que valem o nosso esforço; e que se deve dizer de tais discursos que dele mesmo são como filhos legítimos, primeiro, o que está nele mesmo quando o tiver descoberto, e, depois, os que deste são rebentos [278b] e ao mesmo tempo irmãos, condignamente nascidos em outras almas, de outros homens; e que aos restantes discursos permite que se vão — um tal homem é bem possível, ó Fedro, que seja qual eu e tu desejaríamos que um e outro fôssemos.

FEDRO

Mas sim, e eu por mim o que dizes é o que quero e desejo.

SÓCRATES

Assim então, já nos divertimos suficientemente sobre discursos. E tu agora vai explicar a Lísias que nós, descidos à fonte das Ninfas e ao seu santuário, ouvimos discursos que mandavam [278c] dizer a Lísias e a quem mais compõe dis-

τε καὶ εἴ τις ἄλλος συντίθησι λόγους, καὶ Ὁμήρῳ καὶ εἴ τις ἄλλος αὖ ποίησιν ψιλὴν ἢ ἐν ᾠδῇ συντέθηκε, τρίτον δὲ Σόλωνι καὶ ὅστις ἐν πολιτικοῖς λόγοις νόμους ὀνομάζων συγγράμματα ἔγραψεν· εἰ μὲν εἰδὼς ᾗ τὸ ἀληθὲς ἔχει συνέθηκε ταῦτα, καὶ ἔχων βοηθεῖν, εἰς ἔλεγχον ἰὼν περὶ ὧν ἔγραψε, καὶ λέγων αὐτὸς δυνατὸς τὰ γεγραμμένα φαῦλα ἀποδεῖξαι, οὔ τι τῶνδε ἐπωνυμίαν ἔχοντα δεῖ [278d] λέγεσθαι τὸν τοιοῦτον, ἀλλ᾽ ἐφ᾽ οἷς ἐσπούδακεν ἐκείνων.

ΦΑΙΔΡΟΣ

τίνας οὖν τὰς ἐπωνυμίας αὐτῷ νέμεις;

ΣΩΚΡΑΤΗΣ

τὸ μὲν σοφόν, ὦ Φαῖδρε, καλεῖν ἔμοιγε μέγα εἶναι δοκεῖ καὶ θεῷ μόνῳ πρέπειν· τὸ δὲ ἢ φιλόσοφον ἢ τοιοῦτόν τι μᾶλλόν τε ἂν αὐτῷ καὶ ἁρμόττοι καὶ ἐμμελεστέρως ἔχοι.

ΦΑΙΔΡΟΣ

καὶ οὐδέν γε ἀπὸ τρόπου.

ΣΩΚΡΑΤΗΣ

οὐκοῦν αὖ τὸν μὴ ἔχοντα τιμιώτερα ὧν συνέθηκεν ἢ ἔγραψεν ἄνω κάτω στρέφων ἐν χρόνῳ, πρὸς ἄλληλα [278e] κολλῶν τε καὶ ἀφαιρῶν, ἐν δίκῃ που ποιητὴν ἢ λόγων συγγραφέα ἢ νομογράφον προσερεῖς;

ΦΑΙΔΡΟΣ

τί μήν;

cursos, a Homero e a quem mais poesia compôs, com ou sem canto, e em terceiro lugar a Sólon e a quem quer que no gênero político deixou escritos chamando-os de leis: se foi conhecendo o em que o verídico consiste que ele compôs estes escritos, e podendo assistir-lhes no questionamento do que escreveu, e com sua própria palavra sendo capaz de mostrar o pouco que são os seus escritos, não é sem dúvida com denominação destas espécies que se deve [278d] chamar um tal homem, mas daquelas em que se empenhou.

FEDRO

E que denominações lhe atribuis?

SÓCRATES

Chamá-lo sábio, ó Fedro, a mim me parece ser muito, e só a um deus isso convém. Mas ou amigo do saber[84] ou algo semelhante. Eis o que mais lhe conviria e mais em consonância estaria.

FEDRO

E de modo nenhum descabido.

SÓCRATES

Por outro lado, o que nada mais valioso tem senão o que compôs ou escreveu, passando o tempo a revirá-lo de cima a baixo, a colar trechos uns aos outros [278e] e a suprimir, não é sem dúvida com justiça que o chamarás de poeta, autor de discursos ou de textos de lei?

FEDRO

Com efeito.

---

[84] No original, φιλόσοφος, "filósofo".

ΣΩΚΡΑΤΗΣ

ταῦτα τοίνυν τῷ ἑταίρῳ φράζε.

ΦΑΙΔΡΟΣ

τί δὲ σύ; πῶς ποιήσεις; οὐδὲ γὰρ οὐδὲ τὸν σὸν ἑταῖρον δεῖ παρελθεῖν.

ΣΩΚΡΑΤΗΣ

τίνα τοῦτον;

ΦΑΙΔΡΟΣ

Ἰσοκράτη τὸν καλόν· ᾧ τί ἀπαγγελεῖς, ὦ Σώκρατες; τίνα αὐτὸν φήσομεν εἶναι;

ΣΩΚΡΑΤΗΣ

νέος ἔτι, ὦ Φαῖδρε, Ἰσοκράτης· ὃ μέντοι μαντεύομαι [279a] κατ' αὐτοῦ, λέγειν ἐθέλω.

ΦΑΙΔΡΟΣ

τὸ ποῖον δή;

ΣΩΚΡΑΤΗΣ

δοκεῖ μοι ἀμείνων ἢ κατὰ τοὺς περὶ Λυσίαν εἶναι λόγους τὰ τῆς φύσεως, ἔτι τε ἤθει γεννικωτέρῳ κεκρᾶσθαι· ὥστε οὐδὲν ἂν γένοιτο θαυμαστὸν προϊούσης τῆς ἡλικίας εἰ περὶ αὐτούς τε τοὺς λόγους, οἷς νῦν ἐπιχειρεῖ, πλέον ἢ παίδων διενέγκοι τῶν πώποτε ἁψαμένων λόγων, ἔτι τε εἰ αὐτῷ μὴ ἀποχρήσαι ταῦτα, ἐπὶ μείζω δέ τις αὐτὸν ἄγοι ὁρμὴ θειοτέρα· φύσει γάρ, ὦ φίλε, ἔνεστί τις

SÓCRATES

Isto, portanto, explica ao teu companheiro.

FEDRO

E tu? Como é que vais fazer? Pois nem também o teu companheiro carece deixar de lado.

SÓCRATES

Quem queres dizer?

FEDRO

Isócrates, o belo.[85] Que vais anunciar-lhe, ó Sócrates? Que vamos dizer que ele é?

SÓCRATES

Jovem ainda, ó Fedro, é Isócrates; mas o que lhe [279a] auguro quero dizer-te.

FEDRO

E o que é?

SÓCRATES

Parece-me que por seus dons naturais a sua excelência está acima da eloquência de Lísias, e ainda, que o seu moral é mais nobremente temperado. Assim, absolutamente não seria de admirar se, com o avanço da idade, no próprio gênero de discursos em que agora se empenha, ele se distinguisse, mais do que de crianças, de quantos um dia tentaram a eloquência, e mais ainda se lhe não bastasse isto e a maiores coisas o impelisse um mais divino impulso; pois naturalmente,

---

[85] Isócrates (436-338 a.C.), célebre orador, compositor de discursos e fundador de uma escola de retórica, cuja concepção de "filosofia" era muito crítica da que era seguida na Academia platônica (ver os seus *Contra os sofistas* e *Antidosis*).

φιλοσοφία [279b] τῇ τοῦ ἀνδρὸς διανοίᾳ. ταῦτα δὴ οὖν ἐγὼ μὲν παρὰ τῶνδε τῶν θεῶν ὡς ἐμοῖς παιδικοῖς Ἰσοκράτει ἐξαγγέλλω, σὺ δ' ἐκεῖνα ὡς σοῖς Λυσίᾳ.

ΦΑΙΔΡΟΣ

ταῦτ' ἔσται· ἀλλὰ ἴωμεν, ἐπειδὴ καὶ τὸ πνῖγος ἠπιώτερον γέγονεν.

ΣΩΚΡΑΤΗΣ

οὐκοῦν εὐξαμένῳ πρέπει τοῖσδε πορεύεσθαι;

ΦΑΙΔΡΟΣ

τί μήν;

ΣΩΚΡΑΤΗΣ

ὦ φίλε Πάν τε καὶ ἄλλοι ὅσοι τῇδε θεοί, δοίητέ μοι καλῷ γενέσθαι τἄνδοθεν· ἔξωθεν δὲ ὅσα ἔχω, τοῖς ἐντὸς [279c] εἶναί μοι φίλια. πλούσιον δὲ νομίζοιμι τὸν σοφόν· τὸ δὲ χρυσοῦ πλῆθος εἴη μοι ὅσον μήτε φέρειν μήτε ἄγειν δύναιτο ἄλλος ἢ ὁ σώφρων.

ἔτ' ἄλλου του δεόμεθα, ὦ Φαῖδρε; ἐμοὶ μὲν γὰρ μετρίως ηὖκται.

ΦΑΙΔΡΟΣ

καὶ ἐμοὶ ταῦτα συνεύχου· κοινὰ γὰρ τὰ τῶν φίλων.

ΣΩΚΡΑΤΗΣ

ἴωμεν.

ó amigo, há não sei que filosofia [279b] no pensamento deste homem. Isto, portanto, é o que eu, da parte dos deuses daqui, como ao meu bem amado, anuncio a Isócrates, e tu aquilo a Lísias, como ao teu.

FEDRO

Assim será. Mas vamos embora, que o mormaço já mais brando se tornou.

SÓCRATES

Mas não convém aos daqui fazer uma prece antes de partir?

FEDRO

Sem dúvida.

SÓCRATES

"Ó amigo Pan e vós outros quantos aqui sois deuses, dai-me tornar-me belo por dentro; e por fora quanto possuo tenha ao de dentro [279c] amizade. Rico eu considere o sábio; e de ouro tanto eu tenha quanto nenhum outro possa pegar nem levar senão o temperante."

Ainda de algo mais precisamos, ó Fedro? Para mim está comedidamente exorado.

FEDRO

Também para mim isto suplica; pois em comum os amigos devem ter.

SÓCRATES

Vamos.

Para uma leitura do *Fedro*

José Trindade Santos

O *Fedro* no *corpus* platônico

Alguns comentadores, antigos e modernos, encontraram na "frescura juvenil" e no "lirismo do estilo" com que é tratado o tema das relações amorosas, comum aos três discursos proferidos, razões para considerarem o *Fedro* o primeiro diálogo platônico (W. K. C. Guthrie, 1975, pp. 396-7, nota 1; ver ainda "as numerosas provas da juvenilidade da obra, em geral" em F. Schleiermacher, 1973, pp. 59 ss.). Ignorada por críticos menos sensíveis à necessidade de justificar o interesse do filósofo pelo erotismo, a observação é hoje encarada com ironia e substituída pela sóbria avaliação proporcionada pela análise estilométrica, por alguns considerada "precária" (J. Dillon, 1973, pp. 72 e 76). Nela se apoia a decisão consensual de inserir o diálogo no final do período médio da produção platônica, registrando, contudo, a dificuldade de uma tomada de posição definitiva sobre a sua relação cronológica com outras obras, particularmente com o *Banquete* (J. D. Moore, 1973, pp. 52-71; T. M. Robinson, 1992, pp. 23-30; C. J. Rowe, 1992, pp. 31-9; L. Brisson, 1992, p. 63, nota 3; F. Trabattoni, 1994, p. 48, nota 1). Para ultrapassar esta dificuldade, resta ao intérprete a alternativa de atribuir ao diálogo o caráter de obra de transição (C. H. Kahn, 1996, pp. 371-6: "O *Fedro* é, num certo sentido, o último diálogo socrático"), concentrando-se no mosaico desenhado pela abrangência das relações intratextuais que consente.

Pelo amplo tratamento que confere à reminiscência e às Ideias, o *Fedro* faz a ponte entre as abordagens argumentativas do *Mênon*, do *Fédon* e da *República* (V-VII), e a polifacetada contextualização na moldura mítico-religiosa, dominante no *Timeu* e nas *Leis* X. Indissoluvelmente associado a esses dois diálogos pela atenção dispensada à temática da alma, o *Fedro* recebe, de um lado, a reflexão do *Fédon* sobre a alma individual, abrindo, de outro, para concepção tripartida, desenvolvida nos Livros IV-VII e X da *República*, reforçada no *Timeu* (nesta perspectiva, o Livro X das *Leis* é encarado como uma reflexão tardia sobre o tema). Por outro lado, pela dominância do tema do Amor — senão já pela presença da personagem "Fedro" — "o pai do *lógos*" (*O Banquete*, 177d5) —, de tal modo o *Fedro* e o *Banquete* se complementam, que não se poderá apreender a lição de um sem prestar atenção ao outro.

Definidas estas amplas linhas convergentes, quatro outros registros devem ainda ser apontados. Se a tomada de posição sobre a retórica remete indiscutivelmente para o *Górgias* e para o *Menêxeno*, as críticas de que, em particular, são objeto as produções escritas devem ser avaliadas a par daquelas que se acham no fulcro do "excurso filosófico" da *Carta VII* (342a-345c). Há que contar ainda com a descrição do método das "coleções e divisões", que articula a análise da "adulação", no *Górgias*, com a aplicação dessa metodologia, no *Sofista*, e a teorização que recebe no *Político*. Finalmente, o mito sobre o "lugar supraceleste", que contextualiza na moldura mítico-religiosa a mensagem difundida no segundo discurso de Sócrates, deve ser enquadrado no conjunto dos outros quatro grandes mitos platônicos (do *Górgias*, do *Fédon*, da *República* X e do *Político*).

Este quadro, que mostra a presença no *Fedro* dos principais temas que dominam o pensamento platônico, sugere a possibilidade de o utilizar como obra de introdução ao estudo dos diálogos, pelo fato de ligar temáticas trabalhadas no

grupo das obras sobre a teoria das Ideias e no dos últimos diálogos. De todas elas sobressaem não só o tratamento conferido ao já referido tema da alma — dominante no *Fédon*, *República*, *Timeu*, *Sofista* (246-248), *Político* (269c-274e) e *Leis* X —, como também o da prática da dialética, que liga o *Fedro* aos dois últimos diálogos referidos.

Toda esta rica rede de relações, que articula o *Fedro* com peças decerto compostas em momentos diversos da composição do *corpus* platônico, poderá de algum modo explicar que, atenuando o rigor com que a *Carta VII* avalia as produções escritas, o *Fedro* eventualmente justifique o mérito filosófico da produção dialógica (276d-277a; C. H. Kahn, 1996, pp. 376-80). Todavia, esboçada implicitamente a partir das críticas dirigidas à generalidade das produções escritas, a observação não deixa de acrescentar a reserva de, sendo respeitada a exigência do conhecimento da verdade, se atender aos princípios metodológicos em que se apoia a prática dialética.

Note-se, porém, que esta remissão para o *corpus* acarreta um custo que poderá parecer excessivo ao intérprete, habituado a respeitar a unidade composicional da obra. Pois, como será possível conjugar a perspectiva crítica sobre a retórica, definida a partir do conjunto dos três discursos, apresentados em sucessão, sobre as relações entre "amante" e "amado", com o tratamento das temáticas da alma, do amor e do saber, que a contextualizam (C. L. Griswold, 1986, p. 157)? Esta dificuldade torna o *Fedro* um dos diálogos cuja interpretação mais depende da rede de referências intratextuais que mantém com o *corpus*, dado que o leitor dificilmente ganhará compreensão da mensagem que lhe é dirigida, sem ter explorado as outras obras em que essas temáticas são substantivamente trabalhadas, por vieses por vezes conflitantes.

Terminado o discurso com o qual respondeu àquele que fora feito por Lísias, lido por Fedro (241d), Sócrates faz menção de se afastar, sem atender ao pedido do seu interlocutor, de se entregar ao elogio "do que não está amando". Detém-se, porém, para atender ao "demônico sinal", que sempre se mantém em silêncio quando aprova a sua conduta, e, pelo contrário, se manifesta quando lhe aponta alguma falta cometida (242b-c; *Apologia*, 40a-c). Questionando-se sobre qual teria sido, Sócrates nota a falta de respeito pela divindade do Amor, contra a qual ambos os discursos atentaram. Decide-se então a "pagar a palinódia" e, descobrindo a cabeça, que até então mantivera encapuçada, lança-se ao seu discurso de retratação.

Quatro tipos de delírio divino

Movido pelo desejo de mostrar que "os maiores bens nos advêm por delírio" quando este é concedido pelo favor divino, Sócrates começa por referir a profetisa de Delfos e a Sibila, que, sob a inspiração de Apolo: "usando uma arte divinatória de inspiração divina [...] acertaram o caminho do futuro" (244b).

Passa depois ao segundo tipo de delírio, inspirado por Dioniso, adiante designado de "místico" (265b), pelo qual outros, por meio "de purificações e iniciações", puderam achar "solução aos males presentes" (244e-245a).

Um terceiro tipo de delírio é o das Musas, que superioriza o poeta inspirado a quantos se acham "em são juízo". Numa implícita referência ao "não amante" de Lísias, análoga alegação se aplica ao apaixonado que rouba o troféu ao "que está em são juízo", objetando que "não é em proveito do amante e do amado que o amor é pelos deuses enviado", mas "para suprema felicidade de ambos" (245b).

A alma e o delírio amoroso

Contrastando com as anteriores, a abordagem do quarto tipo de delírio demanda, para poder "pensar o verídico sobre a natureza da alma divina e humana" (245c), uma elaborada narrativa, que articula uma diversidade de tópicos e atributos da alma. O primeiro é o da "imortalidade", apresentado na forma de um argumento (245c-246a):

1) "Toda alma é imortal porque o automotivo é imortal" (245c);

2) "O automotivo nunca cessa de se mover" (245c);

3) Sendo "fonte e princípio de movimento [o automotivo] não é engendrado" e "é incorruptível" (245d), "não gerado e imperecível" (245d-e);

4) Logo, "a alma é imortal" (245e-246a).

Sendo a alma princípio de movimento, não só não tem princípio (ou, "de princípio não haveria geração": 245d), como todo engendrado se engendra a partir dela. Só ela se move a si própria (245d), fazendo se moverem céu e terra (245e; que sem ela parariam e nada mais se moveria). Se o que não se move por si é inanimado e o que se move por si é animado, então, nada se move senão a alma, que é "algo inato e imortal" (245e-246a).

Terminado o argumento, é abordada "a ideia da alma", condensada na "potência de um alado jugo e seu cocheiro" (246a). Todavia, enquanto os cavalos dos deuses "são bons e formados de bons elementos" (246b), os dos outros são formados "de elementos contrários" (246b). Sendo assim, a alma perfeita e alada "cuida de tudo o que é inanimado" (246c), mas a que perdeu as asas cuida só do corpo em que se instala, vivendo o conjunto enquanto estiver ligado e cabendo-lhe por isso o epíteto de "mortal" (246c).

Esta distinção requer um esclarecimento sobre como algumas almas vieram a perder as asas (246d). Com ele, adentrando o território do mito, Sócrates inicia a descrição do

"lugar supraceleste" (247c-248a), articulando o relato da "vida dos deuses" e das almas dos mortais (248a-249b).

Almas dos deuses e dos mortais: a prova

Por ter comunhão com o divino, a asa é a parte do corpo cujo poder natural é alçar-se até o lugar onde mora a raça dos deuses, aí nutrindo-se do que é "belo, sábio, bom", definhando e perecendo com o feio e o mau (246e).

Guiado por Zeus, o cortejo divino percorre o céu em busca do alimento, que colhe após atingir o "ápice da abóbada infraceleste" (247b), onde as almas "que se chamam imortais" se erguem até "contemplarem o que está fora do céu": "as verdadeiras essências", "sem cor, sem figura, sem tato" (247d), "a própria justiça, a prudência, a ciência" (247d), "a ciência que reside no ser que realmente é" (247e).

É aí que "uma prova, uma luta suprema se propõe à alma" (247b). Aquelas em que há "um cavalo que tem um tanto de ruindade" ficam pesadas e "sem se iniciarem na contemplação do ser" afastam-se, nutrindo-se do alimento da opinião" (247b-248b). Ora, é lei de Adrasteia que "toda alma que, acompanhante de um deus, contemple algum ser verdadeiro, até o período seguinte está isenta da provação"; "quando porém incapacitada de acompanhar ela não puder ver", perderá as asas e cairá sobre a terra (248b-c).

Transmigração das almas

Manda então a lei que se implante no corpo de um varão, cumprindo em sucessivas gerações, segundo a qualidade da contemplação que conseguiu enquanto se movia no céu, e, depois de encarnar, o mérito da vida que levou, um entre nove destinos. São eles: "filósofo ou amoroso", "rei guerreiro", "político ou financista", "ginasta", "adivinho ou oficiante de iniciação", "poeta imitativo", "artesão ou lavrador", "sofista ou demagogo", "tirano" (248d-e). A ordem pela qual são apresentados os destinos revela haver uma hie-

rarquia a distingui-los, deixando em supenso a pergunta acerca da possibilidade que a alma terá de ascender na escala, até eventualmente se libertar do ciclo das reencarnações.

A reminiscência

Ora, como a queda da alma no corpo é motivada pelo esquecimento, que a tornou pesada (248c-d), a alma terá de recuperar as asas para de novo poder ascender. Todavia, de acordo com a lei, essa recuperação será determinada pela sua possibilidade de, agora na companhia do corpo, voltar a ver a verdade que outrora contemplou (249a); residindo no exercício da reminiscência o único meio de recuperação da verdade de que a alma encarnada dispõe: "Pois carece que o homem entenda segundo o que se chama ideia, de muitas sensações indo à unidade, por raciocínio concebida; e isto é reminiscência" (249b-c).

Quer dizer que o homem deve tentar sanar nesta vida a deficiência que originalmente acarretou a sua entrada nela, sendo "o único a se tornar perfeito" aquele que se afasta dos interesses humanos e volta-se para o divino (249c-d). Com esta nota, o discurso pode então abordar o quarto tipo de delírio, a cuja descrição se lança.

Divindade do Amor

Só neste segundo discurso de Sócrates se manifesta a divindade do amor, visada desde o início. Ela é suscitada pelo desejo, experimentado pela alma do amante, de recuperar a beleza perdida, que outrora contemplou quando vivia entre os deuses (249c-250e).

Apesar de ter caído num corpo por não ter sido capaz de se nutrir e se beneficiar da visão do ser (ver 247b-d), resta à alma do homem que "por natureza contemplou os seres" — pois, se não tivesse os contemplado nunca encarnaria num corpo humano (249b, 249e-250a) — a possibilidade de, "vendo a beleza por aqui", criar asa. Pois a visão da beleza

terrena lhe lembra a verdadeira beleza, fazendo-a "desejar alçar voo" (249d).

A beleza

Essa dependência da alma em relação à beleza e a nenhuma outra entre as ideias é justificada por duas alegações convergentes. Em primeiro lugar, porque "da prudência, da justiça e quanto mais é preciso para as almas não há nenhum brilho nos símiles daqui" (250b). Por outro lado, sendo a beleza a única "que percebemos através do mais claro dos nossos sentidos, a fulgir com a máxima claridade" (250d), é "deste delírio que participa o que ama os belos", e que por isso se chama "amante" (249e).

Esta motivação mostra que não é propriamente pelo amado que o amante se apaixona, mas pela memória da beleza que a visão daquele nele provoca (250d-e; 253a-b, 254b). A tese pode ser interpretada quer como uma "perspectiva egoísta do "amor"" (G. Vlastos, 1972, p. 31), quer, na linha da *philia* de Empédocles (DK31B17.6-7, 20-4), entendendo qualquer inclinação amorosa como expressão "da luta do universo por si próprio" (L. A. Kosman, 1976, pp. 65-7).

Enunciada a tese que consubstancia o "amor platônico", termina o mito. Findo este, a narrativa abordará outros caminhos, mesclando uma descrição metaforizada da psicofisiologia do amor físico com o contexto transcendente da existência da alma, tanto antes de encarnar no corpo que terá de habitar, como depois de assumir a forma humana (250e-253c).

Dois amantes

A finalidade do passo, expressa logo no seu início, é denunciar a falta cometida pelo amante "não iniciado" ou "corrompido". Confundindo "a própria beleza" — aquela cuja memória conserva na alma — com "o que aqui está sob seu nome" — o corpo do amado —, este amante se rende ao

prazer, perseguindo-o contra a natureza (250e-251a). Em oposição a ele, o texto oferece a descrição do comportamento ideal do recém-iniciado como exemplo a seguir, compondo com abundância de metáforas o relato de um crescendo de excitação que transborda num orgasmo (251b-d) e a descrição da cadeia de catástrofes sentimentais por ele precipitada (251d-252c). Dela resulta, como único "médico das maiores penas" (252b), a incessante busca pela companhia do amado, com a qual no delírio do amante se condensa o que homens e deuses citam como Amor (252b-c).

Tipos de amante

A diversidade de modos pelos quais a natureza do amante se exprime é então caracterizada segundo o exemplo que a sua alma colheu do deus que comandava a marcha do cortejo que a sua alma integrava, quando em procissão faziam o circuito do céu. Como na memória que guarda do seu deus tutelar — Zeus, Ares, Hera ou Apolo —, cada amante busca a figura do amado, é nele que consubstancia a suprema felicidade do delírio amoroso (252c-253c).

O cocheiro e os dois cavalos

Só falta acrescentar uma derradeira explicação: de como o delírio pode atentar contra a divindade do Amor e a que expectativas conduz cada um dos caminhos escolhidos pela alma do amante. Retomando a caracterização da alma tripartida (253c), anteriormente deixada em suspenso (246a-c), no subtexto, Sócrates implicitamente dirige a Fedro a condenação do escandaloso tópico do discurso de Lísias, segundo quem o amante se traveste de não amante para obter o favor do corpo do amado, reduzindo a divindade do delírio erótico à conquista do prazer corpóreo, levando-o a se lamentar depois das consequências da sua entrega.

São bem diversas as formas de cada um dos cavalos que puxam a carruagem da alma. Enquanto o bom e belo tem

cor branca e olhos negros, o outro "tem colo grosso, cerviz curta, rosto chato, cor negra, olhos turvos, e é sanguíneo" (253e). Um é dócil e "sem violência", sensível ao encorajamento da palavra; o outro é "surdo ao açoite e ao aguilhão dificilmente" cede (253e). Distinto será, portanto, o seu comportamento perante a "vista do amoroso vulto". Quando o cocheiro sente a força do desejo, enquanto o cavalo dócil "se contém para não saltar sobre o amado", o outro "os força a ir ao namorado e lhe fazer menção das afrodisíacas delícias" (254a).

Em tremendo combate as três partes da alma se digladiam, pois o cocheiro, "transportado à essência da beleza", puxa as rédeas e senta os dois cavalos: um "a gosto por não resistir, mas o outro muito a contragosto" (254c). Violenta é a reação do cavalo negro. "Maltratando o cocheiro e o companheiro de jugo", este os insulta, "mal cedendo", e de novo avança: "arqueando-se e esticando o rabo, mordendo o freio, com despudor ele puxa" (254d). Até que o cocheiro repuxa o freio dos dentes do insolente, o maltrata e "entrega-o à dor", até o momento em que "sofrendo muitas vezes o mesmo tratamento, humilhado, desiste da insolência", deixando "a alma do amante seguir o namorado com recato e temor" (253c-254e).

Paixão e amor

Domada a influência do cavalo ruim, pode então a alma dar livre curso ao seu afeto. Desejando a companhia do amado, poderia solicitar que este lhe concedesse favores, mas é da sua benevolência que o amante faz prova, pondo o outro fora de si. Mas a finalidade que o anima é permitir que entre ambos se gere uma amizade de que ninguém mais — amigos ou familiares — será capaz (255b).

Pode então o amante deixar que através dos olhos o fluxo da beleza provoque a "vaga do desejo", que lhe "irriga os condutos" das asas e as "impele a emplumar-se", enchendo-

-se de amor (255c-d). Amam as almas de ambos, mas não sabem o quê. Envolvidas na recíproca corrente de amor e contramor, poderiam até ceder ao desejo, mas os dois companheiros de jugo e o cocheiro a isso resistem "com respeito e ponderação", "conduzindo a um regime ordenado e ao amor à sabedoria" em que triunfa "o melhor da reflexão" (256a-b). Tendo escravizado "o que em suas almas fazia nascer vício" e libertado "o que nela origina virtude", podem os dois amantes chegar "ao termo da vida alígeros e leves" (256b).

Após essa tripla vitória, é à contemplação da vida em comum dos dois amantes, guiados por um amor correspondido e ligados por profunda amizade, que são consagradas as últimas palavras do discurso proferido por Sócrates. Se, sem renegar o apelo do desejo, o amante lhe antepuser afeto e benevolência, o seu amor é recompensado pela companhia que o outro lhe proporciona, de modo que, ao cabo de uma vida feliz, as duas almas recuperam as asas. Mas, se à relação faltar o amor à sabedoria e às honras e, ocasionalmente, o cavalo negro obtiver a satisfação do seu desejo, "serão felizes" por terem viajado "um com o outro", juntos criando "asas por graça do amor, quando criarem" (256b-e). Fedro deverá, pois, cultivar a amizade do amante. Quanto ao não amante, o convívio com ele fará a sua alma "rolar irrefletida", "por nove mil anos em volta da terra e sob a terra" (256e-257a).

Terminado o discurso, com uma nova prece dirigida ao Amor, Sócrates dirige mais uma crítica certeira a Lísias, pedindo a Fedro que o faça "cessar tais discursos" — como aquele que dedicou ao elogio do não amante — e "ao amor devote a vida com discursos de amor à sabedoria" (257b).

Retórica e logografia

Encantado com o discurso de Sócrates, Fedro reduziu o mérito que inicialmente atribuíra a Lísias e ao seu discurso.

Refere a propósito a censura de um político ateniense, que insultara o orador, apelidando-o de "logógrafo"[1] (257b-d). Mas Sócrates defende-o, alargando o âmbito da logografia a todos os legisladores, que nunca deixam de preceder os seus decretos por preâmbulos que exprimem a aprovação das instituições em que participam (257e-258). Portanto, se todo legislador carece do respeito geral, não será por ser escritor que Lísias deve ser censurado, mas por "discursar e escrever de um modo que não seja belo, mas feio e mau" (258d). Implicitamente, a objeção coloca uma nova questão: a de determinar o que torna bom um discurso. Todavia, a súbita mudança no enfoque aconselha uma pausa na argumentação.

O mito das cigarras

Sócrates alude então ao mito segundo o qual, antes de nascerem as Musas, as cigarras eram homens. Ao ouvirem as Musas, alguns homens de tal modo se enlevaram de prazer que, esquecendo comida e bebida, nem notaram que tinham morrido.

Por essa devoção ao canto, as Musas honraram-nos, fazendo a raça das cigarras descendente deles; sendo por isso que cantam até morrer (259b-d). Para não se tornarem ridículos aos olhos delas, é, portanto, justo que os dois dialogantes não cedam ao mormaço e conversem, com vista a "examinar por onde é belo discursar e por onde não" (259d-e). A inserção deste breve mito no centro do diálogo alerta Fedro para a necessidade de não se deixar embriagar pelo seu amor aos discursos, incitando-o a examinar criticamente o valor daqueles que ouve (C. L. Griswold, 1986, pp. 165-8).

---

[1] Logógrafo é o compositor de discursos, geralmente para uso nos tribunais. O cliente deverá memorizar a composição e recitá-la em defesa da sua posição. A acusação degrada Lísias, que já é um meteco, à condição de trabalhador assalariado.

Retórica e verdade

A primeira exigência que deve ser feita a um belo discurso é que "o pensamento do que discorre saiba a verdade do que está para dizer" (259e). Fedro objeta referindo três pontos que, segundo ele, condensam o programa didático da Retórica: 1) o futuro orador não precisa aprender o essencial da justiça, mas o que pareceu à multidão; 2) nem o essencial bom ou belo, mas o que lhe parecer; 3) pois é destes que "deriva o persuadir, não da verdade" (260a).

Sócrates responde com um exemplo. Se Fedro tudo ignorasse sobre o cavalo e julgasse que era o animal doméstico que tinha as maiores orelhas, não se deixaria persuadir por quem lhe fizesse o elogio do asno? Ora, não é isso mesmo que o orador faz quando persuade uma cidade a praticar o mal em vez do bem? (260b-d).

Se então o orador respondesse que não ensinava a discursar quem desconhecesse a verdade, poderia ainda contra-argumentar que aquele que "conhece o ser das coisas" nada ganhará, se não souber "persuadir com arte". Sócrates, porém, não encara a retórica como uma arte, mas como "inerte rotina", pois não há arte "sem o toque da verdade" (260d-e).

À caracterização da retórica como uma "'psicagogia', um conduzir a alma por palavras", em tribunais, conselhos e em privado, em diversos assuntos (261a), corresponde Fedro distinguindo a sua utilização nos processos judiciários e na Assembleia (261b). Após algumas referências irônicas a oradores famosos, Sócrates concentra-se no exame do que acontece nos tribunais, onde as partes se contradizem sobre o justo e o injusto (261b-c), contendendo que o praticante da retórica fará que "a mesma coisa pareça às mesmas pessoas ora justa, ora injusta", procedendo do mesmo modo na Assembleia (261c-d).

Sócrates refere então o costume do "Palamedes eleático" (Zenão), de "fazer as mesmas coisas parecerem seme-

lhantes e dessemelhantes, uma só e múltiplas, imotas e movidas" (261e; ver o exemplo desta prática em *Parmênides*, 127d-128a), para concluir que "a arte da contradição" não existe apenas nos tribunais, mas na capacidade de "assimilar toda coisa a qualquer outra", pois a ilusão se produz no que é pouco diferente, permitindo ao orador avançar, pouco a pouco, de algo ao seu contrário (261d-262a). Para tal, porém, é preciso "conhecer a semelhança e dessemelhança dos seres"; o que não é possível ignorando a verdade de cada ser e explorando certas semelhanças (262b). Por isso, também "a arte de transferir pouco a pouco, por semelhanças fazendo em cada passo passar do ser ao seu contrário", exige "conhecimento do que é cada um dos seres"; mostrando que nenhuma arte dispensa o conhecimento da verdade (262b-c).

Crítica da Retórica

Sócrates propõe então avaliar a qualidade de um discurso a partir da análise do exemplo fornecido por Lísias (262c). Antes de avançar, estabelece um ponto prévio: se o desacordo entre falantes manifesta-se em relação a nomes como "justo" ou "injusto", e não como "ferro" ou "prata" (263a), "estamos mais sujeitos à ilusão", isto é, estamos mais sujeitos à ilusão naqueles tópicos "em que divagamos" (263b).

Esta diferença deve ser notada pelo orador, que "separando estes dois tipos, apreende alguns caracteres de cada um", sentindo "a respeito do que vai falar, qual o gênero a que pertence" (263c-d).

Sendo o amor bom exemplo das coisas sujeitas a discordância, logo aí os dois discursos se distinguem, pois, enquanto Sócrates começou por defini-lo, Lísias "forçou-nos a conceber o Amor como um dos seres que ele próprio quis", assim desenvolvendo o discurso (263d-e).

Repetindo o princípio do discurso, Sócrates nota que começa do fim, "a partir do que, já cessado o amor, o aman-

te diria ao namorado" (264a). Na sequência, os elementos "parecem confusamente jogados", sem nenhuma "necessidade discursiva" (264b). Ao contrário, Sócrates pensa: "que deve todo discurso constituir-se como um ser animado, tendo um corpo que seja o seu, de modo a não ficar sem pé nem cabeça, mas ter partes centrais e extremas, escritas de modo a se ajustarem entre si e com o todo" (264c).

Longe disso, a peça composta por Lísias se assemelha ao epigrama atribuído a Midas, no qual "em nada difere que uma frase dele se diga em primeiro ou último lugar" (264c-e). Registrando o aborrecimento de Fedro, Sócrates observa então que os dois discursos são contrários: um dizendo que é ao não amante, o outro ao amante, que é preciso favorecer (265a). É sobre essa oposição que irá desenvolver o seu argumento contra a Retórica.

A dialética

Partindo da caracterização do amor como delírio, depois de distinguir "o que vem por doenças humanas do que vem por divino transporte" (265a), Sócrates divide o segundo gênero em quatro partes: divinatório, místico, poético e erótico (265b). Seguindo a linha indicada em 249b-c, este procedimento observa a marcha para a unidade do que está disperso em multiplicidade: "para que definindo cada unidade se ponha em claro aquilo que em cada caso se quer ensinar" (265d).

Na sequência, passa ao procedimento oposto: "por espécies poder recortar segundo as articulações naturais e tentar não quebrar nenhuma parte, como faz um mau cozinheiro" (265e).

O duplo procedimento registrado ilustra como "de um só corpo nascem membros duplos e homônimos, chamados esquerdos e direitos" (266a). E exemplifica distinguindo a paranoia do delírio. Enquanto Lísias, cortando sempre pela esquerda, acabou por achar "um certo amor esquerdo", que

justamente vilipendiou, Sócrates procedeu pelo braço direito da dicotomia, a partir do delírio, "apresentando homônimo daquele um certo amor divino", que elogiou "como responsável para nós dos maiores bens" (266a-b). Aos que fazem como ele, chama "dialéticos"; aos que fazem como Lísias, pergunta que nome lhes dará. Sem responder, Fedro aquiesce, mas considera necessário caracterizar a retórica (266b-c).

Os ensinamentos dos tratados de retórica

Perguntando pelos estudos dedicados à arte retórica, Sócrates refere Teodoro de Bizâncio, responsável pela articulação das partes constitutivas do discurso: "proêmio", "exposição" (apoiada em testemunhos), "comprovação", "suplemento de comprovação" (266d-e). Prossegue introduzindo a "refutação" e seu suplemento, na acusação e na defesa, citando depois Eveno de Paros, que descobriu a "insinuação" e, apoiado na mnemotecnia, os "elementos indiretos". Mas não esquece Tísias e Górgias, que, contra o verídico, "viram o provável como o que mais se deve honrar", fazendo o grande aparecer pequeno, e vice-versa, bem como o novo, arcaico, "tanto na concisão discursiva, quanto no alongamento indefinido sobre todo assunto". E termina com Pródico, que defende deverem os discursos "não ser breves, nem longos, mas comedidos" (267a-b).

Passa ainda por Hípias e Polos, com a definição de fórmulas discursivas como a "expressão redobrada", a "sentenciosa" e a "imagética" (267b-c), para de passagem fazer menção do "vocabulário de Licínio". Fedro pergunta então por Protágoras, mas o filósofo responde-lhe referindo Trasímaco de Calcedônia, que considera ser capaz de enfurecer multidões e, depois de as aplacar, de caluniar e destruir calúnias. Quanto ao modo de se acabar um discurso, todos convergem na "recapitulação", embora alguns lhe deem o nome de "resumo" (267b-e).

Fedro acha a arte poderosa (268a), mas Sócrates abate-lhe as pretensões esboçando algumas comparações da retórica com outras artes. Começa pela medicina, objetando que estaria louco aquele que se imaginasse médico por ter ouvido falar de algum livro, ou ter se deparado com alguns remédios (268c). Estendendo a comparação à Tragédia, opina que Sófocles e Eurípides dariam risadas se alguém, por saber compor longas frases sobre pequenas matérias, e frases bem curtas sobre grandes, se imaginasse capaz de ensinar a composição trágica (268c-d); e dá exemplo análogo em relação à música (268d-e). Mas o cúmulo da ofensiva contra a retórica é atingido quando a comparação é feita com a obra de oradores famosos, como Adrasto ou Péricles. O juízo destes é severo para com aqueles que, incapazes de definir a Retórica, imaginaram tê-la descoberto por possuírem os conhecimentos necessários antes da arte, e, ensinando-os, julgaram que o seu ensino é perfeito e que o falar sobre qualquer assunto é trabalho de nada, "devendo os próprios discípulos por si mesmos conseguir os seus discursos" (269a-c).

E o bom retórico?

É então que, ao contrário do caminho que traça em *Górgias*, Sócrates passa a refletir sobre o que poderia ser uma boa retórica. Começa por atribuir capacidade como "perfeito agonista", lutador consumado, àquele que cultiva a arte "com ciência e exercício", pois, não é no caminho de Lísias e dos outros que "parece surgir o método" (269d). Talvez Péricles tenha sido o mais perfeito orador. Se é de "muita conversa e alta divagação sobre a natureza" que advêm "a sublimidade do pensamento e perfeição de trabalho", além do talento natural, foi do convívio com Anaxágoras e do seu ensino sobre a mente (*nous*) que Péricles "tirou para a arte dos discursos o que era apropriado" (270a; ver uma análise detida do passo em L. Brisson, 1992, pp. 62-76).

Na retórica e na medicina, cabe distinguir, numa, a natureza do corpo, noutra, a da alma. Esta, porém, há que con-

cebê-la como um todo; defendendo o mesmo os Asclepíadas em relação ao corpo. Sustentava Hipócrates ser necessário perguntar se "é simples ou multiforme". Se simples, deve-se examinar a sua potência para agir e para sofrer ação, e de quê. Se multiforme, devem-se enumerar as suas formas e de novo inquirir a sua potência de fazer ou de sofrer o quê, e por ação de quê, pois, sem isso, o método avança às cegas (270c-e).

Portanto, Trasímaco, ou qualquer outro, terá de descrever e fazer ver a alma, e se é homogênea ou multiforme, por que age ou o que sofre, e por ação de quê, e, enfim, "tendo disposto os gêneros de discurso e de alma assim como as suas afecções, ele percorrerá as causas, adaptando cada um a cada uma, e ensinando qual sendo a alma sob o efeito de quais discursos, por que causa é esta persuadida e esta não" (271b).

Enquanto não atenderem a estas exigências, "não deixemos persuadir-nos que escrevem com arte", pois não cai bem dizer as suas próprias frases (271b-c). Se o poder da fala vem do "direcionamento da alma", há que saber quantas formas a alma tem e qual sua natureza.

É então a vez dos discursos e das suas formas; na prática, quais agem sobre que almas. Só depois de realizadas estas tarefas chega o momento de aplicar a linguagem adequada, falando ou se abstendo, com "fala concisa", "piedosa" ou "indignada", distinguindo o "oportuno e o inoportuno de tudo isso". Todavia, se algum destes pontos faltar, sempre prevalece "aquele que não se convencer" (271c-272b).

Fala um orador anônimo

Não parece haver outro caminho melhor que este. Mas Sócrates ouviu de um orador alguns conselhos que vai reproduzir. Não há que subir tão alto, pois, um orador "nada com a verdade deveria ter, tratando do justo e do bom nos negócios". Nos tribunais, "nenhum cuidado há com a verdade",

mas com "o convincente", o "verossímil". Por vezes, nem o ato cometido se deve mencionar, se não for praticado com verossimilhança, pois só esta interessa, na acusação ou na defesa. Deve-se perseguir o verossímil, sendo este que, "formando-se através de todo o discurso, constitui toda a arte". E Fedro não deixa de corroborar (272d-273a).

Resposta de Sócrates

Mas de onde vem este "verossímil"? Será que não é senão "o parecer das massas"? Por exemplo, se um homem fraco e valente bateu num forte e covarde, nenhum deles deverá dizer a verdade. O covarde referirá ter havido mais agressores; por sua vez, o valente perguntará: "como é que eu, fraco, teria atacado um homem forte?". Consiste então a arte na troca de mentiras?

Sócrates dirá então a Tísias que "o verossímil se forma na multidão por semelhança com o verídico" e que quem acha melhor as semelhanças é quem sabe. Ora, quem não tiver levado em conta a singularidade de cada natureza entre os que vão ouvir, e não distinguir os seres por espécies, abrangendo-os numa ideia por cada espécie, nunca será técnico de eloquência. E o sábio deverá se aplicar a falar com os deuses, não com os homens. Pois não é a escravos que o que tem juízo deve agradar, mas a senhores bons, sendo em vista do que é grande que se deve fazer o circuito (273d-274a). Restará então apenas falar da conveniência do escrever (274b).

Críticas à escrita:
o mito de Theuth e Thamous

Sócrates conta então que no Antigo Egito viveu um homem de grande engenho, descobridor do número, do cálculo, da geometria e da astronomia, do gamão e dos dados, e também das letras. Questionado pelo rei Thamous sobre a utilidade das suas descobertas, mostrou cada uma delas, ouvindo

do rei apreciações que seria longo referir. Vale, contudo, registrar o diálogo travado em torno das letras. Disse Theuth: "Eis, ó rei, o conhecimento que tornará os egípcios mais sábios e mais lembrados; pois de memória e de sabedoria foi encontrado o medicamento" (274e).

E redarguiu-lhe Thamous: "Ó tecnicíssimo Theuth, um é o capaz de engendrar os elementos da arte, outro o de julgar a parte de dano e de utilidade que ela tem para os que vão usá-la [...]. Pois isto, nos que o aprenderam, esquecimento em suas almas produzirá com o não exercício da memória, porque na escrita confiando é de fora, por alheias impressões e não por eles mesmos, que se recordam; assim, não para a memória mas para a recordação encontraste um medicamento" (275a).

Conclui Thamous não ser a verdade da sabedoria, mas a aparência dela, que é transmitida aos aprendizes. Estes parecerão "informados sem ensino" e "avisados", quando, pelo contrário, o que são é desavisados, difíceis de conviver e sábios só na aparência (275a-b).

Pensando que "palavras escritas [não] são mais que um meio para o que sabe relembrar o de que trata o escrito" (275c-d), Sócrates aponta a semelhança da escrita com a pintura: nesta, os seres engendrados parecem vivos; contudo, a qualquer pergunta respondem com o silêncio; também nos discursos, se um pensamento os anima, a quem quer aprender só uma e a mesma coisa indicam (275d), ficando o escrito a rolar entre estranhos, "sem saber a quem deve falar e a quem não", incapaz de se defender, nem de se assistir por si mesmo" (275d-e). É, pois, necessário considerar um discurso legítimo: "que se escreve com ciência na alma do que aprende" e é capaz de se defender e falar ou calar a quem for preciso; discurso do que sabe, "vivo e animado", do qual o outro é simulacro (276a).

Bom exemplo desse último são os "jardins de Adônis", que se tornam belos em oito dias. Não são, porém, esses,

plantados por brincadeira, que o agricultor inteligente seriamente cultiva, cuidando das sementes se quiser obter frutos. As que lhe interessam, ele as semeia em solo adequado, contente se o que semeou chegar ao seu termo em oito meses (276b).

Do mesmo modo procederá "o que tem a ciência do justo, do belo e do bom". Quanto às sementes, "seriamente não as escreverá em água negra [...] com discursos incapazes de ensinar suficientemente a verdade" (276c). Há de semeá-las e escrevê-las, entesourando lembranças para a velhice, para si mesmo e para "quem siga a mesma pista" (276e).

Acima de tudo, "mais belo é o empenho", quando é usada a arte dialética, "pegando uma alma condigna, nela plantando e semeando com ciência discursos capazes de se assistir", dos quais outros brotarão, "fazendo no que os tem a maior felicidade possível ao homem" (276e-277a).

A Lísias e Fedro haverá que lembrar que nada valerá escrever sem conhecimento da verdade, que o escritor deverá ser capaz de tudo definir, seccionando por espécies até o indivisível, distinguindo a natureza das espécies de alma, apresentando o discurso complexo a uma alma complexa, e simples a uma alma simples. Pois, sem isso não é possível usar o gênero discursivo nem para ensinar, nem para persuadir (277b-c). E haverá que censurá-lo, se julgar que escreveu, em público ou em privado, um tratado com grande solidez. Pois é censurável alguém escrever sobre o justo e o injusto, o mau e o bom, ignorando-os, mesmo que a multidão o louve (277d-e).

Pelo contrário, Sócrates faz votos de que ele e Fedro venham a ser como aquele homem que julga que há no escrito muito de lúdico, sabendo que nenhum discurso destinado a persuadir vale grande esforço; que os melhores, ensinados em vista da aprendizagem, constituem um lembrete para os que sabem; que são esses, escritos na alma e sobre o justo, o belo e o bom, os únicos em que há clareza e perfeição; que dele

são filhos legítimos, primeiro, o que está nele mesmo quando o tiver descoberto, depois, seus irmãos, os que deste são rebentos, nascidos noutras almas (277e-278b).

Ao terminar, Sócrates dirige-se ao compositor de discursos escritos, como Lísias, Homero e Sólon. Se foi conhecendo o verídico que compôs os seus discursos, podendo assistir-lhes no questionamento do escrito, com sua palavra mostrando o pouco que são, não é por eles que se deve chamar, mas por aqueles em que se empenhou que deverá ser chamado "amigo do saber" (278c-d). Aquele que, pelo contrário, nada mais valioso tem do que aquilo que escreveu, revirando o escrito, colando e suprimindo trechos, deverá ser chamado de "poeta" (278d-e).

Rematando o diálogo, após uma breve referência a Isócrates, que considera ser superior a Lísias, Sócrates dirige uma comovente prece a Pã, pedindo que lhe seja concedida beleza interior, e por fora que tenha amizade ao que tem dentro; que considere rico o sábio e tenha de ouro tanto quanto o temperante, isto é, o homem de caráter moderado, possa levar (279b-c).

Principais argumentos do *Fedro*

Para ler um diálogo platônico há que atender a duas perspectivas complementares: de um lado, à sequência da narrativa, que confere unidade literária ao texto, inserindo os argumentos no plano dramático; de outro, à diversidade das temáticas abordadas, que potencialmente remete cada obra para a unidade do *corpus* (H. Joly, 1980, p. 375). No que diz respeito ao *Fedro*, como vimos anteriormente, essa tarefa é particularmente complexa, dada a variedade e abrangência dos temas que o diálogo percorre. A circunstância sugere a oportunidade de uma abordagem unitária daqueles que são mais relevantes, pois dela depende a compreensão do

diálogo e a clarificação do lugar que ocupa no conjunto da obra escrita do filósofo.

Alma

O tema da "alma" mantém o seu protagonismo ao longo de toda a obra, ficando apenas fora do discurso de Lísias. Depois da pontual referência com a qual termina o seu primeiro discurso (241c), Sócrates introduz o tema através do argumento que caracteriza a alma como "imortal" e "automotiva". Os dois atributos acham-se intimamente ligados, sendo ambos pressupostos da noção de "alma" (C. L. Griswold, 1986, pp. 80-7; R. Bett, 1999, pp. 428-31). Sendo princípio de movimento (245c-246a), a alma não pode cessar de se mover, porque então não haveria mais movimento, nem de viver, porque não haveria mais vida (245d-e; *Fédon*, 72c-d, 106c-107a; J. T. Santos, 2009, pp. 49-59).

O argumento é aceitável num contexto antepredicativo — ou seja, "vida" e "movimento" não devem ser entendidos como predicados de uma outra natureza (a "alma"), na qual "vida" e "movimento" se manifestariam. Sócrates deixa claro que a alma é a própria "vida" e o "movimento" em si mesmo, e por isso afirma que "é" e "é princípio".

A alegação é incompreensível da perspectiva dos "mortais", para quem a vida e o movimento são, ou não, predicados do conjunto "corpo/alma" (246b-d). É por essa razão que o argumento platônico insiste repetidamente na denúncia dessa limitação (ver *Fédon*, 106e-107a; e Empédocles, DK31B8), por exemplo, ao mostrar que o corpo é "aquilo" que ora vive, com a alma, ora morre e está morto, sem ela (é isso "a separação da alma do corpo": *Fédon*, 64c, 67d; *Fedro*, 246c).

Quanto à questão da "imortalidade" da alma, deve ainda ser referida uma aparente incongruência entre diversos textos platônicos. Além de algumas referências no *Banquete* o sugerirem (206e7-8, 208b2 ss., 212a5; ver S. Rosen, 1987,

p. 230), ao fazer a descrição da "construção" da alma pelo deus, o *Timeu* (34b ss.) aparentemente rejeita o postulado da "imortalidade", e com ele a caracterização da alma como "princípio do movimento". Entre diversas tentativas de "salvação" da coerência da concepção platônica (associada à questão da "tripartição", ver T. M. Robinson, 2007, pp. 165-8), é possível invocar o expediente de, considerando que a construção da alma antecede a do Tempo (*Timeu*, 37d ss.), se poder encará-la como "imortal", enquanto "princípio de movimento do cosmos", o qual é criado pela sua expansão a partir do centro, delimitando a extensão do "corpo do visível" (34b).

Quanto ao mito do "lugar supraceleste", este deve ser entendido como a descrição da verdadeira vida: o incessante movimento das almas nos céus, que o *Timeu* insere na estrutura da alma cósmica (30c-46b; ver *Fedro*, 245e-246a). No *Fedro*, a narrativa mítica é necessária, no contexto da narrativa dramática, para permitir a Sócrates argumentar, contra Lísias e Fedro, a favor da tese da divindade do Amor. Se o Amor é a causa do desejo que intimamente expressa a associação da alma ao movimento, é possível, analisando a fenomenologia associada ao "cavalo negro", "de insolência e jactância companheiro" (253e), distinguir um amor "direito" de outro "esquerdo" (266a-b), criticando um e louvando o outro ("dois sentidos de 'loucura'": L. Brisson, 1992, pp. 61-2).

Noutro registro, complementando o *Timeu*, a vívida descrição da procissão dos deuses nos céus, ascendendo "até ao ápice da abóbada infraceleste" (246e-247a), metaforiza o análogo relato da implantação e disposição dos "órgãos do Tempo" na alma cósmica (*Timeu*, 38c-e, 39c-41a).

A luta que o "cavalo negro" trava contra a aliança do cocheiro com o outro cavalo descreve metaforicamente o combate da ira, apoiada no raciocínio, contra o desejo, no episódio de Leôncio (*República*, IV, 439e-440b). Nesse sen-

tido, o *Fedro* articula a concepção unitária da alma individual, sede da personalidade, da inteligência e das consciências ética e psicológica, exposta no *Fédon*, com a concepção tripartida, comum à *República* e ao *Timeu*, recorrendo ao mito para articular uma com a outra.

Um último traço deverá ser mencionado: a "transmigração das almas". Em diversas passagens, Platão associa a tese da imortalidade à da transmigração. Segundo esta, a alma, depois de uma primeira entrada no "sêmen de um homem" ("varão": 248d; *Timeu*, 42b-c, 90e), estaria sujeita a um número indefinido de reencarnações. Apesar de referir a concepção como se fosse corrente, pelo menos entre os interlocutores de Sócrates, Platão frequentemente remete para textos arcaicos ou para a palavra de poetas tocados pela inspiração divina (ver A. Bernabé, 2011, pp. 155-229; L. Brisson, 1999, pp. 23-46). Em relação com o mito do *Fedro*, é relevante referir o passo do *Mênon*, 81a (ao qual voltaremos a propósito da "reminiscência"), em relação com a transmigração e a etiologia dos destinos impostos às almas (248d-249b). É também importante lembrar o mito de Er, na *República* X (614b-621b), bem como o menos referido final do *Timeu*, que alude à possibilidade de reencarnação da alma em corpos de animais (90e-92c; *República*, X, 617e-620e).

Amor

Perfeita é a complementaridade que o tratamento do tema do "amor" recebe no *Fedro* e no *Banquete*. Em ambos os diálogos, o amor é a força que anima o desejo do amante e o dirige para aquilo que lhe falta (*O Banquete*, 200c9; *Lísis*, 221d-222a), embora seja totalmente distinta a caracterização que recebe em cada um deles. No *Banquete*, nenhuma atenção é prestada ao "amor esquerdo", que — por causa da censura ao elogio do "não amante" — o *Fedro* coloca no foco da narrativa. Por outro lado, o culminar da *scala amoris* (*O Banquete*, 211a-212a) — a contemplação do "ocea-

no da beleza" (210d) —, correspondido no *Fedro* pela recompensa expressa na imagem da "recuperação das asas" (256b-c), torna explícita a marcha que o par amoroso deverá empreender.

Quando o amante atinge a compreensão de que "a beleza de cada corpo é irmã da beleza de qualquer outro", e daí chega a perceber que "a beleza de todos os corpos é uma e idêntica" (*O Banquete*, 210a-b), a experiência do amor não mais o escravizará, tornando-se libertadora (*Fedro*, 255a-257a). No *Banquete*, permitida a ascensão aos mistérios supremos do amor, iluminada pelo brilho da beleza, a alma pode promover os discursos que visam a reta educação do amado, passando das ações às leis até ganhar a compreensão da unidade da ideia (*O Banquete*, 210b-d; ver *Fedro*, 249b-c). Só então, se abeirando do termo do trajeto amoroso, enfim livre das cadeias que o prendiam às vicissitudes da existência visível, que condenavam as almas à mutabilidade das visões particulares, pode o amante contemplar a beleza. Até que — terminada a iniciação —, uma vez alcançada a visão de conjunto do todo da beleza (210d-211e), lhe é "subitamente" (*exaiphnês*: 210e4) consentida a contemplação que supera a discursividade da experiência cognitiva (211a-212a).

Reminiscência das ideias

A circunstância de o tema da "reminiscência" ser tratado em três diálogos distintos, sendo-lhe em todos eles conferido grande protagonismo, suscita ao intérprete a interrogação sobre a possibilidade de, a partir do *Fedro*, esboçar uma leitura unitária do tema. Nesse sentido, não levando em conta algumas possíveis remissões para o tema noutros diálogos, esboçaremos em linhas muito gerais uma leitura unitária da "reminiscência" em *Mênon*, *Fédon* e *Fedro* (J. T. Santos, 2008, pp. 42-9).

a) Os argumentos

O *Mênon* defende a tese da reminiscência a partir da análise de uma experiência cognitiva, levada a cabo por Sócrates com um escravo inculto, na presença de Mênon. Depois de construir um quadrado no chão e instruir o jovem sobre algumas propriedades geométricas básicas da figura desenhada (lados, ângulos, área), Sócrates pergunta-lhe sobre que linha se construirá um outro quadrado, de área dupla do dado. Tendo esgotado as duas possibilidades de encontrar as respostas que, a partir da exploração do esquema esboçado no chão, lhe são consentidas (o dobro do lado e o lado mais metade), o rapaz desiste, reconhecendo que não sabe (84a).

Depois de comentar com Mênon quanto este reconhecimento implica um avanço na reminiscência (84a), Sócrates acrescenta uma diagonal à figura e a partir dela constrói um outro quadrado, sobre cuja área interroga o rapaz. Contando o número de triângulos retângulos isósceles inscritos nos dois quadrados desenhados, o escravo pode concluir que a área do segundo é dupla da do primeiro, confirmando que este último se constrói sobre a diagonal do outro (J. T. Santos, 2008, I, pp. 100-8).

No *Fédon*, Sócrates começa por definir a reminiscência como "o que acontece a alguém" quando o conhecimento de algo pela sensopercepção é acompanhado pela concepção na mente de um saber diferente (73c, 74c-d). Tentando explicitar a definição dada, depois de referir alguns casos de reminiscência, frequentemente ocorridos (73d-e), avança o exemplo dos "iguais", captados a partir das percepções sensoriais, e do "igual em si", concebido na mente (74b8-c3). "Assimilando" um ao outro (76e; "comparando-os": 74b-75c), Símias concede que, embora "o igual seja concebido [na mente] a partir [da visão] dos iguais" (74b, c, 75a, a-b, 75b, c), "o ser" de um é diferente do ser do outro (74c, d), pois enquanto "o igual nunca é desigual", "os próprios iguais apa-

recem por vezes desiguais" (74b), "aparecem como o igual". Todavia, embora a ele "se refiram" (75b, 76d), por dele "serem próximos" (76a), "falta-lhes ser como ele" (74d-e, 75a-b, b). Daqui resulta haver, ínsito na alma (73a), logo, "necessariamente" (74d2, e2, 9, 75d4, 76e2), um "conhecimento anterior" (do igual e de "o que é": 75b, c-d), conhecimento esse que é esquecido depois da encarnação num corpo (75d, d-e, 76a, d, e). Ora, como usamos os sentidos desde o momento ao qual chamamos "nascer" (75b-c), esse saber ("do belo, do bom e todos os outros": 76d, 78d; ver 75c-d) só poderá ser anterior ao nascimento da alma no corpo (73a, 74e-75a, b, c, d, e, 76a, c, d-e, e). Conclui-se então que "assim como essas [ideias] existem, as nossas almas existem antes de nascermos" (76e).

b) Os mitos

As constantes repetições das referências acima notadas mostram que, ao invés da leitura aí esboçada, o argumento é tudo menos linear. Acrescendo as dificuldades motivadas pela ambiguidade de algumas expressões-chave (por exemplo, "os próprios iguais" [*Auta ta isa*, 74b] manifestam-se nas percepções sensoriais ou são concebidos na mente?), só é possível propor uma leitura do argumento aproveitando dados retirados, no *Mênon*, da referência mitopoética que serve de preâmbulo (81a-d) à teoria segundo a qual "aprender é recordar" (81d), e, no *Fedro*, dos passos relevantes do mito.

No *Mênon*, é dito que a alma imortal — "congênita com toda a natureza" (81c9-d1) —, muitas vezes renascida, tendo contemplado "todas as coisas" neste mundo e antes de encarnar num corpo, é capaz de, a partir de uma única recordação, recuperar tudo aquilo que antes viu (81c-d). Comentando com Mênon o diálogo travado com o escravo, depois de ter mostrado como "as opiniões vieram à tona" (85c9-10) nele, Sócrates sustenta que o interrogatório pode ser repeti-

do, produzindo opiniões verdadeiras (85b-86b), pois, "sendo imortal" (85e-86a), a sua alma aprendeu o tempo todo (86a).

No mito do *Fedro*, a descrição da queda da alma do "lugar supraceleste" confere ao esquecimento (248a-d) uma carga ética de todo ausente do argumento do *Fédon*. Impedida de se nutrir "do belo, do sábio, do bom e tudo o mais" (246e, 247d), pelo contrário, obrigada a se "nutrir do alimento da opinião" (248b), "cheia de esquecimento e maldade", a alma perde as asas e cai sobre a terra (248c), entrando na roda dos nascimentos (248d-e).

c) Amor à beleza

Duas consequências decorrem desta narrativa: 1) se a causa da queda da alma foi o esquecimento, a sua salvação só pode se conseguir pela recuperação do saber perdido; 2) achando-se a alma encarnada e vivendo neste mundo (*Timeu*, 42a-e), é nele que a recuperação do saber deve ser empreendida (*Timeu*, 44b-d). Para mostrar como ela é possível, é invocada a reminiscência, a qual, consistindo na tarefa de "ir das muitas sensações à unidade da ideia, por raciocínio concebida", proporciona a "iniciação nos perfeitos mistérios" (*Fedro*, 249b-c).

Não é, porém, possível iniciar esta empresa sem que a alma possa ter, ao menos, uma recordação vaga da sua existência anterior. Como, devido ao seu brilho (250b) e à acuidade da visão (250d), de entre todas as ideias só da beleza a alma pode reter memória, é pela contemplação das imagens de belos corpos que se inicia o caminho da reminiscência. "Amor" é, pois, o nome dado à força que dirige a alma para a recuperação da beleza outrora contemplada (249d-250c).

Ao contrário de Aristóteles, para quem "todos os homens desejam por natureza o saber" (*Metafísica*, A1, 980a 21), Platão não atribui a todos o desejo do saber, reservando-o àqueles a quem chama "filósofos" (248c, 249c-d), que são

muito poucos (*Timeu*, 51e, 53c). Porém, tanto o escravo de Mênon quanto os tebanos Símias e Cebes, ou qualquer outro amante da beleza, são capazes de recordar a porção que lhes caberá da ideia, partindo de uma imagem desta: seja do quadrado construído por Sócrates, dos "próprios iguais", ou do corpo de um belo jovem.

d) "O igual" e "os iguais"

Esta ligação das imagens àquilo de que são imagens (*Sofista*, 240b; *Timeu*, 52c) lança luz sobre o "argumento da reminiscência", no *Fédon*. Se "os iguais" são imagens do "igual em si" — e não predicados atribuídos a "paus e pedras" (74a-b) —, não só se percebe por que se "referem" ao igual em si, do qual "são próximos" (76a), como fica clara a razão pela qual "são vistos iguais" (74b).

Os dois episódios cognitivos simultâneos, recebidos por vias diferentes — um, "a partir das sensopercepções", outro, "concebido na mente" (73c) —, mostram afinal ser apenas um, embora de diferentes naturezas. Quer isto dizer que algumas percepções sensoriais, nas quais se acham fundidas a "competência" cognitiva (*República*, 477b), o seu exercício e o produto obtido (por exemplo, a visão, o ver e o visto), "tomam como modelo" (76e) a ideia à qual "se referem" (75b, 76d), "querem ser como ela", "desejam-na" (75a, b), mas "falta-lhes" (74d), "são deficientes" (75b), são "mais grosseiras" (75b) que ela. É para mostrar essa deficiência a Mênon que Sócrates recorre ao diálogo com o escravo; leva Símias a conceder a superioridade de "o igual" a "os iguais"; tal como, no *Fedro*, é por causa dela que "o não recentemente iniciado ou corrompido [...], rendido ao prazer, põe-se a andar na lei do quadrúpede" (250e).

Na leitura acima, os quatro passos convergem, embora proponham perspectivas distintas sobre a reminiscência. O *Mênon* mostra-a como teoria cognitiva englobante e o *Fédon*

analisa o caso específico da reminiscência de ideias relacionais (igual, grande, justo, belo etc.). Por sua vez, o *Fedro* complementa as duas visões anteriores, integrando num contexto metafísico amplo a teoria sobre a cognição e a prática dialética que se serve do discurso para refinar as imagens percebidas, potencialmente permitindo a gradual recuperação do saber (C. H. Kahn, 1996, pp. 366-8; J. T. Santos, 2008, II, pp. 23-50).

Retórica

Terminada a retratação, Sócrates aproveita uma referência a Lísias para voltar-se para a retórica. A sua finalidade é distinguir um discurso "belo de um feio e mau" (258d, 259e). Começa a sua denúncia da retórica criticando o desinteresse da "persuasão" pelo "bom e o mau" (260c-d) e rematando com a definição da Retórica como "'psicagogia', um conduzir da alma por palavras" (261a-b). Apesar de se achar próxima das definições da arte retórica, concedidas por Górgias (*Górgias*, 452e, 454b), a referência à "condução da alma" inicia uma nova via exploratória do tema, associando o que separara, pelo fato de renunciar à argumentação antilógica. Com a utilização do termo "psicagogia", Sócrates desliga a retórica das práticas políticas e forenses, conferindo à persuasão a possibilidade de ser entendida como parceira da investigação da verdade (A. Kélessidou, 1992, pp. 267-8), deste modo preparando Fedro para aceitar a série de críticas que vai lhe apontar.

A estratégia do orador

O cerne da crítica de Sócrates acha-se na sutileza com que aborda a "contradição sobre o justo e o injusto" (261c) num tribunal. A estratégia pela qual cada um opta para defender a sua posição consiste em fazer que "à cidade pareçam as mesmas coisas ora boas, ora o contrário" (261d), "não só assimilando toda coisa a qualquer outra", como "trazendo

à luz" a assimilação que outro litigante esconde (261e). Jogando com "a semelhança e dessemelhança dos seres" e a ignorância "da verdade de cada ser", característica das audiências (262a), o orador argumenta "transferindo pouco a pouco, por semelhança fazendo em cada passo passar do ser ao seu contrário" (262b). Foi precisamente isso que Lísias conseguiu com o discurso que fez a Fedro (262c), ao sustentar que o amor é um dano para amado e amante, em vez de o maior dos bens (263c).

Dialética e verdade

Contra esta estratégia, desordenada e confusa (264c-e), que instaura a impotência ética do discurso, a alternativa é assumir à partida a contradição entre os discursos de Lísias e o de Sócrates. Essa posição permite, encarando o amor como um delírio, começar por distinguir duas espécies deste: aquele que vem "por doenças humanas" e o que é gerado "por divino transporte" (265a). Tendo então dividido o delírio divino em quatro partes (265b-c), Sócrates pode exaltar a "emoção amorosa", desse modo passando da censura ao elogio (265b).

Depois de ter definido o amor, trazendo-o a uma só ideia, "recortando pelas articulações naturais", opõe o amor divino ao humano, apontando para a sua divisão em duas partes: uma boa, outra má (265e-266b). Esta estratégia de "divisões e conjunções" (ver a análise da metodologia em C. L. Griswold, 1986, pp. 173-86), caracterizada como a dos dialéticos, diferentemente das dicotomias praticadas no *Sofista* e no *Político*, visa a "tornar possível o discurso e o pensamento" (M. I. Santa Cruz, 1992, p. 255). Mas a estratégia oposta, seguida pela retórica, ainda escapa a Fedro (266b-c). Por isso, Sócrates terá de promover a sua retratação, pela enumeração de uma série de inovações e distinções formais, pelas quais foram responsáveis diversos cultores dessa arte (266e-268a).

Retórica e outras artes

De todas essas inovações, cuja potência de produzir efeitos os retóricos enaltecem, médicos (268a-c), tragediógrafos (268c-d), músicos (268d-e), e até oradores, como Péricles ou Adrasto ("os mais dotados": L. Brisson, 1992, pp. 64-5; ver *contra* Péricles: *Menêxeno*, 235e), se ririam, por aqueles "julgarem que por eles foi ensinada com perfeição a retórica" (269c). Pois, tal como a arte médica distingue "a natureza do corpo", na retórica haverá que distinguir "a natureza da alma" para poder transmitir "convicção e virtude" (269e).

Na medicina, seguindo Hipócrates, que sustenta que se deve refletir sobre a natureza das coisas, é preciso inquirir se é simples ou multiforme. No caso de ser simples, deve-se examinar a sua potência; se, pelo contrário, se apresentar com muitas formas, deve-se enumerá-las, de modo a poder, como na forma única, ver em cada uma o que faz ou sofre e por ação de quê, sob pena de o método se assemelhar ao caminhar de um cego (270c-d). Do mesmo modo, na retórica, deverá se mostrar que discursos devem se aplicar à essência e natureza da alma (270e) e, dispondo os gêneros de discurso e de alma, "adaptar cada um a cada uma", considerando o efeito produtor da persuasão (271b). Se o poder da fala é direcionar a alma, haverá que conhecer quantas são as formas de alma, a elas adequando os discursos (271d). Só depois disso o orador poderá recorrer às formas de discurso que lhe correspondem, distinguindo o oportuno e o inoportuno no discurso, falando ou escrevendo com vista ao ensino (272a-b).

Quanto às práticas seguidas em tribunal por aqueles que opõem "o verossímil" e "o convincente" à verdade, haverá que superar a preocupação com a eficácia junto das audiências, considerando que se deve agradar "a senhores que são bons e bons constituintes" que, portanto, conhecem a verdade, e não a companheiros escravos, que a ignoram (273e-274a).

Crítica da escrita e louvor da dialética

O debate sobre a escrita, que serve de epílogo ao conjunto de argumentos apresentados contra a retórica, tem sido objeto de um longo debate, que opõe os intérpretes da filosofia dos diálogos (J. T. Santos, 2009, pp. 62-70) aos platonistas que defendem a relevância da "tradição indireta" para o estudo da filosofia de Platão.

Trata-se de uma questão muito debatida, por um lado, porque quem limita o estudo de Platão ao da sua produção escrita não pode levar à letra algumas críticas que o Mestre da Academia dirige à produção e utilização de discursos escritos (M. Narcy, 1992, p. 275), no *Fedro* e no excurso filosófico da *Carta VII*. Por outro, porque assinalar as limitações da escrita para a investigação da verdade — comuns às da linguagem, em geral (*Carta VII*, 342a-343e; em particular, 342e-343a) — não redunda automaticamente na desvalorização dos diálogos, para mais, em benefício de uma "doutrina de princípios" nunca escrita ("os primeiros e supremos da natureza": *Carta VII*, 344d), porém, eventualmente debatida na Academia.

Começamos por notar que, ao serem postas na boca da personagem "Sócrates" — que nunca escreveu —, as críticas ganham uma legitimidade que perderiam se saíssem das mãos de um escritor, como Platão é (M. Narcy, 1992, p. 276). Distinguimos depois, entre os argumentos desenvolvidos no *Fedro*, os que são dirigidos às "letras" (*grammata*) e à "escrita" (*graphê*), dos que visam os escritos (*gegrammena*, *graphomena*, *syngrammata*), vistos ora da perspectiva do produtor, ora da do utilizador.

Deixando as "letras e a escrita" para o final, notamos duas críticas mais relevantes dirigidas aos escritos. A primeira é de que os discursos escritos não respondem a perguntas, que dizem sempre o mesmo e não são capazes de se defender nem de se assistir (275d-e; ver *Protágoras*, 329a-b). Para fun-

damentar estas críticas, é logo a seguir caracterizado um outro discurso: "que se escreve com ciência na alma do que aprende e que se pode defender e sabe falar e calar diante de quem é preciso" (276a).

A contraposição é na sequência aprofundada pela comparação com o comportamento de um "agricultor inteligente", que se serve da "técnica agrícola" e "semeia num solo adequado", esperando colher no tempo próprio (ver a analogia com "a prova" a que foi submetido Dionísio: *Carta VII*, 340b-341b). Será que "seriamente" plantaria "nos jardins de Adônis", "por brincadeira" vendo a semente florescer e morrer em oito dias? (276b).

A segunda e mais importante objeção aos escritos diz respeito à verdade (ver *Carta VII*, 344a-d). Tão inteligente como o agricultor sério é o que "tem a ciência do justo e a do belo e bom", que "não seriamente" usará caniço e tinta para semear: "discursos incapazes de assistir-se a si mesmos pela fala, incapazes de ensinar suficientemente a verdade" (276c).

Será, enfim, admissível o compromisso entre uma e outra atitude, naquele que "escreve para si mesmo", "entesourando lembranças para a velhice" (276d; C. H. Kahn, 1996, pp. 376-80). Mas será mais belo usar a arte dialética para semear "com ciência discursos que a si mesmos e ao que plantou" se assistem e "têm uma semente da qual outros brotarão", dando ao homem "a maior felicidade" (276e-277a).

As duas objeções são então associadas. Para atingir estes objetivos, há que, retomando as exigências expressas anteriormente: 1) conhecer a verdade sobre o que se fala ou escreve; 2) ser capaz de "tudo definir"; 3) de "seccionar [o definido] por espécies até o indivisível"; 4) de distinguir a natureza da alma — simples ou complexa —, a ela dirigindo o discurso adequado (ver 271b-272b); não podendo, até estas condições serem preenchidas, o discurso ser manipulado "com arte", para ensinar ou persuadir (277b-c).

Em suma, é censurável quem ignora "sobre o justo e o

injusto, o mau e o bom", por mais que a multidão o louve. Pelo contrário, o varão que Sócrates e Fedro desejariam ser é o que julga: haver "muito de lúdico" no discurso escrito, não valendo o esforço escrever ou recitar senão para ensinar; que os melhores discursos "constituem um lembrete para os que sabem" (278a), enquanto os ensinados em vista da aprendizagem — "escritos na alma sobre o justo e o injusto, o belo e o bom" ("o mais valioso": 278d8) — são os mais claros e perfeitos; que dele são filhos legítimos o que ele descobriu e os irmãos deste, plantados em outras almas (277e-278b).

Em resumo, podemos dizer que, associando a este programa as críticas de Thamous às "letras e à escrita", notamos a referência pontual à reminiscência (275a: *anamimnêskomenous*), elaborada pela dupla distinção entre "memória" e "lembrança", "recordação por eles mesmos" e "por alheias impressões" (274e-275a). Distinção que será, por um lado, reativada e contextualizada nas críticas que Sócrates apresenta contra os escritos dos retóricos e, por outro, desenvolvida no projeto que casa retórica e filosofia, persuasão e dialética (277b-c, 277e-278b); se, na verdade, "escrever na alma" (276a, e, 277b-c) não for mais que levar a alma do amado a recordar, fazendo depender a função didática do "simulacro escrito" (276a), do prévio "conhecimento da verdade" (275c-d, 278c) pela parte do seu "pai" (278a-b; F. Trabattoni, 1994, pp. 69-70).

Que significa "ensinar suficientemente a verdade" (276c) e "conhecer a verdade" (277b)? Significa antes de tudo saber que o poder do discurso não se esgota na reação que provoca nas audiências, mas que o discurso sempre se refere a algo; algo "que é", cuja natureza deve ser conhecida (*tôi ta onta eidoti*: 260d) e estudada através do procedimento dialético (265c-266b), para que o discurso possa atingir a verdade. Significa ainda que, para poder utilizá-lo como veículo de ensino, o "pai do discurso" (275e) deve identificar o tipo de alma ao qual é destinado (271a-272a; L. Brisson, 1992, pp. 62-3).

Esta é a mais devastadora das críticas apresentadas contra a retórica, não menos demolidora do que aquela que remata a refutação a que é submetido Górgias (*Górgias*, 460e-461b). Em ambos os textos, a crítica à retórica denuncia a impotência ética — a incapacidade de distinguir entre o justo e o injusto — que a argumentação retórica promove nas audiências (261c-262b), e a cegueira que provoca nos discípulos a cuja formação visa (*Górgias*, 460a-d; 460e-461b).

Unidade do *Fedro*

Dissemos anteriormente que a unidade do *Fedro* é um problema que cada novo intérprete do diálogo tem de afrontar (M. Heath, 1989, pp. 151-74, 189-91; C. J. Rowe, 1989, pp. 175-88; para C. L. Griswold, a unidade é conferida pelo tema do autoconhecimento: 1986, pp. 2-9, 157-65; para L. Brisson, a unidade deriva da adoção de uma perspectiva ampla sobre a retórica: 1999, p. 61). Mas também aí sugerimos que essa dificuldade será largamente compensada pela relevância filosófica e pela abrangência dos temas que o diálogo percorre.

Do nosso ponto de vista, a unidade do diálogo é estruturada dramática e argumentativamente a partir da intenção de criticar e subsequentemente rejeitar cada uma das teses avançada por Lísias no discurso, por ele próprio escrito e por Fedro recitado; e depois disso, atingir a própria arte de que um e outro se consideram cultores. De resto, o texto dá indicações bastantes de que Sócrates visava a ambos: "já que Lísias está presente, absolutamente não estou decidido a me prestar ao teu exercício" (228d-e).

Só é possível captar a sutileza deste jogo voltando atrás no diálogo. Segundo Sócrates, que, a abrir o diálogo, o interpelou sobre de onde vinha e aonde ia (227a), Fedro não só tinha ouvido muitas vezes o discurso (228a), como o "tomou

do outro" e, "sabendo de cor já todo o discurso", saiu a passeio para se exercitar na memorização dele (228b).

O texto insiste em obrigar Fedro a confirmar as deduções do filósofo desocultando as suas intenções (228d). Mas o filósofo não deixa de explorar o pretexto concedido para recusar ser cúmplice do exercício que o outro confessa ter tido em mente (228d-e). De modo que, só após um breve prelúdio dramático à recitação (229a-230e), no qual, como observamos anteriormente, é inserida uma possível, porém, muito relevante referência a Platão (229a, 230b: R. Zaslavsky, 1981, pp. 115-6), Sócrates pede a Fedro que comece a leitura (230e).

Em nenhum lugar o texto confirma a relevância desta elaborada apresentação do diálogo. No entanto, ela reforça uma série de suspeitas. Enquanto o discurso de Lísias se mostra como um paradigma da arte retórica, os dois de Sócrates criticam-no, visando à correção da vivência da relação amorosa nele proposta pelo orador. Mas não basta. Depois do termo do seu segundo discurso, o longo passo dedicado à exposição de um conjunto de críticas formais e materiais à retórica (257c-274b) — como é perceptível pelas referências feitas a Lísias no seu início e termo — é inteiramente dirigido aos oradores.

Por consequência, para restituir ao texto a alegada unidade, restará apenas dar conta do sentido das críticas à "conveniência e inconveniência do escrever" (274b). E é aí que o mito de Theuth e Thamous revela a intenção de usar, a par de Lísias, o interlocutor de Sócrates para denunciar o equívoco a que se prestou pela utilização acrítica do escrito do outro, ao intentar memorizá-lo.

O "informado sem ensino" e "desavisado" (275a-b) alvo da crítica aos escritos será então o próprio Fedro, que, na dócil aquiescência com que acolheu os argumentos de Sócrates, evidenciou as limitações de um ensino, que o é só na aparência, e que o "consumo" de discursos escritos constitui.

Referências bibliográficas

BERNABÉ, Alberto (2011). *Platão e o orfismo: diálogos entre religião e filosofia*. Tradução de D. G. Xavier. São Paulo: Annablume.

BETT, Richard (1999). "Immortality and the Nature of the Soul in Plato's *Phaedrus*". In: *Plato — 2*, G. Fine (org.). Oxford: Oxford University Press, pp. 425-50.

BRISSON, Luc (1999). "La Réminiscence dans le *Ménon* (80E-81E) et son arrière plan religieux". In: *Anamnese e saber*, J. T. Santos (org.). Lisboa: Imprensa Nacional/Casa da Moeda, pp. 23-47.

_________ (1992). "L'Unité du *Phèdre* de Platon: rhétorique et philosophie dans le *Phèdre*". In: *Understanding the* Phaedrus, L. Rossetti (org.). Sankt Augustin: Academia Verlag, pp. 61-76.

DILLON, John (1973). "Comments on John Moore's Paper". In: *Patterns in Plato's Thought*, J. Moravcsik (org.). Dordrecht/Boston: D. Reidel, pp. 72-7.

GRISWOLD JR., Charles L. (1986). *Self-Knowledge in Plato's* Phaedrus. New Haven/Londres: Yale University Press.

GUTHRIE, W. K. C. (1975). *A History of Greek Philosophy — IV*. Cambridge: Cambridge University Press.

HEATH, Malcolm (1989). "The Unity of Plato's *Phaedrus*". In: *Oxford Studies in Ancient Philosophy — VII*. Oxford: Clarendon Press, pp. 151-74; "A Postscript", pp. 189-92.

JOLY, Henri (1980). *Le Renversement platonicien: logos, épistémè, polis*. Paris: Vrin, 2ª ed.

KAHN, Charles H. (1996). *Plato and the Socratic Dialogue: The Philosophical Use of a Literary Form*. Cambridge: Cambridge University Press.

KÉLESSIDOU, Anna (1992). "La Psychagogie du *Phèdre* et le long labeur philosophique". In: *Understanding the* Phaedrus, L. Rossetti (org.). Sankt Augustin: Academia Verlag, pp. 265-8.

KOSMAN, L. Aryeh (1976). "Platonic Love", in *Facets of Plato's Philosophy*, W. H. Werkmeister (org.). Assen: Van Gorcum, pp. 53-69.

MOORE, John D. (1973). "The Relation between Plato's *Symposium* and *Phaedrus*". In: *Patterns in Plato's Thought*, J. Moravcsik (org.). Dordrecht/Boston: D. Reidel, pp. 52-71.

NARCY, Michel (1992). "Platon, l'écriture et les transformations de la rhétorique". In: *Understanding the* Phaedrus, L. Rossetti (org.). Sankt Augustin: Academia Verlag, pp. 275-9.

PLATÃO. *Carta VII* (2008). Introdução de T. Irwin, tradução e notas de J. Maia Jr. e J. T. Santos. São Paulo: Loyola.

_________. *Fedro* (1997). Introdução, tradução e notas de J. Ribeiro Ferreira. Lisboa: Edições 70.

_________. *Platonis Opera — I-V* (1900-1907). Oxford Classical Texts, J. Burnet (org.). Oxford: Clarendon Press.

ROBINSON, Thomas M. (1992), "The Relative Dating of the *Timaeus* and *Phaedrus*". In: *Understanding the* Phaedrus, L. Rossetti (org.). Sankt Augustin: Academia Verlag, pp. 23-30.

_________ (2007). *A psicologia de Platão*. Tradução de M. Marques. São Paulo: Loyola.

ROSEN, Stanley (1987). *Plato's* Symposium. New Haven/Londres: Yale University Press, 2ª ed.

ROWE, Christopher J. (1992). "La data relativa del *Fedro*". In: *Understanding the* Phaedrus, L. Rossetti (org.). Sankt Augustin: Academia Verlag, pp. 31-9.

_________ (1989). "The Unity of the *Phaedrus*". In: *Oxford Studies in Ancient Philosophy — VII*. Oxford: Clarendon Press, pp. 175-88.

SANTA CRUZ, María Isabel (1992). "Division et dialectique dans le *Phèdre*". In: *Understanding the* Phaedrus, L. Rossetti (org.), Sankt Augustin: Academia Verlag, pp. 253-6.

SANTOS, José Trindade (1999). "Nota sobre a anamnese no *Fedro*". In: *Anamnese e saber*, J. T. Santos (org.). Lisboa: Imprensa Nacional/ Casa da Moeda, pp. 243-55.

_________ (2008-2009). *Para ler Platão — I-III*. São Paulo: Loyola.

SCHLEIERMACHER, Friedrich (1973). *Introductions to the Dialogues of Plato*. Tradução de W. Dobson. Nova York: Arno Press.

TRABATTONI, Franco (1994). *Scrivere nell'anima: verità, dialettica e persuasione in Platone*. Florença: La Nuova Italia.

VLASTOS, Gregory (1972). "The Individual as Object of Love in Plato". In: *Platonic Studies*. Princeton: Princeton University Press, pp. 3-42.

ZASLAVSKY, Robert (1981). "A Hitherto Unremarked Pun in the *Phaedrus*". *Apeiron*, vol. 15, nº 2, pp. 115-6.

Sobre o autor

Platão nasceu em Atenas, em 428 a.C. Descendente de famílias aristocráticas, viveu num período conturbado da história ateniense. Assistiu à derrota da cidade na guerra do Peloponeso (431-404) e viveu sob duas tiranias: a dos "quatrocentos" (411) e a dos "trinta" (404-403), imposta por Esparta. Restabelecida a democracia, acompanhou o julgamento, condenação e execução do seu mestre Sócrates (399), à qual reagiu exilando-se em Mégara. Visitou a Sicília (387), onde conheceu o tirano Dionísio I, de Siracusa, tendo mais tarde regressado a convite de Dionísio II (ver *Carta VII*). Tinha, entretanto (por volta de 385), fundado a Academia, da qual foi escolarca até sua morte, em 347 a.C.

É atribuída a Platão a composição de mais de trinta diálogos (alguns considerados duvidosos, outros espúrios), versando sobre todas as questões relativas ao saber da época. Habitualmente os autênticos são divididos em três períodos: juventude (*Apologia de Sócrates*, *Críton*, *Alcibíades* I e II, *Cármides*, *Eutidemo*, *Eutífron*, *Górgias*, *Hípias menor*, *Hípias maior*, *Íon*, *Laques*, *Lísis*, *Menêxeno* e *Protágoras*); maturidade (*Mênon*, *Fédon*, *República*, *O Banquete*, *Crátilo* e *Fedro*); e velhice (*Parmênides*, *Teeteto*, *Sofista*, *Político*, *Timeu*, *Crítias*, *Leis* e *Filebo*). São-lhe atribuídas treze *Cartas*, consensualmente tidas como espúrias, havendo dúvidas sobre a VII e a VIII.

Apesar de sempre ter sido considerado um grande filósofo, nunca houve, entre os seus intérpretes, acordo sobre a gênese e estrutura da sua filosofia. O fato pode ser justificado, entre outras razões, por não ser possível lhe atribuir uma doutrina definida a partir do conjunto dos diálogos que compôs, nos quais nunca figurou como personagem.

Sobre o tradutor

José Cavalcante de Souza nasceu em 1925, em Cariús, interior do Ceará, onde fez a escola primária, e iniciou os estudos de francês, inglês e latim no Ginásio do Crato. Em Fortaleza, cursa Letras Clássicas na Faculdade Católica de Filosofia ao mesmo tempo em que trabalha como professor da Aliança Francesa.

Em 1951, com uma bolsa dessa instituição, viaja para Marselha; aproveitando a oportunidade para aprofundar seus estudos de língua e literatura grega, muda-se para uma residência de estudantes pertencente ao filósofo Jacques Maritain, em Soisy-sur-Seine, onde permanece por seis meses. Em seguida vai a Paris, onde assiste como ouvinte a um curso de Merleau-Ponty e algumas aulas de Jean-Paul Sartre.

De volta ao Brasil em 1953, termina a faculdade e assume o posto de professor de francês e latim no Colégio Sete de Setembro, em Fortaleza. Interessado em lecionar grego antigo, o que não conseguia no Ceará, escreve para a Faculdade de Filosofia, Ciências e Letras da Universidade de São Paulo (FFCL da USP), indagando sobre a possibilidade de trabalhar como professor de grego antigo em São Paulo. Informado por Eurípedes Simões de Paula que o professor Robert Henri Aubreton estava empenhado em formar uma equipe de professores para a cadeira de Língua e Literatura Grega, Cavalcante muda-se para São Paulo no final de 1953 e começa a dar aulas de latim no Colégio São Luís. No ano seguinte, ingressa por concurso público no ensino secundário em Guarulhos, passa a ensinar latim no Colégio Mackenzie e casa-se com Maria da Conceição Martins.

Em 1956 é contratado como professor do Departamento de Letras Clássicas da FFCL da USP (passando a colaborar, a partir

de 1970, também com os departamentos de História e Filosofia Antiga). Em 1961, defende o primeiro doutoramento na área de Língua e Literatura Grega, com uma tese sobre o *Banquete* de Platão, orientada pelo professor Aubreton. Em 1964, ano do retorno de Aubreton à França, apresenta o trabalho *A caracterização dos sofistas nos primeiros diálogos de Platão*, que lhe concede a Cátedra da Língua e Literatura Grega. Em 1976, volta a Paris, trabalhando junto à equipe do professor Jean-Pierre Vernant, no Collège de France; dedica-se à tradução de Píndaro e inicia suas pesquisas sobre Aristóteles.

No final dos anos 1980, aposenta-se da Universidade de São Paulo para ingressar no IFCH da Unicamp, onde estrutura o curso de Filosofia Grega Antiga, associado ao curso de Língua e Literatura Grega.

Publicou, entre outros: Platão, *O Banquete: tradução, introdução e notas* (São Paulo, Difel, 1966; tradução republicada em *Platão: Diálogos*, Coleção Os Pensadores, vol. 3, São Paulo, Abril Cultural, 1972); *A caracterização dos sofistas nos primeiros diálogos de Platão* (São Paulo, USP, 1969); além de ter organizado e feito traduções para o volume *Os pré-socráticos* (Coleção Os Pensadores, vol. 1, São Paulo, Abril Cultural, 1972). Pela Editora 34 publicou, em 2016, em dois volumes bilíngues, uma nova edição de *O Banquete*, e sua tradução e apresentação, até então inéditas, para o diálogo *Fedro*, de Platão, incluindo posfácio e notas do helenista português José Trindade Santos.

Faleceu em São Paulo, em 24 de maio de 2020.

Este livro foi composto em Sabon e
Cardo pela Bracher & Malta, com CTP
da New Print e impressão da Graphium
em papel Pólen Natural 80 g/m² da
Cia. Suzano de Papel e Celulose para a
Editora 34, em outubro de 2023.